THE QUEEN OF CRIME
繁體中文版
20 週年
紀念珍藏

死亡終有時

阿嘉莎・克莉絲蒂——著
張國禎——譯

Death Comes As the End

策畫者的話

通俗是一種功力

吳念真（導演、作家）

通俗是一種功力。絕對自覺的通俗更是一種絕對的功力。

這樣的話從我這種俗氣的人的嘴巴說出來，大概很多人要笑破褲底了。不過，笑完之後請容我稍稍申訴。這申訴說得或許會比較長一點，以及，通俗一點。

小時候身材很爛，各種遊戲競爭完全任人宰割，唯一隱遁逃避的方法是躲起來看書或聽大人瞎掰。那年頭窮鄉僻壤的小孩能看的書不多，小學二年級時最喜歡的是超大本的《文壇》，老師借的。看著看著，某天老師發現我的造句竟出現：「捧著：朝陽捧著一臉笑顏為群山剪綵」這樣亂七八糟的文字，就拒絕再讓我看那些超齡的東西了。

老師的書不給看，我開始抓大人的書看。一種是厚得跟磚塊一樣的日文書，對我來說那完全是天書，但插圖好看，經常有限制級的素描。另一種書是比較薄的，通常藏得很嚴密，只是裡面有太多專有名詞、重複的單字和毫無限制的標點，比如「啊啊啊」、「……！！！」

老讓我百思不解。有一天，充滿求知欲地詢問大人竟然換來一巴掌後，那種閱讀的機會和樂趣也隨著消失了。

所幸這些閱讀的失落感，很快從大人的龍門陣中重新得到養分。講到這裡，我似乎先得跟一個村中長輩游條春先生致敬，並願他在天之靈安息。

我所成長的礦區，幾乎全是為著黃金而從四面八方擁至的冒險型人物，每人幾乎都有一段異於常人的傳奇故事。這些故事當事人說來未必精采，但一透過游條春先生的嘴巴重現，有時連當事人都聽得忘我，甚至涕泗縱橫，彷彿聽的是別人的故事。

條春伯沒當過日本兵，可是他可以綜合一堆台籍日本兵的遭遇，一如連續劇般從入伍、受訓、逃亡荒島，面對同鄉同袍的死亡，並取下他們的骨骸寄望帶回故鄉，乃至骨骸過多搞不清哪是誰的等等，讓聽的人完全隨他的敘述或悲或笑，彷彿跟他一起打了一場太平洋戰爭。此外他也可以把新聞事件說得讓一個三、四年級的小孩，到現在仍記得當時腦中被觸動的畫面。例如當年瑠公圳分屍案的凶手做案之後帶著小孩到安東街吃麵（這讓我一直以為台北的安東街是條專門賣麵的街道），還有甘迺迪總統被暗殺、賈桂琳抱住她先生、安全人員跳上飛快的車子保護賈桂琳……當然，這記憶全來自條春伯的嘴巴而不是報紙。我的記憶全是畫面，有畫面，是因為條春伯說得精采，說得有如親臨他至死都還搞不清地理位置的達拉斯命案現場。

於是這小孩長大後無條件地相信：通俗是一種功力，絕對自覺的通俗更是一種絕對的功力。透過那樣自覺的通俗傳播，即使連大字都不識一個的人，都能得到和高階閱讀者一樣的感動、快樂、共鳴，和所謂的知識、文化自然順暢的接軌。也許就是因為這些活生生的例子，俗氣的自己始終相信：講理念容易講故事難，講人人皆懂、皆能入迷的故事更難，而能隨時把這樣的故事講個不停的人，絕對值得立碑立傳。

條春伯嚴格地說是有自覺的轉述者，至於創作者，我的心目中有兩個。一個是日本導演山田洋次，一個是推理小說家阿嘉莎．克莉絲蒂。

山田洋次創造了寅次郎這個集合所有男人優點跟缺點的角色，在以《男人真命苦》為名的系列下，總共完成百部左右的電影。它們的敘述風格、開頭、結尾的方法不變，唯一改變的是故事，是時代，是遍歷日本小鄉小鎮的場景。數十年來，看《男人真命苦》幾已成為日本人每年的一種儀式，一如新春的神社參拜。

數十年前訪問過山田導演，他說，當他發現電影已然有它被期待的性格時，電影已經不是導演自己的。他說：當所有人都感動於美人魚的歌聲時，你願意為了讓她擁有跟你一樣的腳，而讓她失去人間少有的嗓音嗎？

人間少有的嗓音與動人的歌聲，都來自山田導演絕對自覺的通俗創造。

再如阿嘉莎．克莉絲蒂，如果我們光拿出她說過的故事和聽過她故事的人口數字，就足以嚇死你。五十多年的寫作生涯，她總共寫出六十六本長篇推理小說，外加一百多篇短篇小說和劇本。其中有二十六本推理小說被改編，拍了四十多部電影和電視劇集。作品被翻譯成一百零三種文字的版本，銷量超過二十億本。

夠了。你還想知道什麼？知道二十億本的意義是什麼嗎？二十億本的意義是全世界平均三個人就有一個人讀過她的書，聽過她說的故事。

說來巧合，她和山田洋次一樣，創造出個性鮮明的固定主角（當然，前前後後她弄出來好幾個），然後由他（或是她）帶引我們走進一個犯罪現場，追尋真正的罪犯。

故事就這樣？沒錯，應該說這是通常的架構。那你要我看什麼？不急，真的不急，克莉絲蒂會慢慢冒出一堆足夠讓你疑惑、驚嚇、意外，甚至滿足你的想像力、考驗你的耐心和智商的事件來。

推理小說不都是這樣嗎？你說得沒錯，大部分是這樣，不一樣的是……對了，她像條春伯，像山田洋次，她真會說，而且她用文字說。

文字的敘述可以讓全世界幾代的人「聽」得過癮、「聽」個不停，除了聖經，也許就是克莉絲蒂。她不是神，但她真的夠神。

數十年前，台灣剛剛出現她的推理系列中譯本，那時是我結婚前，常有同齡的文藝青年來我租住的地方借宿，瞄到我在看克莉絲蒂，表情詭異地說：「啊？你在看三毛促銷的這個喔？」

我只記得他抓了一本進廁所，清晨四點多，他敲開我的房門說：「幹，我實在很討厭那個白羅……再拿一本來看看，我跟你說真的，要不是你的書，我真的很想把那個矮儸壓到馬桶吃屎！」

我知道他毀了，愛吃又假客氣，撐著尊嚴騙自己。克莉絲蒂再度優雅地撕破一個高貴的知識份子的假面具，她的手法簡單，那手法叫通俗，絕對自覺的通俗，無與倫比、無法招架的功力。

昔日的文藝青年如今跟我一樣，已然老去，但不時還會看到他寫一些充滿理念和使命感極重的文章，在報紙和雜誌上出現。我知道他要說什麼，只是常常疑惑他想跟誰說；同樣，我記得他說過什麼，但轉眼間忘記他說了什麼。但請原諒我，幾十年前那個晚上，他在我家看完的那兩本克莉絲蒂的小說內容，我可還記得清清楚楚。

也許有一天再遇到他的時候，我會問他之後是否還看過克莉絲蒂其他的書，如果沒有，我會跟他說，想讀要趁早，因為你會老、會來不及。至於白羅那個矮儸，大概永遠不會消失。哦，對了，還有一個叫瑪波，你說不定會來不及認識……

從他種視角到跨界嘗試的閱讀體驗

路那（推理評論家）

說到阿嘉莎·克莉絲蒂，即使是不太常閱讀推理小說的讀者，也很難不聯想到有個完美鬍子的偵探白羅、老小姐瑪波，又或者是她享譽國際的《東方快車謀殺案》、《一個都不留》等名著吧。

克莉絲蒂的廣受歡迎，還在於台灣近乎出版了她的全集。儘管台灣的出版能量相當驚人，但放眼國內外作家，有此殊榮者也在少數。這些作品中，除了廣受歡迎的系列作外，另有數量相對較少的獨立作品。這些作品或受累於知名度不高，或受累於缺乏讀者熟悉的偵探角色，而較少進入讀者的視野之中，然而，這不表示它們本身不值得一讀。

在這裡，我要先岔出去談一下柯南·道爾（Conan Doyle）與莫里斯·盧布朗（Maurice Leblanc）。這兩位除了同樣大受歡迎之外，他們其實也同受被角色綁架之苦——柯南·道爾一心想當個嚴肅作者，為此不惜「殺害」福爾摩斯，卻又在大眾壓力之下不得不讓他神奇地死而復生的事件，相信大家都耳熟能詳。然而，或許不是很多人知道，創造了亞森．羅蘋此一大受歡迎怪盜角色的盧布朗，最終也因羅蘋大受歡迎，且擅長易容的形象深植人心，導致他不得不將新偵探角色吉姆．巴內特（Jim Barnett）降級為羅蘋的分身。與道爾交好的克莉絲蒂，自然理解箇中艱辛，或許也因此早早意識到她不能再重蹈覆轍，是以她不僅致力於故事的創造，同樣致力於角色性格的劃分。但此事並非一蹴可幾。舉例而言，短篇小說〈情牽波倫沙〉的偵探，發表時由帕克．潘擔任偵探角色，稍後又更替為白羅一事，即讓人意識到帕克．潘與白羅之間的共性：相同的公務員退休身分、同樣與偵探小說家奧利薇夫人為好友，帕克．潘的祕書萊蒙小姐日後成為白羅的祕書等，種種線索都暗示著帕克．潘與白羅可能享有的共同根源。然而，是什麼讓帕克．潘沒有被白羅「吸收」，一如巴內特與羅蘋？閱讀《帕克潘調查簿》與收錄於《情牽波倫沙》的兩個短篇時，不妨仔細考察白羅與帕克．潘的不同之處。

除了角色外，故事情節的他種視角乃至於跨界嘗試，也是非系列作品的一大看點。《李斯特岱奇案》、《死亡之犬》、《殘光夜影》等短篇小說集中收錄的作品，有之後遭改頭換面的靈感之作，也有溢出推理小說規制，蔓延至靈異、恐怖、言情等領域之作。它們的開頭，與我們習慣的克莉絲蒂推理小說似無甚差異，然則在一個十字岔路的輕巧滑脫，卻足以造就全然不同的類型閱讀體驗。

同樣的體驗，在非系列長篇小說中亦可一見。不用系列角色，意味著不須遵守類型既定的規範，或受限於角色既有的設定，遂得以更加無拘無束的形式自在揮灑。眾所周知，克莉絲蒂絕非信奉范・達因（S. S. Van Dine）「故事中不能摻有戀愛成分」戒律的一人，相反地，她頗擅長於小說中加入情感元素。她筆下的系列偵探，無論白羅或瑪波，自身均不涉浪漫情感，而多以神仙教父／教母的姿態從旁協助，從而使小說中的推理情節與羅曼史主次分明，僅為點綴。但她筆下這些聰慧的男女，是否始終只能作為系列偵探的配角存在？對此，克莉絲蒂的回答是，許多時候，擺脫了神仙教父／教母的他們，會顯現出更令人矚目的風采。

另一方面，推理小說的大體布局，從謎團初現、偵查過程到真相大白，與羅曼史主角們從陌生到相知到決定是否相守，也自有其契合之處。是以，在克莉絲蒂的非系列作品中，有不少長篇故事均以處於曖昧狀態的男女作為偵查或敘事主體，如《西塔佛祕案》、《為什麼不找伊文斯？》、《死亡終有時》與《白馬酒館》等。其中的情感除了經典的兩情相悅外，亦存在著無私的奉獻，與狡獪的以情感作為武器等多種樣態。

克莉絲蒂同樣擅長以三角關係作為障眼法，從角色間的誤會到敘事手法的誤導等，在在能使讀者以為掌握了十之八九的關係圖，瞬間翻出別樣花色。《無盡的夜》保留了克莉絲蒂時常描繪的羅曼關係，卻撤去了推理小說的型態，改以令人聯想到達芬・杜莫里哀（Daphne du Maurier）的奇情（sensation）風格，確實令人耳目一新，難怪克莉絲蒂會將之選為十大最愛之七。而其自選最愛第八的《畸屋》，則巧妙地擺脫了傳統推理小說家族敘事中以惡意為基底的設定，別出心裁地講述了謀殺如何發生在一個充滿善意的家族之中。《畸屋》之「畸」，既源於同樣具備扼殺力量的善意，也源於天生之惡——克莉絲蒂對善與惡之觀點，由是鋪陳出了一個頗為耐人尋味的視角。

一般而言，以克莉絲蒂為首的黃金時期推理小說家的作品，不太會令人聯想到國際政治、社會情勢等，感覺起來就「硬邦邦」，一點也不「舒逸」（cozy）的事物。它應該是以鄉村、大飯店、（前）殖民地為核心，間或夾雜一兩句讀者也不甚在意的時局觀察以加固背景的狀態。但克莉絲蒂出生於一八九〇年，生平歷經奧匈帝國與俄羅斯帝國的崩潰、兩次世界大戰、經濟大恐慌等，樁樁件件都是近代歷史難以抹滅的大事件，她可能當真無動於衷嗎？是以，早在一九二七年，克莉絲蒂便以白羅為主角，寫出諜報小說《四大天王》，其後更塑造出湯米與陶品絲這對橫跨二次世界大戰的夫妻檔業餘情報員。然而這對歡喜鴛鴦的氛圍，或許終究難以展現克莉絲蒂對戰後國際形勢演變之思慮。職是之故，她持續創作鴛鴦神探的系列之餘，在他們力所未逮之處，再度啟用了非系列角色，《巴格達風雲》、《未知的旅途》、《法蘭克福機場怪客》均是此類作品，試圖傳遞她在《四大天王》中即已反覆論及的「幕後的力量」。

這個「幕後的力量」又是什麼呢？見識過帝國的崩潰，對於早年的克莉絲蒂來說，共產主義無疑是危險的。在她第二部出版品《隱身魔鬼》中，克莉絲蒂將幕後黑手設定為布爾什維克的信徒。然而，伴隨著一九二四年工黨政府首次執政，克莉絲蒂對相關思潮的憂慮似有緩和態勢，此後，她的小說中偶爾會出現被眾人視為嫌疑犯的左翼同情者最終卻得證清白的情節。

伴隨著二戰結束與冷戰的開啟，許多涉及諜報的故事紛紛以蘇俄作為陰謀主腦。但克莉絲蒂頗具深意地將《巴格達風雲》與《未知的旅途》背後的陰謀組織者拐了彎，不以冷戰雙方作為主使者，而是更廣泛地指向「無政府主義者」、「理想主義者」。這樣的觀點，在以新納粹為主軸的《法蘭克福機場怪客》中亦曾多次表述——但這不是說她就放棄了一些既存觀點。不意外地，赫伯特・馬庫色（Herbert Marcuse）、法蘭茲・法農（Frantz Fanon）這些思想家仍舊不討克莉絲蒂的喜歡。

克莉絲蒂對法農等人的抗拒，與她對大英帝國的忠誠，以及對中東（特別是埃及）的偏愛或許不無關聯。眾所周知，克莉絲蒂於一九三〇年結婚的第二任丈夫是考古學家，她因此與中東和考古結緣。當時，方於一九二二年在名義上脫離英國管治的埃及，是個年輕的新興國家，尚未能擺脫殖民宗主國的影響，克莉絲蒂對埃及乃至於中東的描繪，是以多半本於殖民者的視線而開展。她的背景與經驗，決定了她理解的視角。然則，這並不表示她無意了解該地的歷史淵源——以古埃及為背景的《死亡終有時》正是最好的例證。這部入選英國犯罪作家協會「史上百大犯罪小說」第八十三名的精采作品，向讀者講述的不只是一個關於謀殺的故事，更是千年前定居於此的埃及人究竟如何生活的故事。

在《巴格達風雲》中，有一段主角與主謀對峙時的敘述：「人命無關緊要……這是愛德華的信條。那個用瀝青黏補起來、三千年前的粗陶碗突然無來由地閃現在維多莉亞心頭。那些東西當然要緊。小小的日常用品、待養的家人、構築成一個住家的牆壁，還有一兩件被當作寶貝的財產。」顯而易見，對克莉絲蒂而言，考古文物的珍貴，不在於它們悠久歷史或蘊藏的知識，而在於當代人得以透過它們深刻感受過往人們的生活。正是這樣的感受，構築出對人與生命的尊重。這樣的尊重，正是克莉絲蒂推理小說的基石所在吧！

在娛樂之外，還有許許多多閱讀克莉絲蒂的方式，正如同在知名的偵探系列之外，仍存在著許許多多精采的非系列作品一般。你所看到的克莉絲蒂，又是什麼樣子呢？

獻詞

阿嘉莎・克莉絲蒂是世界讀者最眾，也最廣受喜愛的女作家。
身為克莉絲蒂的孫兒，我相信奶奶會非常樂見這次出版，
因為她極以自己作品中的趣味與娛樂為豪。
歡迎所有喜歡本系列的台灣新讀者參與這場饗宴！

——馬修・培察（Mathew Prichard）

獻給S.K.格蘭威教授

親愛的史蒂芬：

起念將這部推理小說的背景設在古代埃及，是出自於你當初的建議；而且若非有你的積極協助和鼓勵，這本書是不可能完成的。

在這裡我要告訴你，你所借給我的文獻資料不知讓我獲得了多大的樂趣。我也要再次感謝你如此不厭其煩地一一解答我的疑問，以及為我花費了這麼多的心思及時間。相信你一定能了解我在撰寫這部小說時的快樂與愉悅。

衷愛且感激你的朋友　阿嘉莎・克莉絲蒂

作者序

這本書的故事是發生在西元前二〇〇〇年埃及尼羅河西岸的底比斯。不過時間和地點對這個故事來說都是附帶的，任何時間、任何地點都無妨，但這個故事的人物和情節，靈感是來自紐約大都會博物館埃及探險隊約二十年前[1]在路克索[2]對岸一個石墓裡所發現的埃及第十一王朝的兩三封信，它們當時曾由如今的巴帝斯坎．顧恩教授翻譯發表在《博物館公報》上。

讀者可能會注意到書中所涉及的祭祀捐贈產業——古埃及文明日常生活的一項特徵，原則上與中世紀的祈福捐贈遺產非常類似。財產遺贈給一個祭祀業司祭，期望他維護遺贈者的墓園，並於每年按節期祭祀上供，以祈求死者靈魂的安息長寧。

1 約於一九二五年之時。

2 路克索（Luxor），埃及中部依傍於尼羅河東岸的城市。

古埃及的農曆，一年有三個季節，每個季節有四個月，每個月三十天，這構成了農民生活的基礎，每年年底附加五個閏日，用來作為官方一年三百六十五天的年曆。這個「年」起始於埃及尼羅河氾濫季開始來到時，依照我們的算法是七月的第三個星期。由於缺乏閏年，使得這個「年」經過幾世紀落後下來，因此在這篇故事發生的時間裡，官方的新年比農曆早了大約六個月，也就是說在一月而不是七月。然而，為了讀者的方便，避免老是要扣除這六個月，章首所用的日期是依農曆計算的，也就是說，尼羅河氾濫季——七月底至十一月底；冬季——十一月底至三月底；夏季——三月底至七月底。

01
尼羅河氾濫季第二個月第二十天

蓮梨桑站著望向尼羅河。

她微微可以聽到遠處兩個哥哥——葉瑪西和索巴卡——高聲爭論著某地的堤防是否需要加強的討論聲。索巴卡的聲音如往常一般高亢、自信。他闡述己見時總是輕鬆而堅定。葉瑪西的聲音低沉，帶著喃喃抱怨，並表現出遲疑與焦慮。葉瑪西總是處在一種焦慮狀態中。他是長子，父親不在家，到北地的莊園時，農田的管理權便落到他手上。葉瑪西遲緩、謹慎，而且具有自找麻煩的傾向。他是個身材笨重、動作遲緩的人，沒有索巴卡的瀟灑與自信。

從小時候開始，蓮梨桑便聽慣了她這兩個哥哥用這類的聲調爭論著。這突然給她一種安全感。她又回到家了，是的，她回到家裡來了……

然而當她再次望向那泛白閃爍的河面時，心裡的反叛與痛苦再度升起。喀尹，她年輕的丈夫，死了……笑容滿面、雙肩壯實的喀尹。喀尹和陰府之神在死人的王國裡；而她，蓮梨桑，他心愛的妻子，被孤單單地留在人間。他們在一起生活了八年——她只不過比小孩子大一點點時就跟了他了——而如今她守寡歸來，帶著她和喀尹所生的孩子泰娣，回到她父親的家裡。

此時，她的感覺有如她從沒離開過……

她衷心迎納這個感覺……

她要忘掉那八年。它充滿著不忍回首的快樂時光，如今卻被失落與痛苦所撕毀。

是的，忘掉它們，把它們從心中抹去。再度回復成蓮梨桑，祭司英賀鐵的女兒——無憂無慮、不用思考、不用感覺的女孩。丈夫和兄長對她的愛是個殘忍的東西，它的甜蜜欺騙了她。她想起那健壯厚實的古銅色肩膀，那布滿歡笑的嘴……如今喀尹已經被塗上香料，做成了木乃伊，全身裹紮著布條，在護身符的庇護之下，邁上前往另一個世界的旅途。這個世界上再見不到喀尹揚帆於尼羅河上，在陽光下歡笑捕魚，而她則舒舒服服地躺在船上，泰娣坐在她膝頭上，對他回眸輕笑……

蓮梨桑心想：「我不要再想這些。這些都已經過去了！我現在回到家中，一切都和過去一樣，我隨即也會和過去一樣。一切都不曾改變。泰娣已經忘了那些事，已經能和其他的小孩一起遊玩、歡笑。」

蓮梨桑猛然轉身，朝著回家的路上走去，途中遇到了一些載貨的驢子正被趕往河堤去。她路過穀倉和庫房，穿過大門，走進了中庭。中庭是個令人感到愉快的地方。裡面有一座人工池，四周圍繞著花朵盛開的夾竹桃和茉莉、無花果樹。泰娣和其他的孩子正在玩耍，他們的聲音尖銳、清晰。他們正在湖邊的一棟小樓閣裡跑進跑出。蓮梨桑注意到泰娣正在玩一隻拉動繩子嘴巴便會一張一閉的木獅子，一個她小時候心愛的玩具。她再度感激地想著：「我回到家了……」這裡什麼都沒有改變，一切都像往昔一般。在這裡，生活是安全的、是永恆的、是不會改變的。泰娣如今是這裡的孩子，而她是一個關閉在家牆內的母親……然而，一切事物的架構、本質是不變的。

孩子們正在玩的一個球滾到她的腳前，她撿起來丟了回去，笑出聲來。

蓮梨桑繼續走到有著色彩亮麗柱子的門廊，然後穿過門去，走進屋子裡，越過裝潢著彩色荷花和罌粟花飾帶的中央大廳，繼續來到內室婦女活動區域。

高昂的談話聲淹耳而至，她再度停頓下來，品味著這往日熟悉的聲響。沙蒂琵和凱伊達還是一樣爭論著！沙蒂琵那耳熟能詳的聲調，高亢、跋扈、威風十足！沙蒂琵是她哥哥葉瑪西的太太，高個子、精力充沛、大嗓門，俊俏中帶著嚴厲、威風凜凜的氣勢。她永遠在下著命令，制定條律，叱責僕人，到處找碴，純粹靠她的叱責和脾氣讓他們完成一些不可能的任務。每個人都怕她那副嗓門開響，總沒命似地跑去完成她的命令。葉瑪西本人非常欽佩他這生氣蓬勃、堅決果斷的太太，儘管他那任她欺凌的樣子經常叫蓮梨桑看了生氣。

偶爾在沙蒂琵那高八度的話語停頓之時，間歇可以聽見凱伊達那平靜、執著的話聲。凱伊達是個臉孔寬廣平庸的婦人，是英俊瀟灑的索巴卡的太太。她一心一意奉獻所有給她的子女，很少去想到或談到其他任何事情。她以平靜、不為所動、固執地重複話語這個簡單的策略來對抗妯娌間的爭論。她的態度既不辛辣也不衝動，除了她本身的立場，其他的她一概不加以考慮。索巴卡極為依戀他的太太，什麼事情都跟她說，知道跟她說是安全的，她會表現得好像是仔細在聽，並適度地表示同意或不同意，隨後就把一些不中聽的話都忘了，因為她的心中已被子女的問題占滿了，沒有空間去容納他說的那些事。

「這是侮辱，我說，」沙蒂琵大吼。「要是葉瑪西還有一點點骨氣，他一定一刻也不能容忍！英賀鐵不在時這裡由誰當家？葉瑪西！而身為葉瑪西的太太，我有優先挑選這些踏布和墊枕的權利。那塊黑奴編的河馬圖案墊枕應該……」

凱伊達低沉的聲音插進來。

「不行，不，我的小乖乖，不要咬洋娃娃的頭髮。看，這個東西比較好吃，是顆糖……噢，真好吃……」

「你，凱伊達，你真沒有禮貌，你甚至都沒在聽我講話。你不回答……你的態度惡劣。」

「這藍色的墊枕本來就是我的……噢，看看小安珂，她在學走路……」

「你就跟你的孩子一樣笨，凱伊達，大家都這麼說！不過你別想這樣就算了。我一定要維護我的權利，我告訴你。」

蓮梨桑被身後悄悄的腳步聲嚇了一跳。她轉過身，看到喜妮站在她身後，一種熟悉的厭惡感湧上心頭。

喜妮一張瘦削的臉如往常一般扭曲成半帶諂媚的笑容。

「你一定覺得這裡沒改變多少，蓮梨桑，」她說，「我們都是怎麼忍耐沙蒂琵那副嗓門的，我還真不知道！當然，凱伊達可以頂她的嘴。我們就沒這麼幸運！我知道我的地位，我希望……我感激你父親供我吃、供我穿、供我住。啊，他是個好人，你父親。而我總是盡我所能去回饋。我總是在工作，幫幫這裡、幫幫那裡。但我不指望人家感謝或感激。要是你親愛的母親還在世的話，那就不同了。她最欣賞我。我們情同姐妹！她是個美女。好了，我已經盡了我的責任，守住我對她的諾言。她臨死前說：『照顧孩子們，喜妮。』而我說話算話。我一直為你們做牛做馬，從沒想要你們道謝……既不要求道謝也沒得到感謝！『只不過是老喜妮，』人家說，『她算不了什麼。』沒有一個人謝過我。為什麼他們該謝謝我？我只不過是幫點忙，如此而已。」

她像條鰻魚一般從蓮梨桑身邊溜過去，滑進內室。

「關於那些墊枕，對不起，沙蒂琵，我碰巧聽索巴卡說……」

蓮梨桑走開。往日對喜妮的厭惡再度湧起。奇怪，他們全都討厭喜妮！討厭她那不停牢騷的聲音，那持續不斷的自憐和她的惡意挑撥的火把。

「噢，算了，」蓮梨桑心想，「這有什麼不可以？」她想，這大概是喜妮自娛的方式。生活對她來說一定是很可怕。她像個苦力一樣地工作，而從來沒有一個人感激過她，這是事實。你無法感激喜妮……她不斷標榜自己的功績，讓你的一顆感激之心都涼了。

蓮梨桑心想，喜妮是那些命中注定要把自己奉獻給別人卻沒有一人肯為她奉獻的人。她長得不吸引人，而且也笨。然而她又總是知道什麼事情正在進行當中。她走路無聲無息，耳力靈敏，眼神銳利，沒有任何事情能長久逃過她的耳目。有時候她把她所知道的事藏在心裡，有時候則一個接一個的去跟人家耳語，再站在後面高高興興地靜觀她所製造的效果。

這屋子裡的每個人不時請求英賀鐵把喜妮趕走，但英賀鐵就是不肯。他或許是唯一喜歡她的人；而她回報他的方法，則是誇張而過度的奉獻，令其他家人相當反感。

蓮梨桑站著猶豫了一會兒，聽著她兩個嫂嫂增高、增快的吵嚷聲，喜妮跳入干涉，火上加油一番，然後便慢步走向她祖母的小房間。她祖母伊莎獨自坐著，兩個黑人小女孩在侍奉她。她正在檢視著一些她們攤開給她看的亞麻布衣衫，一面溫和地責罵她們。

是的，一切都還是老樣子。蓮梨桑站在那裡聽著，沒人注意到她。老伊莎身體縮小了一點，如此而已。不過她的聲音還是老樣子，絲毫未變，幾乎就如同蓮梨桑八年前離開這裡時一樣……

蓮梨桑悄悄溜出去。那老婦人和那兩個小女奴都沒注意到她。蓮梨桑在敞開的廚房門邊停留了一會兒。一股烤鴨的香味，一大堆談笑責罵聲，全都同時湧過來；一大堆青菜等著處理。

蓮梨桑靜靜站著，她的兩眼半閉著。從她站立的地方可以同時聽到各種聲音。廚房裡混雜的喧嚷聲，老伊莎高亢、刺耳的聲調、沙蒂琵的尖叫聲，以及凱伊達非常細弱且更為深沉、持續的女低音。各種女人的喧嘩聲，聊天、說笑、抱怨、責罵、尖叫……

被這些頑固、喧嚷的婦道人家包圍著，突然間，蓮梨桑感到悶得透不過氣來。婦人——吵鬧、喧嚷的婦人，一屋子的婦人，從不平靜，從不安寧，總是在談話、叫嚷，只會說……不做！

而喀尹……喀尹沉默而警覺地坐在他的船上，他的全副心神都貫注在他即將投矛一刺的魚兒身上，絲毫沒有這種喧嚷、這種忙碌、這種持續不斷的嘈雜場面。

蓮梨桑再度快速走出屋子，進入溫暖、清朗的沉靜裡。她看到索巴卡從田裡走回來，同時遠遠地看到葉瑪西朝著墳墓走去。

她轉身踏上通往墳墓的石灰石斷崖小徑。那是偉大的梅瑞普大縣官的墳墓，而她父親是負責看管維護的司祭。所有的莊園都是祭祀產業。

當她父親不在時，司祭的責任便落到她哥哥葉瑪西的身上。蓮梨桑慢慢地沿著陡峭的小徑往上走，抵達時，葉瑪西正在墓穴的小石室裡，跟她父親的管事侯里磋商。

侯里的膝頭上攤著一張草紙，葉瑪西和他正俯身看著。

葉瑪西和侯里在她抵達時都對她微微一笑，她在他們附近的一處陰影下坐著。她一向很喜歡她哥哥葉瑪西。他對她溫柔疼愛，而且性格溫馴、善良。侯里也一向對小蓮梨桑很好，有時候會幫她修理一些玩具。她離開這裡時，他還是個嚴肅、沉默的年輕人，有一雙靈巧的手。蓮梨桑心想，雖然他現在看起來老些，卻沒什麼改變。他投給她的那種莊重的微笑，仍如同她記憶中的一樣。

葉瑪西和侯里一起喃喃唸著：「小伊彼，七十三蒲式耳大麥……」

「那麼總數是小麥二百三十，大麥一百二十。」

「是的，不過還有木材的價錢，和在波哈換油的穀物……」

他們的談話繼續進行。蓮梨桑在喃喃的男人話聲中滿足地坐著，昏昏欲睡。稍後，葉瑪西站起來，把那卷草紙交還給侯里，走了出去。

蓮梨桑在和悅的沉默中坐著。

稍後，她摸一摸草紙問道：「這是我父親寄來的？」

侯里點點頭。

「上面寫些什麼？」她好奇地問。

她把它攤開，注視著上面一些對不識字的她來說毫無意義的符號。

侯里微微一笑，探過她的肩膀，一邊唸一邊用小指指著，這封信是職業書信家用華麗的文體寫成的。

「產業看守者，司祭英賀鐵說：『願你們身心健康，長命百歲。願眾神保佑你們。願天神使你們心情愉快。兒子你去稟告母親，司祭對他母親伊莎說：「您好嗎，平安、康健否？」對全家人說：「你們都好嗎？」對我兒葉瑪西說：「你過得怎麼樣，平安、康健嗎？盡力管理我的田園。盡你全部的力量，埋頭苦幹。知道吧，如果你勤勉，我會為你讚美天神……」』」

蓮梨桑笑了起來。

「可憐的葉瑪西！我想，他夠賣力工作了。」

聽到她父親的訓誡，令她眼前浮現起鮮明的形象——他那自大、有點難以取悅的態度，他那持續不斷的告誡與訓示。

侯里繼續。

「『全心照顧我兒艾匹。我聽說他心有未滿。同時注意要沙蒂琵善待喜妮。記住，不要忘記來信告訴我麻布和油的事。保護我的收成，保護一切我的東西，我要你負責。如果我的土地淹水，你和索巴卡就有苦頭吃了。』」

「我父親還是老樣子，」蓮梨桑愉快地說，「總是認為他一走，我們就什麼事都做不成了。」

她讓那卷草紙從手中滑落，輕柔地加上一句說：「一切都是老樣子……」

侯里沒有答腔。他拿起一張草紙，開始書寫。蓮梨桑懶洋洋地看了他一會兒。她感到心滿意足，不想開口說話。

慢慢地，她幻想般地說：「懂得怎麼在草紙上寫字一定是件有趣的事。為什麼不讓每個人都學？」

「沒有必要。」

「或許是沒有必要，不過會是件愉快的事。」

「你這樣認為嗎，蓮梨桑？這會讓你產生什麼不同？」

蓮梨桑考慮了一下，然後慢吞吞地說：「你這麼一問，我倒真的不知道，侯里。」

侯里說：「就目前來說，一大片財產只要幾個文書就夠了。不過，我想，這一天會來到的，全埃及會有大量的書記。我們是生活在一個偉大時代的開端。」

「那是件好事。」蓮梨桑說。

侯里緩緩地說：「我可不這麼確信。」

「為什麼你不這麼確信？」

「因為，蓮梨桑，要寫下十蒲式耳大麥，或一百頭牛，或十畝小麥田是非常容易，根本不費力氣。然而因為寫下來的東西看起來就好像是實物一樣，因此動筆的人就會看輕那些耕田、收割、飼養牛隻的人……但是，田地、大麥、牛隻都是實實在在的物體，它們不只是草紙上的一些墨跡而已。而當所有的草紙所有的紀錄都被摧毀掉、書記都被驅逐時，只有那些耕作收割的人會繼續存活下去，而埃及也會仍舊生存下去。」

蓮梨桑專注地看著他。她緩緩說道：「是的，我懂你的意思。只有那些你看得到、摸得到、吃得下的東西才是真實的，寫下『我有兩百四十蒲式耳大麥』並不表示什麼，除非你真的有那些大麥。人可以寫下一堆謊言。」

侯里看到她一本正經的表情，微微一笑。蓮梨桑突然說：「你曾幫我修理獅子玩具……

很久以前，你記得嗎？」

「是的，我記得，蓮梨桑。」

「泰娣現在在玩它，同樣的那隻獅子。」她停頓下來，然後純真地說：「喀尹到陰府去時，我非常傷心。但是如今我回家了，我會再快樂起來，忘掉悲傷，因為這裡一切都還是老樣子，什麼都沒變。」

「你真的這樣認為？」

蓮梨桑猛然抬起頭看他。

「你是什麼意思，侯里？」

「我的意思是，總是會有改變的。八年就是八年。」

「這裡什麼都沒變。」蓮梨桑自信地說。

「或許。然而，一定會有所改變。」

蓮梨桑厲聲說：「不會，不會，我要一切都保持老樣子！」

「但你自己就不是當年和喀尹離去時的同一個蓮梨桑。」

「是的，我是！如果不是，那麼我很快就會再是。」

侯里搖頭。

「你無法回到過去，蓮梨桑。就像我的這份計算過程。我以二分之一為主，加上四分之一，然後十分之一，然後二十四分之一……到了最後，你看，完全是個不同的數目。」

「可是我只是蓮梨桑，不是數字。」

「可是蓮梨桑一直有東西加上去，她一直在變化，變成一個不同的蓮梨桑！」

「不，不。你就還是同樣的侯里。」

「你大可以這樣想，但是事實並非如此。」

「不，是一樣的。葉瑪西還是老樣子，這麼憂慮、這麼焦躁，而沙蒂琵還是一樣欺壓他，而她和凱伊達還是和以前一樣為了踏板和珠子爭吵，而待會兒我回去時，她們又會笑作一團，還是那對最好的朋友。喜妮還是一樣鬼鬼祟祟，到處偷聽，到處發牢騷，訴說她的功勞，而我祖母還是為了一些亞麻布跟她的小女僕嘮嘮叨叨！一切都還是老樣子，而且不久我父親就會回來，又會是大驚小怪、吵吵鬧鬧的，他會說『為什麼你們沒這樣做』、『你們應該那樣做』，而葉瑪西會一臉憂愁，索巴卡會大笑，一副事不關己的無辜相，而我父親會繼續寵壞艾匹，他現在十六歲了，但他就像他八歲時一樣寵他，一切根本都沒有改變！」她停頓下來，喘不過氣。

侯里嘆了一聲後，柔聲說：「你不了解，蓮梨桑。有一種邪惡是來自外界，它從外界攻擊，所以人人都見得到；但是有另外一種是在內部滋長，沒有顯出任何外在的跡象。它一天一天慢慢地成長，直到最後整個果實都腐爛掉了……被疾病吞噬。」

蓮梨桑瞪大眼睛注視著他。他幾近於心不在焉地說著，好像不是在對她說，而是在自我沉思。

她突然大叫：「你這是什麼意思，侯里？你讓我感到害怕。」

「我自己也感到害怕。」

「可是，你是什麼意思？你說的這個惡魔是什麼？」

他看著她，然後微微一笑。

「忘掉我所說的吧，蓮梨桑。我是在想著破壞農作物的病蟲害。」

蓮梨桑鬆了一口氣。

「我很高興你這樣說。我以為……我不知道我以為什麼。」

02 尼羅河氾濫季第三個月第四天

沙蒂琵正在和葉瑪西說話。她的聲調很少改變，總是高亢、刺耳。

「我的意思是，你必須要有主見！除非你堅持己見，否則你永遠不會受到重視。父親總說一定要這樣那樣做，還有為什麼你不這麼做，而你乖乖地聽著，回說『是的，是的』，不停地向他道歉，說什麼你應該照他說的去做……天曉得他說的那些都是不可能做到的！你父親把你當小孩子看待，把你看成是個不負責任的小男孩！你簡直就和艾匹一樣的年紀。」

葉瑪西平靜地說：「我父親並沒有像對待艾匹那樣對待我。」

「的確是沒有。」沙蒂琵恨恨地抓住這個新話題。「他那樣對待那個被寵壞的小鬼真是傻！艾匹一天比一天難對付。他一天到晚大搖大擺的到處亂逛，不幫一點忙，假裝人家要他做的事都太困難了！真是可恥。這都是因為他知道父親總是縱容他、袒護他。你和索巴卡應該對此採取強硬態度。」

葉瑪西聳聳肩。

「這有什麼好處？」

「你簡直要把我逼瘋了，葉瑪西，你就是這樣！沒有骨氣，像女人一樣溫順！你父親不管說什麼，你都馬上同意！」

「我對我父親感情很深。」

「是的，而且他就利用這一點。你一直溫溫順順地接受指責，為一些不是你的錯的事道歉！你應該像索巴卡一樣開口頂回去。索巴卡誰都不怕！」

「是的，可是，你要知道，沙蒂琵，我父親信任的人是我，不是索巴卡。我父親對索巴卡毫不信任，任何事情他都由我來判斷，不是索巴卡。」

「就是因為這樣，你更應該加入為產業合夥人！你在你父親外出時代表他，你在他不在時執行司祭的職權，他把一切都交在你的手上，而你的權威並沒有受到確認。這應該做個妥善的安排。你已經是個將近中年的大男人了，還把你當小孩子一樣看待是不對的。」

葉瑪西懷疑地說：「我父親喜歡凡事都掌握在他手上。」

「正是。家裡每個人都仰仗他，讓他感到高興……什麼事都得看他高不高興。這是很糟糕的情況，而且會變得更糟。這次他回來，你必須大膽地跟他談一談。你必須說你要求明文指定，而且堅持要有個明確的地位。」

「他不會聽我的。」

「那麼你必須讓他聽你的。噢，我怎麼不是個男人！如果我是你，我會知道該怎麼做！有時候我覺得我嫁的是一條蟲。」

葉瑪西臉紅了。

「我會看看我能做什麼……我……是的，我或許會對父親說，請求他……」

「不是請求……你必須要求！畢竟，你是他的左右手。他除了你之外，找不到任何人來幫他負責。索巴卡太野了，你父親不信任他；而艾匹又太年輕了。」

「還有侯里在。」

「侯里不是自家人。你父親信賴他的判斷，但是他除了自己的骨肉之外，不會把權力交到別人手上。不過我知道為什麼會這樣。你太溫順了，你的血管裡流的是牛奶，不是血！你從不考慮考慮我和我們的孩子。在你父親死掉之前，我們都不會有穩當的地位。」

葉瑪西沉重地說：「你看不起我是嗎，沙蒂琵？」

「你真叫我生氣。」

「聽著，我告訴你我會在父親回來時跟他說。這是我給你的諾言。」

沙蒂琵喃喃地說：「是的。不過你要怎麼跟他說呢？像一個大男人……或者是像一隻小老鼠？」

§

凱伊達正在跟她最小的孩子安珂玩。小孩子正在學走路，凱伊達笑著鼓勵她，跪在她前面，雙臂張開，等著小孩子小心翼翼、踉踉蹌蹌地一步一步投進她的懷抱裡。

凱伊達在展示這些成就給索巴卡看，但是她突然了解到他並沒有注意在看，而是坐在那裡，漂亮的額頭深深皺著。

「噢，索巴卡，你沒在看，你沒有看到。小傢伙，告訴你爸爸，他真壞，沒看你走路。」

索巴卡憤憤地說：「我有其他的事要想、要操心。」

凱伊達站了起來，把被安珂抓住的一綹頭髮往後梳理，它遮住了她的濃密黑眉。

「為什麼？有什麼不對嗎？」凱伊達不十分在意地說。這句問話只是半機械性的反應。

索巴卡生氣地說：「我操心的是我不受信任。我父親是個老人，頭腦古板得可笑，他堅持要獨攬大權，他不會讓我操控這裡的事情。」

凱伊達搖搖頭，含糊地低聲說：「是的，是的，這太糟糕了。」

「要是葉瑪西有骨氣一點，支持我，可能還有希望讓我父親明理。但葉瑪西太過膽怯，他只會執行我父親在信上給他的每一項指示。」

凱伊達對小孩子搖著一串珠子，喃喃說道：「是的，這是事實。」

「這件木材的事，我父親回來後我會告訴他我自己做了判斷。把它們換成亞麻布比換油好太多了。」

「我確信你是對的。」

「但是我父親固執得很，非照他的方法做不可。他會大吼大叫：『我告訴過你要把它們換成油。我一不在這裡，就什麼事情都出差錯。你是個一無所知的笨孩子！』他以為我幾歲了？他不知道我現在正是如日中天的大男人，而他已經過了黃金時期。他的指示，還有他拒絕任何不合常軌的交易，會讓我們做不成任何好生意。要致富就必須冒一些險。我有遠見和勇氣，而我父親這兩樣都沒有。」

凱伊達的眼睛看著孩子，輕柔地說：「你好有膽識，好聰明，索巴卡。」

「但是這次如果他敢再找碴，對我大吼大叫，我就要他聽聽一些真心話！除非他放手讓我幹，否則我就離開。」

凱伊達伸向孩子的一隻手僵在半途，猛然回過頭來。

「離開？你要離開到哪裡去？」

「某個地方！我不能忍受讓一個愛挑剔、自以為了不起，不給我任何表現機會的老頭子欺壓、嘮叨。」

「不，」凱伊達厲聲說，「我不答應，索巴卡。」

他注視著她，她的聲調讓他注意到她的存在。他太慣於僅僅把她當作是個談話時的安慰伴侶，以至於他經常忘了她是個活生生、有思想的婦人。

「你這是什麼意思，凱伊達？」

「我的意思是，我不會讓你做傻事。所有的財產都屬於你父親，土地、農作物、家畜、木材、亞麻，一切一切！你父親死後，那就是我們的了……你的，葉瑪西的和我們的孩子的。如果你和你父親吵架走掉，那麼他會把你的那一份分給葉瑪西和艾匹……他太過於寵愛艾匹了。艾匹知道這一點，而且加以利用。你這樣正中艾匹下懷，你和英賀鐵吵架走掉，他正求之不得呢。我們得替我們的孩子想想。」

索巴卡瞪大眼睛注視著她，然後發出驚訝的短笑聲。

「女人總是出人意料。我不知道你會這樣想，凱伊達，你好凶猛。」

凱伊達急切地說：「不要和你父親吵，不要跟他頂嘴，放聰明一點，稍安勿躁。」

「或許你是對的……不過這可能得忍受好久。我父親應該讓我們做他的合夥人。」

凱伊達搖搖頭。

「他不會這樣做。他喜歡說我們全都吃他的，全都依靠他，沒有他我們全都無處可去。」

索巴卡以奇特的眼光看著她。

「你不太喜歡我父親，凱伊達。」

但是凱伊達並未回答他的話，她再度俯身關照那個搖搖晃晃的小孩。

「來，甜心……看，這是你的洋娃娃。來，走過來……」

索巴卡俯視她彎腰下去的後腦袋，然後一臉迷惑，舉步走了出去。

§

伊莎派人找來她的孫子艾匹。

這位一臉不滿的英俊男孩站在她面前，她正以高昂刺耳的聲音責罵著他，她視力矇矓、儘管能見度甚低卻精明的眼睛直直注視著他。

「我聽到的是什麼？你不做這個，不做那個？你要放牛，你不喜歡和葉瑪西一起，不想去監督耕作？一個小孩說什麼要這個不要那個的，成什麼體統？」

艾匹不高興地說：「我不是小孩，我已經長大了。為什麼我應該被當作小孩子看待？交代我做這做那的，不能有我自己的意見，而且沒有自己的零用錢！總要我聽葉瑪西的命令！葉瑪西以為他是誰？」

「他是你的哥哥，而且他在我兒子英賀鐵人不在時負責這裡的一切。」

「葉瑪西是笨蛋……慢吞吞的而且笨透了。我比他聰明多了。而且索巴卡也很笨，只會吹牛，說他是多麼的聰明！父親已經寫信來說，我可以自己挑選工作做……」

「你根本什麼都沒挑來做。」老伊莎插嘴說。

「而且要多給我食物和飲料，如果他聽說我不高興，沒有受到好好的對待，他會非常生氣。」

他邊微笑邊說，一種雙唇往上彎翹的狡猾微笑。

「你是個被寵壞的小鬼，」伊莎用力說，「而且我會這樣跟英賀鐵說。」

「不，不，奶奶，你不會那樣做。」他的笑容改變，變得帶有安撫的意味，有點謹慎。「你和我，奶奶，我們是這家裡最有頭腦的兩個人。」

「你真厚臉皮！」

「我父親很依賴你的判斷，他知道你最聰明。」

「這有可能，的確如此。不過我用不著你來告訴我。」

艾匹笑出聲來。

「你最好站在我這一邊，奶奶。」

「什麼這邊不這邊的？」

「兩位哥哥都非常不滿。難道你不知道？當然你知道，喜妮什麼事都告訴你。沙蒂琵一天到晚向葉瑪西大聲疾呼，一逮到他就說個不停。而索巴卡那筆木材交易根本是自找麻煩，恐怕父親發現後會氣炸了。你看著好了，奶奶，再過一兩年我會跟父親聯手，他一切都會聽我的。」

「你，家裡最小的一個？」

「年齡有什麼關係？有權力的人是我父親，而我是最懂得如何對付父親的人！」

「這樣說真不像話。」伊莎說。

艾匹柔聲說：「你不是傻子，奶奶，你對我父親相當了解，不管他再怎麼說大話，其實他只是個弱者……」

他停了下來，注意到伊莎挪動了一下頭部，望過他的肩頭。他轉過頭去，看到喜妮正站在他後面。

「英賀鐵是弱者？」喜妮以她楚楚可憐的輕柔聲音說，「我想他聽到你這樣說可不會高興。」

艾匹不安地快速笑了一聲。

「你不會告訴他吧，喜妮……好啦，喜妮，答應我，親愛的喜妮……」

喜妮滑向伊莎。她揚起聲音，帶點可憐兮兮的聲調說：「當然，我從不想惹麻煩，你是知道的……我對你們大家都是全心全意的奉獻。我從不打小報告，除非我認為有必要……」

「我是在逗奶奶開心，如此而已，」艾匹說，「我會這樣告訴父親。他會了解我不是說真的。」

他對喜妮短促地點了一下頭，走了出去。

喜妮望著他的背影，對伊莎說：「一個好孩子……一個長得很好的孩子。只是，講話太放肆了！」

伊莎厲聲說：「他說的話很危險，我不喜歡他的想法。我兒子太過於縱容他了。」

「誰不會呢？他是這麼一個英俊迷人的男孩子。」

「心美貌始美。」伊莎厲聲說。

她沉默了一會兒，然後緩緩說道：「喜妮，我很擔心。」

「擔心？伊莎，你擔心什麼？無論如何，主人很快就要回來了，一切都會平順無事的。」

「會嗎？我倒懷疑。」

她再度沉默下來，然後說：「我孫子葉瑪西在家嗎？」

「我看到他幾分鐘前走向門廊去。」

「去告訴他我要跟他說話。」

喜妮離去。她在陰涼、有著彩色柱子的門廊裡找到葉瑪西，把伊莎的話傳給他。葉瑪西立即應召而去。

伊莎猛然說：「葉瑪西，英賀鐵很快就會回來了。」

葉瑪西溫順的臉色一亮。

「是的，太好了。」

「一切都替他料理好了？處理妥當了嗎？」

「我父親的指示我都在能力範圍之內盡力執行了。」

「艾匹呢？」

葉瑪西嘆了一口氣。

「我父親對他太過於縱容了。這對年輕人不好。」

「你得讓英賀鐵明白這一點。」

葉瑪西露出疑慮。

伊莎堅決地說：「我會支持你。」

「有時候，」葉瑪西說著嘆了一口氣。「好像一切都是難題。不過我父親回來就會沒事了。到時候他可以自己做決定。他不在時要執行他的意願很難，尤其是我並沒有真正的實權，只不過是他的代表而已。」

伊莎緩緩說道：「你是個好兒子，忠誠、有感情。你是個好丈夫，你遵從了一個諺語所說的：一個男人應該愛他的妻子，給她一個家，填滿她的肚子，送她衣裳穿，給她昂貴的香膏打扮，同時在她有生之年讓她心中快樂。但是，前人還有個進一步的告誡，是這樣說的：防止她取得支配權。如果我是你，我的乖孫子，我會牢牢記住這個告誡……」

葉瑪西看看她，一臉緋紅，轉身離去。

03

尼羅河氾濫季第三個月第十四天

到處都是一片忙亂、喧噪。廚房已經烘出數百條的麵包，現在正烤著鴨子；菜、大蒜和各種香料的味道竄了出來。婦女吼著、下著命令，僕人跑來跑去。

到處都在喃喃低語：「主人……主人要回來了……」

蓮梨桑在幫忙編織罌粟花和蓮花花環，興奮、快樂之情在心頭跳動著。她父親就要回家來了！過去幾個星期，她已不知不覺地悄悄回到舊日生活的軌道裡。起初那不熟悉、陌生的感覺，及由侯里那句話所引發的異樣感覺，她相信已經不見了。她還是過去的那個蓮梨桑，葉瑪西、沙蒂琵、索巴卡和凱伊達也都還是老樣子。如今，就如同過去一樣，大家都在忙著準備迎接英賀鐵的歸來。已經有人先傳話回來，說他天黑之前會回到家裡。有個僕人被派到河堤上，一看到主人回來就通告。突然他大聲、清晰地傳話過來，叫喊著令人愉快的消息。

蓮梨桑丟下手中的花朵，跟其他人一起跑出去。他們全都匆匆趕往河堤邊的船隻停泊處。葉瑪西和索巴卡已經在那裡，混在一群村民、漁夫和農人當中，大家都興奮地叫喊著、指點著。

是的，一艘有著巨型四方大帆的船正在北風的吹送下快速駛過來。緊接在這艘船後面，是擠滿了男男女女的炊事船。稍後，蓮梨桑已可看到她父親坐在船上，手裡拿著蓮花，有一個人和他坐在一起，她想是個歌者。

堤岸上的叫喊聲增強一倍，英賀鐵朝群眾揮揮手，水手們拖拉著升降索。「歡迎主人」的叫喊聲、感謝天神讓他平安歸來的稱頌聲直入雲霄，不一會兒，英賀鐵上了岸，跟他家人打招呼，禮貌地回應群眾的歡呼。

「讚美索貝克神，涅斯神的兒子，祂讓您水上航行平安！」

「讚美佩司神[3]，孟斐斯南方之神，祂讓您回到我們身邊！」

「感謝照亮兩個世界的太陽神雷！」

蓮梨桑躋身向前，陶醉在一片興奮歡呼聲中。

英賀鐵裝模作樣地直立起來。蓮梨桑突然覺得：「他竟是個小人兒。我以為他大多了。」一種幾近於沮喪的感覺在她心頭湧起。

她父親「縮水」了嗎？或是她自己的記憶出了錯？她記憶中的他是個了不起的人物，專橫跋扈，經常挑剔、訓示每個身邊的人，這有時候令她心裡暗自發笑，然而，不管怎樣，他總是號「人物」。但是眼前這個矮小、圓胖、自以為了不起的老人，給人的印象卻不是那麼一回事……她到底是有什麼不對勁？她的腦子裡怎麼會有這些不敬的想法？

英賀鐵完成了冠冕堂皇的致答辭，開始比較私人性的寒暄。他擁抱他的兒子。

「啊，我的好葉瑪西，還是一臉笑容，我不在時你很勤勞，我確信……索巴卡，我英俊的兒子，仍然專心尋歡，我知道。艾匹……我最親愛的艾匹，讓我仔細看看你……站開一點，對了。長大了些，更像個男子漢！多麼高興再擁抱你們！還有蓮梨桑，我親愛的女兒，你又回到家裡來了。沙蒂琵、凱伊達，我親愛的媳婦……還有喜妮，我忠實的喜妮……」

喜妮跪著，擁抱他的雙膝，誇張地擦拭她高興的淚水。

「見到你真好，喜妮。你很好、很快樂吧？看到你像往常一樣忠實勤懇，真叫人心裡高興……我優秀的侯里，帳目記得好，文筆清晰！一切都興隆旺盛吧？我確信。」

然後，寒暄結束，四周的喃喃聲消失，英賀鐵舉起手示意大家靜下來，他清晰、大聲地說：「我的兒女、朋友們，我有個消息要告訴你們。如同你們所知道的，多少年來，我就某方面來說，一直是個孤獨的男人。我的妻子——你們的母親，葉瑪西和索巴卡；還有我的姨太太——你的母親，艾匹，都在好幾年前到陰府去了。因此，沙蒂琵和凱伊達，我帶回來一個新妾給你們作伴。你們看，這就是我的姨太太南翡兒，你們要看在我的面子上愛護她。她

3 佩司（Ptah），古埃及神話中的創造之神。

和我一起從北方的孟斐斯來，下次我再離開時，她會和你們一起在這裡住下來。」

他邊說邊把一個女人拉向前來。她站在他身旁，頭往後仰，兩眼瞇起，看來年輕、高傲、美麗。

蓮梨桑驚訝地想：「她竟那麼年輕，也許年紀還沒我的大呢！」

南翡兒靜靜地站著，唇上掛著一絲笑意……嘲弄而不是討好的笑。

她有著非常筆直濃黑的眉毛，銅亮的皮膚，睫毛厚密，幾乎讓人看不到她的眼睛。

一家人都吃了一驚，啞口無言地瞪目而視。英賀鐵以有點憤慨的聲音說：「好了，孩子們，快歡迎南翡兒。難道你們不知道怎麼招呼你們父親帶回來的妾室嗎？」

問候語斷斷續續、結結巴巴地發出。

英賀鐵——或許心中隱藏著些許不安——故作愉快地大聲說：「這才像話！南翡兒，沙蒂琵、凱伊達和蓮梨桑會帶你到婦女活動區去。行李呢？所有的行李都帶上岸了嗎？」

圓頂蓋的行李箱正從船上搬運下來。英賀鐵對南翡兒說：「你的珠寶和衣服都在這裡。去把它們好好收起來。」

然後，在婦人們都一起離去後，他轉身面對他的兒子。

「土地都怎麼樣了？一切都很好吧？」

「低處的田地都租給了尼克帝……」葉瑪西說到這裡，被他父親打斷。

「現在不要細說，好葉瑪西，這不急。今晚好好慶祝一下。明天我們再和侯里一起談正事。來吧，艾匹，我的孩子，我們一道走回去。你長得真高，都高過我了。」

索巴卡愁容滿面地走在他父親和艾匹後面。他附在葉瑪西耳邊低聲說：「珠寶和衣服，你聽見了嗎？北方的收成都跑到那上頭去了。那是我們的利潤啊。」

「不要說了，」葉瑪西低聲說，「父親會聽見的。」

一回到家，喜妮就到英賀鐵房裡去準備洗澡水。她笑容滿面。

英賀鐵略微放鬆了一點防衛心理。

「怎麼樣，喜妮，你認為我的眼光怎麼樣？」

儘管他決心採取高壓手段——他相當清楚南翡兒的來到會引起風暴，至少在婦女居住區是如此——但喜妮和其他人不同，她是一個最忠實的人。她並沒有令他失望。

「她很美！好美的頭髮，好漂亮的手腳！她配得上你，英賀鐵。我還能再說什麼？你死去的妻子會很高興你挑到這樣一個伴侶，她會讓你的日子過得十分幸福。」

「你這樣認為，喜妮？」

「我確信，英賀鐵。在替她守了這麼多年喪之後，也該是你再重新享受生活的時候了。」

「你對她非常了解……我也感到我該過過正常男人的生活了。呃，啊嗯，我的媳婦和我女兒……也許她們會不高興吧？」

「她們最好不要，」喜妮說，「畢竟，她們都必須依靠你。」

「說得對，非常對。」英賀鐵說。

「你供她們吃，供她們穿，她們的幸福完全是你的努力換來的。」

「是的，的確是。」英賀鐵嘆了一聲說，「我不斷地為他們努力工作。有時候我很懷疑，他們是否了解他們全都虧欠了我。」

「你應該提醒他們，」喜妮點點頭說，「我，你謙卑、忠實的喜妮，從沒忘記我欠了你什麼。但是孩子們有時候很自私、不會想、自以為了不起，完全不了解他們只是在執行你的指示而已。」

「這真是再真實不過的說法了，」英賀鐵說，「我一直都說你是個聰明人，喜妮。」

喜妮嘆了一口氣。

「要是別人也這樣認為就好了。」

「怎麼啦？有人對你不好嗎？」

「不，不，他們並不是有意的……我應該不停地工作，這對他們來說是理所當然的事，我也樂意這樣……不過，差別是在於一句溫情、感激的話。」

「你可以從我這裡得到溫情、感激，」英賀鐵說，「而且記住，這裡永遠是你的家。」

「你真是太好了，主人。」她頓了頓，加上一句話：「奴隸已經在浴室裡備好了熱水。你洗過澡換好衣服後，你母親要你去見她。」

「啊，我母親？是的，是的，當然……」

英賀鐵突然顯得有點尷尬。他掩住心中的困惑，很快地說：「當然，我本來就打算去……告訴伊莎我會去。」

§

伊莎，穿著她最好的打褶亞麻寬袍，以嘲諷的眼光看著兒子。

「歡迎歸來，英賀鐵。你回到我們身邊來了……我聽說，不是一個人。」

英賀鐵坐直身子，有點不好意思地回答：「噢，原來你已經聽說了？」

「當然。這屋子裡到處都在傳著這個消息。他們說，那個女孩子很漂亮，相當年輕。」

「她十九歲……呃，還不難看。」

伊莎笑出聲來，是那種老婦人不屑的尖笑聲。

「哼，」她說，「沒有人比老糊塗更糊塗的了。」

「我親愛的母親，我不了解你這話是什麼意思。」

伊莎泰然自若地回答：「你一向就是個傻子，英賀鐵。」

英賀鐵板起臉孔，氣憤地口沫橫飛不停辯解。儘管他總是自覺了不起，洋洋自得，但他母親總是能刺穿他自大的盔甲。在她面前，他感到自己變小了。她那近乎全盲的雙眼所透出的微微嘲諷，總是讓他倉皇失措。不可否認的，他母親從不誇大他的能力。儘管他很清楚他的自大不是無謂的，而自他母親個人的母性看法並不重要……然而她的態度總是刺傷他的自尊心。

「一個男人納個妾有這麼不尋常嗎？」

「一點也不會。男人都是傻子。」

「我不懂這有什麼傻不傻的。」

「你以為這個女孩會為這個家帶來和諧？沙蒂琵和凱伊達會冒火，而且會煽動她們丈夫的怒火。」

「這跟他們有何相干？他們有什麼權利反對？」

「沒有。」

英賀鐵站起來，氣憤地來回走動。

「難道我在自己的家裡不能做我高興的事嗎？我沒有供養我的兒子和他們的太太嗎？他們吃的每一口麵包不全都是欠我的嗎？我不是一直這樣告訴他們嗎？」

「你太喜歡這樣說了，英賀鐵。」

「這是事實。他們全都依靠我，沒一個例外！」

「而你確定這是件好事嗎？」

「你是說，一個男人供養他的家人不是好事？」

伊莎嘆了一口氣。

「記住，他們都在為你工作。」

「你要我鼓勵他們懶惰嗎？他們當然要工作。」

「他們都是成年人了，至少葉瑪西和索巴卡是，而且不只是成年而已。」

「索巴卡沒有判斷力，他做什麼事都出錯；而且他很魯莽無禮，我不會忍受他這一點。葉瑪西是個服從的好孩子……」

「比『孩子』大太多了！」

「但是有時一件事情我得跟他說上兩三遍他才聽得懂。我必須想到每一件事情，無所不想！每次我出門，我都得口授書記，把每一件指示詳詳細細寫下來，好讓我兒子確實執行……我幾乎無法休息，沒辦法睡覺！而現在我回到家裡，總算可以獲得一息安寧，新的麻煩卻又來了！甚至你，我的母親，也否認了我男人納妾的權利。你對我感到生氣……」

伊莎打斷他的話。

「我不是在生氣。我是覺得好笑。這屋子裡會有好戲可看了。但不管怎麼樣，我告訴你，你下次再到北邊去時，最好把那女孩帶在身邊。」

「她要留在這裡，在我家裡！誰敢虐待她，誰一定會後悔。」

「這不是虐不虐待的問題。不過，記住，乾草堆容易生火。俗話說：『有女人在的地方不好……』」伊莎頓了頓，然後緩緩說道：「南翡兒是長得漂亮。不過你記住這話：『男人受女人豔麗的肢體蠱惑而成了傻子，然後，看，一剎那間她們都變成了一堆失去光彩的廢瑪瑙……』」她以深沉的聲音引述說：「『一點，一滴，就像夢一般，而最後死亡來到……』」

04 尼羅河氾濫季第三個月第十五天

英賀鐵靜靜地聽著索巴卡解釋木材銷售的事。他的臉脹得通紅，太陽穴上青筋暴跳。

索巴卡一向冷靜的態度有點把持不住。他原本打算採取高姿態，但是面對父親逐漸皺緊的眉頭，他發現自己遲疑、結結巴巴起來。

英賀鐵終於不耐煩地打斷他的話說：「是的，是的，是的，你以為你懂的比我多……你違背了我的指示，總是這樣，除非我親自在這裡監督。」他嘆了一口氣。「我真無法想像，你們這些孩子沒有我會變成什麼樣子！」

索巴卡固執地繼續說：「有賺取更多利潤的機會，我冒了一次險。人不能老是顧及小節、太過小心謹慎！」

「你根本一點也不謹慎，索巴卡！你太急躁、太膽大妄為了，而你的判斷總是出錯。」

「我有過機會運用我的判斷力嗎？」

英賀鐵冷冷地說：「這一次你用上了……違抗了我的命令！」

「命令？我得老是聽命令嗎？我是個成年人了。」

英賀鐵大發脾氣，吼道：「誰供你吃，誰供你穿？誰想到未來？誰把你的福祉——你們大家的福祉——一直擺在心頭？河水低落，我們面臨饑荒的威脅時，不是我安排讓食物送到南方給你們的嗎？你很幸運有我這樣的父親……任何事情都設想到的父親！而我要求什麼回報？只不過要你勤奮工作，發揮你的能力，服從我的指示……」

「是的，」索巴卡大吼。「我們要像奴隸一樣為你工作，好讓你能買黃金珠寶給你的姘婦！」

英賀鐵氣呼呼地欺身向他。

「好大膽的孩子，竟敢這樣對你父親講話！你給我當心點，否則我會說這不再是你的家……你可以到別的地方去！」

「如果你不小心一點，我會走！我有一些主意，告訴你，一些好主意，會為我帶來財富的一些好主意。如果我不是在這裡被綁手綁腳的從沒機會做主……」

「你講完了吧？」

英賀鐵的語氣令人心寒。索巴卡有點洩了氣，但他仍然氣憤地說：「是的，是的……目前，我沒什麼好再說的了。」

「那麼去看看牛隻。這可不是偷懶的時候。」

索巴卡轉身，氣憤地大跨步離去。南翡兒正站在不遠處，他經過她身旁時，她瞄了他一眼，笑出聲來。這一笑可把他逼得氣血直往臉上衝……他氣得向她逼近半步。她文風不動地站著，半閉起雙眼，不屑地看著他。

索巴卡喃喃說著什麼，轉回他原先的方向。南翡兒再度笑出聲，然後慢慢地走向英賀鐵那裡去，他正在跟葉瑪西談話。

「你是怎麼回事，怎麼讓索巴卡做這種傻事？」他氣憤地問道。「你應該預防才是！難道你到現在還不知道他沒有做生意的判斷能力？他以為任何事情都會像他所希望的那樣。」

葉瑪西歉然說：「你不了解我的困難，父親。你告訴我要信任索巴卡，把木材出售的事交給他辦，因此有必要讓他自己去判斷處理。」

「判斷？判斷？他沒有絲毫判斷力！他只要依照我的指示行事，而你有責任監督他照做。」

葉瑪西臉紅起來。

「我？我有什麼權力？」

「什麼權力？我給你的權力。」

「但是我沒有真正的地位。要是我在法律上能和你聯合……」

南翡兒進來，他中斷下來。她打著呵欠，扭擰著手裡一朵猩紅的罌粟花。

「你不到湖邊的小閣樓去嗎，英賀鐵？那邊比較涼快，而且有水果和酒等著你去。你現在命令都已下完了吧？」

「等一下，南翡兒，等一下。」

南翡兒以輕柔、深沉的聲音說：「來嘛，我要你現在就去……」

英賀鐵顯得高興，而且有點害臊。葉瑪西在他父親開口之前很快地說：「我們先再談一件事，重要的事。我想要請求你……」

南翡兒背對著葉瑪西，直接對英賀鐵說：「你在自己的家裡都不能做你想要做的事嗎？」

英賀鐵對葉瑪西厲聲說：「以後再說，我的孩子，以後再說。」

他跟南翡兒離去，葉瑪西站在門廊望著他們離去的身影。

沙蒂琵從屋子裡出來，走向他。

「怎麼樣，」她急切地問，「你跟他說了沒有？他怎麼說？」

葉瑪西嘆了一口氣。

「不要這麼沒耐心，沙蒂琵。時機還不……成熟。」

沙蒂琵憤怒地大叫一聲：「噢，是的，我就知道你會這樣說！你就只會這樣說。事實上你是怕你父親。你就和綿羊一般膽小，只敢像小羊那樣對他咩咩叫，而不願像個男子漢那般面對他。難道你忘了你對我的承諾？我告訴你，我們兩個之中我才是男子漢！你答應我的，你說：『我會請求父親，馬上，在他回來的第一天。』結果怎麼啦……」

沙蒂琵停頓下來呼吸……並不是因為她講完了，葉瑪西溫和地插進來說：「你錯了，沙蒂琵，我正要開始說就被打斷了。」

「打斷？被誰打斷？」

「被南翡兒。」

「南翡兒！那個女人！你父親在和他大兒子談正事時不該讓個小妾打斷。女人不該干涉公事。」

或許葉瑪西希望沙蒂琵自己能謹守這句她說來這麼流暢的評語，但他沒機會開口。他太太緊接著說下去。

「你父親應該馬上跟她說清楚。」

「我父親，」葉瑪西乾澀地說，「沒有不高興的樣子。」

「可恥，」沙蒂琵說，「你父親完全被她迷住了。他讓她為所欲為。」

葉瑪西若有所思地說：「她非常漂亮……」

沙蒂琵嗤之以鼻。

「噢，她是長得不錯。但是沒有禮貌、沒有教養！她不在乎她對我們大家有多粗魯。」

「或許是你對她粗魯吧？」

「我禮貌得很。凱伊達和我待她可是禮節周到。噢，她不會有什麼好去向你父親抱怨的。我們可以等待我們的時機，凱伊達和我。」

葉瑪西猛然抬頭看她。

「你是什麼意思……等待你們的時機？」

沙蒂琵意味深長地笑了起來，轉身離去。

「我的意思是女人家的意思，你不會懂的。我們有我們的方法，我們的武器！南翡兒會收斂她的無禮。畢竟，一個女人的生活到頭來會是怎麼樣？在後院、在女人堆裡度過。」

沙蒂琵的語氣有一種奇特的意味。她又補上一句話：「你父親不會老是在這裡……他會再回到北地的莊園去。到時候，我們等著瞧。」

「沙蒂琵……」

沙蒂琵蹦出高亢刺耳的笑聲，回到屋子裡去。

§

孩子們在湖邊跑著、玩著。葉瑪西的兩個男孩都是漂亮的小傢伙，長得比較像沙蒂琵而不是他們的父親。再來是索巴卡的三個孩子，其中最小的一個才在學走路。然後是泰娣，一個嚴肅、漂亮的四歲小女孩。

他們笑著、吼著、丟著球玩，偶爾發生爭執，孩子氣的號哭聲震天價響。

英賀鐵坐著啜飲啤酒，南翡兒在他身旁，他喃喃說：「孩子們在水邊玩得多高興。一向都是如此，我記得。但是，天啊，他們是多麼地吵鬧！」

南翡兒很快地說：「是啊，本來這裡該是安安靜靜……為什麼你不叫他們走開？畢竟，一家之主想要好好輕鬆一下時，應該受到適當的尊重。你不同意嗎？」

「我，哦……」英賀鐵猶豫著，這個想法對他來說是新鮮的，卻是愉快的。「我並不真的在意，」他猶豫不決地說。接著又軟弱地加上一句話：「他們總是習慣高興在哪裡玩就在哪裡玩。」

「你不在的時候可以，」南翡兒很快地說，「不過，我認為，英賀鐵，想想你對這個家所做的一切，他們應該多體會你的尊嚴，你的重要性。你太溫和，太隨和了。」

英賀鐵平靜地嘆了一聲。

「這一向是我的失敗之處。我從不堅持外在的形式。」

「所以這些女人，你兒子的太太，才占你的便宜。應該讓她們知道，當你來到這裡休息時，應該保持安靜不要吵到你。知道吧，我去叫凱伊達把她的孩子還有其他孩子一起帶走。然後你才能好好在這裡靜靜休息。」

「你是個體貼的女孩，南翡兒，是的，你是一個好女孩。你總是替我著想。」

南翡兒喃喃說：「你高興我就高興。」

她站起來，走向凱伊達。凱伊達正蹲在湖水邊，教她第二個孩子——一個有點被寵壞的小男孩——玩一艘模型船。

南翡兒簡短有力地說：「把孩子帶走好嗎，凱伊達？」

凱伊達一臉不解地瞪大眼睛注視著她。

「帶走？你什麼意思？他們一向都是在這裡玩。」

「今天不行，英賀鐵想要安靜，你這些孩子吵死人了。」

凱伊達一張陰沉的臉脹得通紅。

「你講話小心一點，南翡兒！英賀鐵喜歡看他的孫子在這裡玩，他這樣說過。」

「今天不行，」南翡兒說，「他要我來告訴你，把這一群吵死人的小東西帶進屋子裡去，這樣他才好安安靜靜地坐下來休息……還有我。」

「還有我……」凱伊達突然住了嘴沒說下去。

她站起來，走向正在那裡半坐半臥的英賀鐵。南翡兒跟在她後面。

凱伊達開門見山地說：「你的女人說要我帶孩子離開這裡？為什麼？他們做了什麼錯事？什麼理由要趕他們走？」

「我認為一家之主的意願這個理由就夠了。」南翡兒柔聲說。

「是……是，」英賀鐵彆扭地說，「為什麼我要給你理由？這個家是誰的？」

「我想，要他們走的人大概是『她』吧。」凱伊達轉身上下打量著南翡兒。

「南翡兒替我著想……替我的舒適、快樂著想，」英賀鐵說，「這屋子裡就沒有其他任何人想過……或許，除了可憐的喜妮吧。」

「這麼說，孩子們不能再在這裡玩囉？」

「我來這裡休息時不行。」

凱伊達突然火冒三丈。

「為什麼你讓這個女人使你跟你的骨肉作對？為什麼她要來干涉我們家的生活……擾亂了我們一向習慣的生活方式？」

英賀鐵突然開始大吼。他感到需要為自己辯護。

「這裡該怎麼樣是由我來說的……不是你！你們全都聯合起來為所欲為，做稱你們心意的事。而當我這一家之主回到家時，沒人尊重我的意願。但我是這裡的主人，我告訴你！我不斷地替你們的福利設想、賣命……可是沒有人感激我。我的意願有沒有受到尊重？沒有。先是索巴卡無禮、不敬，而現在你，凱伊達，竟然想要恫嚇我！我養你們為的是什麼？你給我當心，否則我會停止供養你們。索巴卡談到要走，那麼就讓他走，把你和孩子們一起帶走。」

凱伊達文風不動地靜靜站了一會兒。她陰沉、有點出神的臉上毫無表情。

然後她以袪除一切感情的聲音說：「我會把孩子帶進屋子裡去……」

她走了一兩步，在南翡兒身邊暫停住腳步。

凱伊達以低沉的聲音說：「這就是你做的好事，南翡兒。我不會忘記，是的，我不會忘記……」

05

尼羅河氾濫季第四個月第五天

英賀鐵在完成了祭祀禮之後，滿意地鬆了一口氣。祭祀儀式一絲不苟，因為英賀鐵是個非常虔敬的人。他一一完成酹酒、燒香、供上傳統酒食的程序。

現在，來到鄰接的陰涼石室裡，侯里在裡頭等著他，英賀鐵又回復成地主、商人的身分，而不是先前的宗教司祭。兩個男人一起商討著各種生意上的事，行情價格、收成的利潤、家畜以及木料等等。

過了半個小時左右，英賀鐵滿意地點點頭。

「你有優秀的生意頭腦，侯里。」他說。

侯里微微一笑。

「我是該有了，英賀鐵。我已經當了你好幾年的管事了。」

「而且是最忠實的一個。現在，我有件事要跟你討論一下，是關於艾匹，他抱怨說他的地位低下。」

「他還很小。」

「但是他表現出很強的能力，他覺得他的兩個哥哥對他不公平。索巴卡，態度粗暴、傲慢，而葉瑪西的小心膽怯令他生厭。艾匹雄心勃勃，他不喜歡聽令於人。他說只有我，他的父親，才有權力下命令。」

「這是事實，英賀鐵，」侯里說，「而且我認為，這是這地方的一個弱點。我可以放肆隨便說說嗎？」

「當然，我的好侯里，你說的話一向都是深思熟慮過的。」

「那麼我就說了。英賀鐵，你不在的時候，這裡必須有個真正有權威的人。」

「我把我的事業託付給你和葉瑪西……」

「我知道我們在你不在這裡時替你辦事……但是這還不夠。為什麼不指定你一個兒子當合夥人，透過法律文件明訂和你合夥。」

英賀鐵來回踱步，眉宇深鎖。

「你提議我哪一個兒子？索巴卡有威嚴的外表，但是他桀驁不馴，我信不過他，他的性情不好。」

「我想的是葉瑪西，他是你的長子，性格溫柔多情，對你奉獻一切。」

「是的，他有好性情。但是他太膽小、太柔順了，他對每個人都讓步，要是艾匹年紀大一點……」

侯里很快地說：「把權力交給太年輕的人是件危險的事。」

「是的……是的……哦，侯里，我會想想你所說的話，葉瑪西確實是個好兒子，一個聽話的兒子……」

侯里溫和卻急促地說：「我想，你會做出明智的決定。」

英賀鐵以奇特的眼光看著他。

「你腦子裡在想什麼，侯里？」

侯里慢吞吞地說：「我剛剛說過，把權力交給一個太年輕的人是危險的事，不過太晚交給他也是危險的。」

「你的意思是說，他會變得太習慣接受命令而無法下達命令？哦，也許你說得有道理。」

英賀鐵嘆了口氣。「理家是件困難的工作！女人特別不容易管理，沙蒂琵脾氣難以駕馭，凱伊達經常陰沉沉的，不過我已經和她們說清楚了，要好好對待南翡兒，我想我可以說……」

他中斷下來，一個奴隸氣喘吁吁地朝著狹窄的小徑跑上來。

「什麼事？」

「主人，一艘船來了，一個叫卡梅尼的書記從孟斐斯帶信來了。」

英賀鐵大驚小怪地站起來。

「麻煩又來了，」他叫了起來。「一定又是麻煩事！除非我親自處理，否則任何事情都會出差錯！」

他狼狽地踏著小徑下去，侯里靜靜坐著望著他離去。

他的臉上露出憂色。

§

蓮梨桑漫無目的沿著尼羅河岸走著，她聽到叫囂的騷動聲，看到人們跑向船隻停泊處。她跑過去加入他們，正被拖往岸邊的船上站著一個年輕人，當她看到他背對亮光的身影時，她的心跳霎時停了一下。

一個瘋狂、虛幻的想法躍進她的腦裡。

「是喀尹，」她想，「喀尹從陰府回來了。」

然後，她嘲笑自己這種迷信的幻想。因為，在她的記憶中，喀尹總是泛舟在尼羅河上，而這的確是個身材與喀尹相仿的年輕人，遂使她產生了幻覺。這個男人比喀尹年輕，有著柔順的優雅風度，一張愉快、布滿笑容的臉。

他告訴他們，他是從英賀鐵北地的莊園來的。他是個書記，名字叫卡梅尼。

一個奴隸被派去告訴她父親，而卡梅尼被帶回屋子裡去，食物、飲料都擺在他面前。不久她父親回來，他們便不停地談論、磋商著。

談話的要點都透過喜妮滲透到內院婦女活動區，如同往常一般，她充當消息供應者。有時候蓮梨桑不懂喜妮怎麼老是想盡辦法知道一切事情。

看來卡梅尼好像是英賀鐵雇用的一個年輕書記，是英賀鐵的一個表哥的兒子。卡梅尼查出了某件欺詐行為——一筆假帳，由於這件事牽連很廣，他認為最好是親自南下來報告。

蓮梨桑不太感興趣，她想，卡梅尼查出這件事真聰明，她父親會很高興。

這件事立即的結果是英賀鐵急急準備離去，他本來打算兩個月內不再出門，但是如今他決定愈早到現場去愈好。

一家人都被召集在一起，接著是數不清的指示、告誡，交代做這個做那個，葉瑪西不可以這樣那樣，索巴卡要特別小心謹慎等等。蓮梨桑心想，這一切都非常熟悉。葉瑪西聚精會神，索巴卡陰沉沉的，侯里，如同往常一般，冷靜而效率十足。艾匹的要求、強求被比平常嚴厲的言辭斥回。

「你還太小，不能有個別的零用金。服從葉瑪西，他知道我的意願和命令。」英賀鐵一手擱在他長子的肩膀上。「我信任你，葉瑪西。我回來之後我們再談談合夥的事。」

葉瑪西樂得一陣臉紅，他的身子坐得更正一點。

英賀鐵繼續說：「我不在時好好看住一切，注意善待我的姨太太……要給她適當的尊重。我把她交給你，你要控制家裡女人的行為。注意要沙蒂琵講話收斂一點，同時讓索巴卡好好教教凱伊達。蓮梨桑也必須禮待南翡兒。再來是喜妮，我不希望有任何人對她不好。我知道，家裡的女人覺得她有時候很煩人。她在這裡很久了，自以為有特權可以說很多不討人喜歡的話。我知道，她既不漂亮也不聰明……但是她很忠實，記住，而且一向為我的利益著想。我不希望她受到輕視、虧待。」

「一切都會按照你所說的處理，」葉瑪西說，「不過有時候喜妮的舌頭會惹麻煩。」

「呸，胡說！所有的女人都一樣，喜妮並不比其他女人更會惹麻煩。至於卡梅尼，他留在這裡，我們這裡用得上另一個書記，他可以協助侯里。至於我們出租給亞伊那個女人的土地……」

英賀鐵繼續嚴密叮嚀下去。

當一切終於就緒，準備出發時，英賀鐵突然感到平靜下來。他把南翡兒帶到一邊，懷疑地說：「南翡兒，你留在這裡可以嗎？或許，你還是跟我一起走最好？」

南翡兒搖搖頭，嫣然一笑。

「你不會去很久吧？」她說。

「三個月，或許四個月，誰知道。」

「這也沒有多久，我留在這裡就好了。」

英賀鐵小題大做地說：「我已經吩咐葉瑪西──命令我所有的兒子──好好對待你。如果你有任何抱怨，小心他們的頭！」

「我確信，他們會照你的話做，英賀鐵。」南翡兒頓了頓後說：「這裡有誰我可以完全信任的？某個真正為你獻身的人？我指的不是家人。」

「侯里，我的好侯里怎麼樣？他是我的左右手，一個知識豐富、識別力很強的人。」

南翡兒慢吞吞地說：「他和葉瑪西親如兄弟。或許……」

「還有卡梅尼，他也是個書記，我會吩咐他聽你差遣。如果你有任何抱怨，他會用筆寫下你的話，把你的抱怨送去給我。」

南翡兒感激地點點頭。

「這是個好主意。卡梅尼來自北方，他認識我父親，不會受這家人的影響。」

「還有喜妮，」英賀鐵叫了起來。「有喜妮在。」

「是的，」南翡兒若有所思地說，「有喜妮在，你現在就跟她說……當我的面跟她說怎麼樣？」

「好主意。」

喜妮被找來了，如同往常一般，一副曲意奉承的熱切相。她為英賀鐵即將離去滿懷悲傷，英賀鐵唐突地打斷她的感傷之言。

「是的，是的，我的好喜妮，但這些事免不了。我是個沒多少機會安靜休息的人，必須不停地為我的家人奔勞，儘管他們對我的感激少之又少。現在我想非常認真地和你說幾句話。你忠實地愛我，我知道我可以信得過你。好好保護南翡兒……她是我非常親愛的人。」

「你親愛的人也就是我所親愛的人，主人。」喜妮熱情地說。

「很好，那麼你會忠實對待南翡兒？」

喜妮轉身面對南翡兒，她正低垂著眼簾望著她。

「你太漂亮了，南翡兒，」她說，「問題就在這裡，所以其他人才會嫉妒……不過我會照顧你，我會把她們的一言一行都告訴你。這可以包在我身上！」

兩個女人的目光交接，一陣停頓。

「你可以信任我。」喜妮說。

南翡兒雙唇慢慢浮現笑意，一種看來奇特的笑意。

「是的，」她說，「我了解你的意思，喜妮，我想我可以信任你。」

英賀鐵大聲清清喉嚨。

「那麼我想一切都安排妥當了。是的，一切都令人滿意。籌畫，這一向是我的看家本領。」

一陣冷冷的咯咯咯笑聲傳過來，英賀鐵猛然轉身，看到他母親站在房門口。她拄著拐杖，看起來比往常更乾瘦、更不懷好意。

「我有一個多麼了不起的兒子啊！」她說。

「我不能再耽擱了，還有一些要給侯里的指示……」

英賀鐵裝模作樣地喃喃說道，急急轉身離去，避免接觸到母親的眼光。

伊莎專橫地向喜妮點一下頭，喜妮服從地溜出門去。

南翡兒站了起來，她和伊莎站著彼此對視。

伊莎說：「這麼說，我兒子要把你留下來？你最好跟他一起走，南翡兒。」

「他要我留在這裡。」

南翡兒聲音溫和柔順。伊莎發出刺耳的咯咯笑聲。

「你走會比較好一點！為什麼你不想走？我不了解你。你留在這裡有什麼好處？你是個城市女孩，或許經常旅行吧，為什麼你選擇在這裡度過一天又一天的單調生活，和一群——我坦白說——不喜歡你、事實上是討厭你的人在一起？」

「原來你討厭我？」

伊莎搖搖頭。

「不，我不討厭你。我老了，儘管我眼力模糊，我還是認得出美麗的事物，而且欣賞它。你是個美人，南翡兒，看到你讓我的一對老眼感到愉快。因為你的美，我為你祝福，我是在好意警告你：跟我兒子到北方去。」

南翡兒重複說：「他要我留在這裡。」她柔順的語氣中飽含嘲弄的意味。

伊莎厲聲說：「你留在這裡是有目的的。我倒懷疑，什麼目的？很好，隨你的意吧！不過要小心，謹慎行事，而且不要信任任何人。」

她猛然轉身離去。南翡兒靜靜地站在原地。她的雙唇非常緩慢地向上扭曲成寬闊、如貓般的微笑。

06 冬季第一個月第四天

蓮梨桑養成了幾乎天天上山到墓穴去的習慣。有時候葉瑪西和侯里也在那裡，有時候侯里獨自一個人，有時候一個人也沒有，然而蓮梨桑在那裡總是有一種奇特的解脫、安寧感，一種近乎逃避的感覺。她最喜歡只有侯里一個人在那裡的時候。他的嚴肅中有某種意味，他不表驚奇地接受她的來到，給她一種奇異的滿足感。她坐在石室入口處的陰影下，雙手抱膝，望著那一片綠油油的耕作帶和泛藍的尼羅河水，以及再過去朦朧交雜的一片淡黃褐色、乳白色和粉紅色。

她第一次來這裡已是幾個月前的事了，那是出自一種逃離緊密女性世界的心願。她想要安靜，想要有個伴，而在這裡她兩樣都找到了。她逃避的心願仍然存在，但已不僅僅只是為了避離家庭生活的藩籬，而是為了某種更確切、更令人訝然的原因。

有一天她對侯里說：「我害怕……」

「為什麼你害怕，蓮梨桑？」他面色凝重地審視著她。

蓮梨桑想了一兩分鐘，然後緩緩說道：「你記得你曾經對我說過，有兩種邪惡，一種來自外界，而一種來自內在嗎？」

「是的，我記得。」

「後來你說，你指的是危害蔬果作物的病蟲害。但是我一直在想……人也是一樣。」

侯里緩緩點頭。

「這麼說你明白了……是的，你說得對，蓮梨桑。」

蓮梨桑猛然說：「現在就發生了……就在下面那棟屋子裡。邪惡來了，從外頭來了！而且我知道是誰帶來的。是南翡兒。」

侯里慢條斯理地說：「你這樣認為？」

蓮梨桑猛點頭。

「是的，是的，我知道我在說什麼。聽我說，侯里，當我在這裡對你說一切仍是老樣子，甚至沙蒂琵和凱伊達的爭吵也是時，那是事實。但是那些爭吵並不真的是爭吵。我的意思是，沙蒂琵和凱伊達喜歡那樣吵吵鬧鬧消磨時間，兩個女人都沒有真正生對方的氣！但是現在不同了。現在她們不只是彼此說些粗魯、不愉快的話，她們還說一些有意傷害對方的話，而當她們說中了讓對方受到傷害時，就感到高興！太可怕了，侯里，可怕極了！昨天沙蒂琵氣得用一根長長的金針刺凱伊達的手臂，而一兩天後凱伊達把一整鍋滾燙的油潑到沙蒂琵的腳上。這種情形到處都有——沙蒂琵罵葉瑪西罵到三更半夜，我們全都聽見她的斥罵聲；葉瑪西一副病懨懨的樣子，好像鬼魂附身一樣；而索巴卡上村子裡去，跟女人在一起喝得醉醺醺的回來，吹噓說他是多麼地聰明能幹！」

「這些事有些是真的，我知道，」侯里慢條斯理地說，「但為什麼你怪到南翡兒頭上？」

「因為這是她的傑作！總是她說的一些話……一些小事情、一些小聰明惹出來的！她就像支趕牛的刺棒。而且她聰明，知道該用什麼話來挑撥。我想是喜妮告訴她的……」

「是的，」侯里滿腹心思地說，「可能是。」

蓮梨桑顫抖起來。

「我不喜歡喜妮，我痛恨她那副鬼鬼祟祟的樣子。她對我們大家都這麼愛護關心，然而我們沒有一個人想要她的關心，我母親怎麼會那麼喜歡她，而把她帶來這裡？」

「那只是喜妮自己說的。」侯里冷冷地說。

「為什麼喜妮這麼喜歡南翡兒，跟著她團團轉、說悄悄話、奉承她？噢，侯里，我告訴你，我害怕！我恨南翡兒！我真希望她走掉。她漂亮，她殘忍，她壞！」

「你真是個小孩子，蓮梨桑。」然後侯里又平靜地加上一句話：「南翡兒正朝這邊走過來了。」

蓮梨桑回過頭。他們一起望著南翡兒慢慢沿著斷崖陡峭的小徑走上來。她自顧自地微笑著，嘴裡低聲哼著小調。

當她來到他們這裡時，她朝四周看看，笑了笑。一種開心、好奇的笑。

「原來你每天就是悄悄溜到這裡來，蓮梨桑。」

蓮梨桑沒有答腔。她有股怒氣，一種小孩子的庇難所被發覺的挫敗感。

南翡兒再度看看四周。

「而這就是著名的墓地？」

「你說的沒錯，南翡兒。」侯里說。

她看著他，貓般的嘴扭曲成微笑。

「我毫不懷疑你覺得它有利可圖，侯里。我聽說你是個好生意人。」

她的語氣帶有惡意，但是侯里不為所動，他平靜、莊重地微笑著。

「它對我們大家都有利可圖……死亡總是有利可圖……」

南翡兒看看四周，顫抖了一下，她的目光掃過供桌，掃過通往靈地的入口和假門。

她突然大叫：「我痛恨死亡！」

「你不該這樣。」侯里聲音平靜。「在埃及，死亡是財富的主要來源。死亡給了你身上戴著的珠寶，南翡兒，死亡供你吃供你穿。」

她瞪大眼睛看著他。

「你這是什麼意思？」

「我的意思是，英賀鐵是祭祀業業主，一個替人祭祀的司祭，所有他的土地、他的牛隻、他的木料、他的亞麻布、他的大麥，全都是這座墳墓裡的人的祭祀產業。」他停頓一下，然後若有所思地繼續下去。「我們是個奇怪的民族，我們埃及人。我們熱愛生命，因此我們很早就開始為死亡設想。全埃及的財富都投入金字塔、墳墓和祭祀產業。」

南翡兒狠狠地說：「你不要再談死了，侯里！我不喜歡！」

「因為你是道地的埃及人，因為你熱愛生命，因為有時候，你感到死亡的陰影非常接近……」

「不要再說了！」

她狠狠地轉過身面對他，然後聳聳肩，轉身沿小徑下山去。

蓮梨桑滿意地嘆了一聲。

「我很高興她走了，」她孩子氣地說，「你把她嚇著了，侯里。」

「是的……我有沒有嚇著你，蓮梨桑？」

「沒……沒有。」蓮梨桑說來有點不確定。「你說的是事實，只是我以前從沒那樣想過。我父親是個司祭。」

侯里突然惡狠狠地說：「全埃及的人都被死亡纏住了！而你知道為什麼嗎，蓮梨桑？因為我們有肉眼，卻沒有慧眼。我們看不出此生之外的生命——死後的生命。我們只能想見已知的延續，我們對神並沒有真正的信仰。」

蓮梨桑驚奇地注視著他。

「你怎麼能這樣說，侯里？我們有很多很多的神，多得我叫不出祂們全部的名字。我們昨晚才在聊，大家都在說各人喜歡的神。索巴卡全心信仰薛克梅特神[4]，而凱伊達祈禱的對象是梅斯肯特神[5]。卡梅尼信仰托特神[6]，身為一個書記，這是自然的事。沙蒂琵喜歡鷹頭的荷魯斯神[7]，還有我們本地的墨瑞斯吉神[8]。葉瑪西說佩司神應受崇拜，因為祂創造了一切事物。我自己喜愛伊西斯神[9]，而喜妮則全心信奉我們本地的亞曼神[10]。她說祭司預言有一天亞曼會成為全埃及最偉大的神，所以她在祂現在還是個小神時祭拜祂。還有雷神、太陽神和陰府之神歐西瑞斯，死人的靈魂要接受祂們兩個神的審判。」

蓮梨桑喘不過氣，停頓下來。侯里對她微笑。

「那麼，蓮梨桑，神和人之間有什麼不同？」

她瞪大眼睛看著他。

4 薛克梅特（Sekhmet），古埃及神話中的戰爭女神、醫療女神和太陽神。
5 梅斯肯特（Meskhent），古埃及神話中的生育女神。
6 托特（Thoth），古埃及神話中的智慧和魔術之神。
7 荷魯斯（Horus），古埃及神話中的法老守護神及天空之神。
8 墨瑞斯吉（Meresger），古埃及神話中的眼鏡蛇女神。
9 伊西斯（Isis），古埃及神話中司繁殖的守護神，是地位最崇高的女神。
10 亞曼（Amun），古埃及的主神。

「神是……祂們是不可思議的力量！」

「就這樣？」

「我不懂你的意思，侯里。」

「我的意思是說，對你來說，一個神只是個男人或女人，他或她可以做出一些男人或女人做不出來的事。」

「你竟然說這種古怪的話！我不懂你的意思。」

她一臉惶惑地看著他，然後望著山谷，她的注意力被其他東西吸引住。

「看，」她叫了起來。「南翡兒在跟索巴卡講話。她在笑。噢……」她突然喘了一口氣。「不，沒什麼。我本來以為他要揍她。她走回屋子去了，而他正朝這裡走上來。」

索巴卡像暴風雨般地來到。

「願鱷魚把那個女人吞掉！」他大叫。「我父親竟傻到找她當妾！」

「她對你說了什麼？」侯里好奇地問。

「她像往常一樣侮辱我！問說我父親有沒有再委託我賣任何木料。我真想掐死她。」

他沿著平台走過去，撿起一塊石頭，丟進底下的山谷裡。他又撬開較大的一塊，突然身子往後一躍，一條蛇盤繞在石塊底下，昂起頭。牠身子豎了起來，嘶嘶作響，蓮梨桑看出來是條眼鏡蛇。

索巴卡抓起一根重重的木棍，憤怒地攻擊牠，而且一棍狠狠打斷了牠的背。索巴卡繼續狠力打著，他的頭往後仰，兩眼冒火，嘴裡喃喃低聲說著什麼，蓮梨桑聽不清楚。

她喊道：「住手，索巴卡，住手，牠已經死了！」

索巴卡停頓下來，把木棍丟開，大笑起來。

「世界上最要不得的毒蛇。」

他再度大笑，脾氣平靜下來，然後劈劈啪啪地下山去。

蓮梨桑低聲說：「我覺得索巴卡……喜歡殺戮！」

「是的。」

話中一點也沒驚訝的意味。侯里只是在承認一個他已經十分了解的事實。蓮梨桑轉頭注視著他。她緩緩說道：「蛇是危險的動物，然而那條眼鏡蛇看起來多麼美……」

她低頭凝視著牠破碎、扭曲的軀體。為了某種莫名的原因，她感到心裡一陣悸動。

侯里做夢般地說：「我記得我們都還是小孩子的時候，索巴卡曾攻擊葉瑪西。葉瑪西比他大一歲，但是索巴卡比他塊頭大，比他強壯。他拿一塊石頭猛敲葉瑪西的頭。你母親跑過去把他們拉開。我記得她站在那裡低頭看著葉瑪西的樣子，還有她叫喊著：『你不應該做這種事，索巴卡，這是危險的！我告訴你，這是危險的！』」他停頓下來，然後繼續說：「她非常漂亮……我小時候就這樣認為。你長得很像她，蓮梨桑。」

「是嗎？」蓮梨桑感到愉快、溫暖，還問道：「葉瑪西那時傷得嚴重嗎？」

「不，沒有看起來那麼嚴重。倒是索巴卡第二天病倒了，可能是吃了什麼東西。但是你母親說是他的火氣和太陽太熱的關係，那時正是仲夏。」

「索巴卡脾氣非常可怕。」蓮梨桑若有所思地說。

她再度看著那條死蛇，然後打了個冷顫，轉過頭去。

§

蓮梨桑回到屋子裡去時，卡梅尼正坐在前廊裡，手裡拿著一卷草紙。他正在唱歌，她停頓了一分鐘，仔細聽著。

「我要到孟斐斯，」卡梅尼唱著，「我要見佩司，真理之神。我要對祂說：『今晚把我的情人給我。』河流是酒，佩司是河邊的蘆葦，沙克梅是水中蓮，伊亞瑞是花蕾，尼芙定是盛開的花朵。我要對佩司說：『今晚把我的情人給我。天色在她的美貌中破曉。孟斐斯是一盤愛的蘋果，擺在美人面前』……」

他抬起頭對蓮梨桑微微一笑。

「喜歡我唱的歌嗎，蓮梨桑？」

「這是什麼歌？」

「這是孟斐斯的一首情歌。」

他看著她，輕柔地唱著：「她的雙臂抱滿波斯樹枝葉，她的頭髮柔長飄香。她就像人間地府的公主。」

蓮梨桑臉上飛紅。她快步地走進屋子裡，差點與南翡兒撞個滿懷。

「你為什麼這樣匆匆忙忙，蓮梨桑？」

南翡兒語氣尖銳。蓮梨桑有點訝異地看著她。南翡兒沒有笑容，她一臉陰霾，肌肉綳緊，蓮梨桑注意到她的雙手掄起。

「對不起，南翡兒，我沒看到你。我剛從外頭明亮的地方進來，而這裡面很陰暗，所以看不清楚。」

「是的，這裡是陰暗……」南翡兒停頓一會兒。「外頭愉快多了。在門廊上，有卡梅尼的歌可以聽。他唱得很好，不是嗎？」

「是的，是的，我覺得他唱得很好。」

「可是你沒留下來聽？卡梅尼會失望的。」

蓮梨桑的雙頰再度感到臊熱。南翡兒冰冷、嘲笑的眼神令她感到不舒服。

「你不喜歡情歌嗎，蓮梨桑？」

「我喜歡或不喜歡什麼和你有關係嗎，南翡兒？」

「原來小貓還是有爪子的。」

「你什麼意思？」

南翡兒笑出來。

「你並不像表面上看來那樣遲鈍，蓮梨桑。原來你也覺得卡梅尼相當英俊？這一定會讓他感到高興。」

「我認為你相當討厭。」蓮梨桑衝動地說。

她從南翡兒身邊跑過去，進入內院裡。她聽到那女孩嘲弄的笑聲。然而透過那笑聲，她的心中迴盪著卡梅尼的話聲，以及他兩眼注視著她所唱出來的歌聲……

§

那天晚上蓮梨桑做了一個夢。

她和喀尹在一起，在陰府裡的死人渡船上。喀尹站在船首，她只能看見他的後腦。而當他們接近日出之處時，喀尹回過頭來，但蓮梨桑看到的不是喀尹而是卡梅尼。在此同時，船首的蛇頭開始翻騰，霎時成了一條活生生的蛇，一條眼鏡蛇。蓮梨桑心想：「這一定是從墓穴裡鑽出來會咬死人靈魂的蛇。」她嚇得全身癱瘓。然後她看到那條蛇的臉變成南翡兒的臉，她驚醒過來大叫：「南翡兒，南翡兒……」

她並沒有真的叫出聲來，一切全都是在夢境裡。她一動也不動地躺著，心猛烈跳著，告訴自己說這一切都不是真的。這時她突然想到：「這正是索巴卡昨天在打那條蛇時所說的話。他說：『南翡兒』……」

07 冬季第一個月第五天

蓮梨桑所做的夢讓她一直醒著，後來曾經斷斷續續地小睡了一下，但直到天亮，她都沒再好好睡過。她被一種朦朧迫近的邪惡感所糾纏著。

她很早就起身，走到屋外去。她的腳步如同往常一般，朝著尼羅河移近。河上已經有了漁夫，一艘大船快速地划向底比斯。還有一些其他船隻，揚帆於微風之中。

蓮梨桑心中一陣騷動，充滿了說不出來的欲望。她心想：「我感到，我感到……」但是她不知道她感到什麼！也就是說，她說不出心中的感受。她想：「我想要……可是，我想要什麼？」

她想要的是不是喀尹？喀尹已經死了，他不會再回來。她對自己說：「我不要再想喀尹了。有什麼用？已經過去了，一切都已經過去了。」

然後她注意到有另外一個人站在那裡看著駛向底比斯的那艘船，這個人有種落寞孤獨的氣質……那靜如止水的模樣透出某種感覺，令蓮梨桑吃了一驚，即使她認出了這個人就是南翡兒。

南翡兒望著尼羅河出神。南翡兒，孤獨一個人。南翡兒在想著……什麼？

蓮梨桑突然有點震驚地想到，她們對南翡兒的了解是多麼地少。她們把她當作敵人，一個陌生人，對她的生活或她生長的地方毫無好奇、不感興趣。

蓮梨桑突然想到，南翡兒獨自一個人在這裡一定感到十分傷心，沒有朋友，只有一群不喜歡她的人包圍著她。

蓮梨桑慢慢地走向前去，直到站在南翡兒身旁。南翡兒轉過頭來一下，才又轉回去，繼續望著尼羅河。她的臉上毫無表情。

蓮梨桑怯生生地說：「河上船很多。」

「是的。」

蓮梨桑在某種模糊的強迫性善意驅使之下，繼續說下去。

「你來的地方，是不是也像這樣？」

南翡兒笑了起來，一種短促、有點苦澀難堪的笑。

「不，完全不像。我父親是孟斐斯的一個商人。孟斐斯那裡歡樂洋溢，充滿音樂、歌唱、舞蹈。我父親經常出外旅行。我跟他到過敘利亞，到過『羚羊鼻』之外的拜浦若斯。我和他航行在汪洋大海中的一艘大船上。」她生動、自豪地說著。

蓮梨桑靜靜地站著，她的心思緩慢地運作著，但是興趣與了解大為提升。

「你在這裡一定覺得非常沉悶乏味。」她緩緩說道。

南翡兒不耐煩地一笑。

「這裡只有死寂，死寂……除了耕種、收割、放牧以及談談農作物、爭辯亞麻布的價格，此外一無所有。」

蓮梨桑在一旁望著南翡兒，心中仍然在和一些不熟悉的想法搏鬥著。

突然間，她身旁的女孩好像產生了一股憤怒、悲戚、絕望，它們如實物一般放射出來。

蓮梨桑心想：「她和我一樣年輕……比我年輕。而她卻是那個老人的妾室，那個大驚小怪、仁慈卻有點荒謬的老人，我父親……」

她，蓮梨桑，對南翡兒有什麼了解？根本一點也沒有。昨天當她大叫「她漂亮、她殘忍、她壞」時，侯里說什麼來著？

「你真是個小孩子，蓮梨桑。」他是這樣說的。

蓮梨桑現在了解了他的意思。她那句話毫無意義。你無法那麼輕易地評判一個人。在南翡兒殘酷的笑容之後藏著什麼樣的痛苦、什麼樣的悲傷、什麼樣的絕望？蓮梨桑做了什麼，她們有任何人做了什麼讓南翡兒感到受到歡迎？

蓮梨桑孩子氣、結結巴巴說道：「你恨我們，我知道為什麼……我們對你不好。但是現在還不算太晚。難道我們，你和我，我們不能以姐妹相待？你遠離了你所熟知的一切，你孤獨一個人……我能幫你忙嗎？」

她說完陷入一片沉默當中。南翡兒慢慢轉過身來。

有一兩分鐘她的臉上毫無表情。蓮梨桑心想，她的眼神出現短暫的軟化。在清晨的靜寂中，在奇異的清朗祥和中，南翡兒彷彿在猶豫著，彷彿蓮梨桑的話打動了她。

這是奇異的一刻，蓮梨桑事後都還記得這一刻……

然後，逐漸地，南翡兒的表情改變，變得滿布惡意。她的兩眼冒煙，在她憤恨、惡毒的眼光之下，蓮梨桑退縮了一步。

南翡兒以低沉、凶猛的聲音說：「走開！我不需要你的任何好意。大笨蛋，你們就是這樣，你們每一個……」

她停頓了一下，然後轉身朝著屋子快步走去。

蓮梨桑慢慢跟在她後面。古怪得很，南翡兒的話並沒有令她生氣。那些話為她打開了一道門，讓她看到一座恨與痛苦交織而成的黑色地獄。在她經驗中，那是一種她相當不了解的東西。她心中只有一個混亂、模糊的想法：有那樣的感受一定很可怕。

§

當南翡兒進入大門越過中庭時，凱伊達的一個孩子向她跑過去，追趕著一個球。

南翡兒氣憤地狠狠把那孩子推開，小女孩被推倒趴在地上。孩子大聲哭叫，蓮梨桑跑過去把她扶起來，憤慨地說：「你不該這樣，南翡兒！你傷到她了，看，她的下巴碰傷了。」

南翡兒發出尖銳的笑聲。

「這麼說，我得小心不要傷到這些被寵壞的小鬼？為什麼，她們的母親有這麼關心我的感受嗎？」

凱伊達聽到她孩子的哭叫聲，遂從屋子裡衝出來。她衝向她的孩子，檢視她的傷口。然後轉向南翡兒。

「魔鬼、毒蛇！邪惡的女人！等著瞧我們會怎麼對付你。」

她使盡全力給了南翡兒一巴掌，蓮梨桑大叫一聲，並在她打出第二巴掌之前抓住她的手臂。

「凱伊達，凱伊達，你不能這樣！」

「誰說的？讓南翡兒自己想一想好了。她在這裡可是勢單力孤。」

南翡兒文風不動地站著。凱伊達的巴掌痕清清晰晰地印在她臉上。在眼角處，有一道被凱伊達手腕戴著的鐲子刮傷的傷口，一小滴血流下臉頰。

然而令蓮梨桑惶惑不解的是南翡兒的表情……是的，而且那令她感到害怕。南翡兒沒有氣憤的表情，有的只是她那怪異、耀武揚威的眼神，她的嘴再度彎翹成貓一般滿足的微笑。

「謝謝你，凱伊達。」她說。

之後她走進屋子裡去。

§

南翡兒眼簾低垂，柔聲叫喊著喜妮。

喜妮跑過來，停住腳步，叫喊起來。南翡兒打斷她的驚叫。

「幫我把卡梅尼找來。告訴他把筆盒、墨水和草紙帶來。有一封信要寫給主人。」

喜妮的目光停留在南翡兒臉上。

「寫給主人……我明白……」然後她問道：「誰……幹的？」

「凱伊達。」南翡兒平靜、回味地微微一笑。

「這實在非常糟，非常糟……當然主人必須知道。」她猛然快速瞄了南翡兒一眼。「是的，英賀鐵確實應該知道。」

南翡兒平順地說：「喜妮，你和我的想法一樣……我想我們應該這樣做。」

她從衣角解下一個鑲金水晶珠寶，放在那婦人的手中。

「這我擔受不起，南翡兒……你太慷慨了，這麼美麗的手工。」

「英賀鐵和我欣賞忠實的人。」

南翡兒仍然面帶微笑，她的眼睛瞇起來，如貓一般。

「把卡梅尼找來，」她說，「你跟他一起來。你和他是見證人。」

卡梅尼有點不情願地來到，他的眉頭皺起。

南翡兒傲慢地說：「你還記得英賀鐵離去之前的吩咐吧？」

「是的。」卡梅尼說。

「時候到了，」南翡兒說，「坐下來，用筆墨寫下我告訴你的話。」卡梅尼仍舊猶豫著。她不耐煩地說：「你所寫下的將是你親眼所看到和親耳所聽到的……喜妮會證實我所說的一切。這封信必須祕密快速送到。」

卡梅尼慢條斯理地說：「我不想……」

南翡兒猛然對他說：「我對蓮梨桑沒有任何不滿。蓮梨桑溫柔、軟弱，是個傻瓜，但是她沒有企圖傷害我。這你該滿意了吧？」

卡梅尼古銅色的臉泛上緋紅。

「我並不是在想……」

南翡兒平淡地說：「我認為你是……好了，履行主人給你的指示，寫吧。」

「是的，寫吧，」喜妮說，「我對這件事感到傷心，傷心透了。確實應該讓英賀鐵知道。這樣絕對是正確的。不管事情多麼不愉快，人總得對自己負責。我是這樣覺得。」

南翡兒輕柔地笑著。

「這我相信，喜妮。你會盡你的責任，卡梅尼也會。而我，我要做我高興的事……」

但是卡梅尼依然遲疑著。他一臉陰鬱，幾近於氣憤。

「我不喜歡這樣，」他說，「南翡兒，你最好考慮一下。」

「你竟敢對我說這種話！」

卡梅尼應聲臉紅，他避開她的目光，但是他陰鬱的表情依舊。

「你給我當心點，卡梅尼，」南翡兒平靜地說，「我對英賀鐵有很大的影響力，我說什麼他都聽。到目前為止他對你還算滿意……」她意味深長地暫停下來。

「你這是在威脅我，南翡兒？」卡梅尼問道。

「也許。」

他憤怒地看了她一會兒，然後垂下頭。

「我會照你說的做，南翡兒，不過我想……是的，我想你會後悔的。」

「你是在威脅我，卡梅尼？」

「我是在警告你……」

08 冬季第二個月第十天

一天接著一天過去，蓮梨桑有時候感到她恍如生活在夢境中。她沒再怯生生地向南翡兒示好。如今她很害怕南翡兒。南翡兒有什麼地方讓她不了解。那天的院子事件之後，南翡兒變了。她變得洋洋自得，一副蓮梨桑無法了解的欣喜若狂、志得意滿。有時候她覺得她認為南翡兒深深不快樂是個荒謬、錯誤的想法。南翡兒看來好像生活挺愉快的，對她自己、對她周遭的一切都感到滿意。

然而，實際上，她周遭的一切是每況愈下。英賀鐵離去之後，蓮梨桑心想，南翡兒故意在英賀鐵家人之間製造分歧。

不過如今一家人卻堅實緊密地聯合在一起對抗侵入者。沙蒂琵和凱伊達之間不再有紛爭，沙蒂琵也不再斥罵不幸的葉瑪西。索巴卡似乎安靜多了，不再那麼吹噓。艾匹也不再那麼傲慢，不再和他哥哥作對，家人之間似乎出現了一片和諧的新氣象。然而這種和諧並沒有為蓮梨桑的心神帶來安寧。因為在這種和諧之中隱含著一股怪異、持續的暗流，對南翡兒非常不利。

沙蒂琵和凱伊達這兩個婦人不再跟她吵架，她們盡量避開她。她們從不和她說話，不管她到什麼地方，只要她一出現，她們就立即把孩子聚集起來，帶到別處去。同時，一些古怪、惱人的小事件開始發生。南翡兒的一件亞麻布衫被熨斗燙壞了，衣服的顏色都沾染到一起。有時候她的衣服會出現尖銳的刺，床邊出現蠍子。送給她吃的食物不是香料太濃就是毫無味道。有一天她分配到的麵包中有隻死老鼠。

這是一種悄然、冷酷的小小迫害，沒有什麼是明目張膽地進行，沒人會被抓到把柄……基本上，這是女人的戰役。

有一天，老伊莎把沙蒂琵、凱伊達和蓮梨桑找去。喜妮已經在那裡，站在後面搖頭搓手。

「哼！」伊莎用往常一般嘲諷的表情看著她們說，「我聽明的孫媳婦、孫女兒可都到了。你們以為你們在幹什麼？我聽說南翡兒的衣服被糟蹋了，食物也不能下口。這是怎麼一回事？」

沙蒂琵和凱伊達兩人都微微一笑，但不是什麼善意的笑。沙蒂琵說：「南翡兒抱怨過嗎？」

「沒有，」伊莎說。她一手把她即使在屋子裡也一直戴在頭上的假髮推得有點歪斜。

「沒有，南翡兒並沒有抱怨。我擔心的就是這個。」

「我可不擔心。」沙蒂琵漂亮的臉一抬說。

「因為你是傻瓜，」伊莎啪的一聲說，「南翡兒的頭腦比你們三個人的好上一倍。」

「這還有待分曉。」沙蒂琵說，她顯得心情愉快，自得其樂。

「你們以為你們是在幹什麼？」伊莎問道。

沙蒂琵臉孔一繃說：「你是個老婦人，伊莎……我這樣說並沒有任何不敬的意思，不過一些對我們這種有丈夫小孩的人來說很重要的事，對你來說已經無所謂了。我們已經決定由我們自己來處理。我們有方法對付我們不喜歡而且不會接受的女人。」

「說得好，」伊莎說，「說得好。」她咯咯發笑。「不過磨坊那邊的小女奴可是在大肆談論。」

「說得是。」喜妮在背後嘆了一聲說。

伊莎轉身面對她。

「說吧，喜妮，南翡兒對這一切怎麼說？你應該知道，你一直在服侍她。」

「英賀鐵叫我這樣做的。當然，我討厭這樣，但是我得服從主人的命令。你不會認為，我希望……」

伊莎打斷她可憐兮兮的話。

「我們大家都了解你，喜妮。總是忠實奉獻，但很少受到應得的感謝。南翡兒對這一切怎麼說？我問你的是這個。」

喜妮搖搖頭。

「什麼都沒說。她只是……微笑。」

「正是。」伊莎從她肘邊的盤子裡拿起一顆棗子，查看一下，再放進嘴裡。之後她突然刻薄地說：「你們很傻，你們全都是傻瓜。力量是操在南翡兒手上，不是你們。你們所做的一切正中她的下懷。我敢發誓你們這樣她更高興。」

沙蒂琵厲聲說：「亂講。南翡兒一個人要對付這麼多人，她有什麼力量？」

伊莎繃著臉說：「一個年輕漂亮的女人嫁給一個老年人所擁有的力量。我知道我在說什麼。」她猛然轉頭說：「喜妮知道我在說什麼！」

喜妮嚇了一跳。她嘆了一口氣，開始扭擰著雙手。

「主人很重視她……當然；是的，相當自然。」

「到廚房去，」伊莎說，「幫我拿一些棗椰子和一些敘利亞葡萄酒來……對了，還有蜂蜜。」

喜妮走後，老婦人說：「有個計謀正在醞釀中，我可以聞得出來。沙蒂琵，這一切是你帶頭的。你在自以為聰明時可要當心，不要正中南翡兒的下懷。」她身體往後一靠，閉起雙眼。「我已經警告過你們了。現在你們走吧。」

「我們在南翡兒的掌握中？真是的！」當她們走出去到池邊時，沙蒂琵頭一甩說：「伊莎是老得昏了頭，竟有這麼奇怪的想法。是南翡兒在我們的掌握之中！我們不會做出任何可以讓她去打小報告的事。不過我想，嗯，我想她很快就會後悔她到這裡來。」

「真殘忍，殘忍！」蓮梨桑大叫。

沙蒂琵一臉驚奇。

「不要假裝你喜歡南翡兒，蓮梨桑！」

「我沒有。但是你講得這麼……這麼怨恨。」

「我得替我的孩子還有葉瑪西想！我不是個溫順、受得了侮辱的人，而且我有野心。我會非常高興扭斷那個女人的脖子。不幸的是，事情沒有這麼簡單。不能惹英賀鐵生氣。但是我認為，到頭來，總是可以想出辦法來的。」

§

信來得就像刺向魚身的長矛。

葉瑪西、索巴卡和艾匹全都啞口無言，默默地瞪大眼睛看著侯里唸出信的內容。

「『難道我沒告訴過葉瑪西，如果我的女人受到任何傷害，我會要他負責嗎？在我有生之年，我和你勢不兩立！我不再和你住在同一間屋子裡，因為你不尊敬我的女人南翡兒！你不再是我的兒子，我的骨肉。索巴卡和艾匹也不再是我的兒子我的骨肉。你們每一個人都傷害到我的女人。這有卡梅尼和喜妮作證。我要把你們趕出門去……一個個都趕出去！我一直供養你們……如今我不再供養你們了。』」

侯里停頓一下，然後繼續。

「『司祭英賀鐵對侯里說：忠實的你，你生活過得如何，平安、健康嗎？代我向我母親伊莎和我女兒蓮梨桑致敬，問候喜妮。小心照顧我的事業直到我回來，幫我準備好文件，好讓我的妾室以我太太的身分跟我分享我的一切財產。葉瑪西和索巴卡不能再參與我的事業，我也不再供養他們，我在此宣布廢除他們的權利，因為他們傷害到我的女人！好好照料一切，直到我回來。一個男人的家人對他的女人不善，罪不可恕。至於艾匹，你警告他，如果他有絲毫傷害到我的女人，他也會被我趕出門去。』」

一陣足以令人癱瘓的沉默，然後索巴卡怒火中燒地站起來。

「怎麼會這樣？我父親聽說了什麼？誰去跟他告假狀？為何我們要忍受這一切？我父親不能這樣剝奪我們的繼承權，把他的全部財產送給他的姘婦！」

侯里溫和地說：「這會引起非議，而且這樣做也不會被視為正當，但是法律上他有權這樣做。他可以依他的意願立下字據。」

「她迷惑了他……那陰險、愛嘲諷的女蛇妖對他下了符咒！」

葉瑪西啞然失聲地喃喃說道：「叫人不敢相信……這不可能是真的……」

「我父親瘋了，瘋了！」艾匹大叫。「他竟然聽命於那個女人來對付我！」

侯里嚴肅地說：「英賀鐵短時間內就會回來，他說的。到時候他的怒氣可能全消了；他可能其實並沒有這個意思。」

一陣令人不愉快的短笑出現。笑聲來自沙蒂琵，她站在通往內院的門口看著他們。

「這麼說我們就得依他了，是不是，優秀的侯里？等著瞧吧！」

葉瑪西緩緩說道：「我們還能怎麼樣？」

「還能怎麼樣？」沙蒂琵的聲音揚起，她尖叫道：「你們血管裡全都流的是什麼？奶水？我知道，葉瑪西不是個男子漢！但是你，索巴卡，你對這個病症也無藥可下嗎？一刀刺進心臟裡，那個女孩就不能再傷害到我們了。」

「沙蒂琵，」葉瑪西叫了起來。「這樣父親永遠不會原諒我們！」

「那是你說的。但是我告訴你，死去的姘婦和活著的姘婦可不一樣！一旦她死了，他的心就會轉回來，向著他的兒子和孫子。再說，他如何知道她是怎麼死的？我們大可以說是毒蠍子把她咬死的！我們全都是站在一起的，不是嗎？」

葉瑪西緩緩說道：「我父親會知道，喜妮會告訴他。」

沙蒂琵歇斯底里一笑。

「最謹慎不過的葉瑪西！最最溫柔、小心的葉瑪西！應該讓你到內院去照顧孩子，做女人的事。沙克梅神助我，嫁給了一個不是男子漢的人。而你，索巴卡，只會說大話，你有什麼勇氣，什麼決心？我對太陽神發誓，我來做男人都比你們兩個強。」

她一轉身走了出去。

一直站在她後面的凱伊達向前一步。她聲音低沉顫抖說：「沙蒂琵說得對！她做男人比你們任何一個都強。葉瑪西、索巴卡、艾匹，你們就全都坐在那裡，不採取任何行動？我們的孩子怎麼辦，索巴卡，丟出去餓死？很好，如果你不採取行動，我來。你們全都不是男子漢！」

她走出去後，索巴卡跳了起來。

「九柱之神在上，凱伊達說得對！有件男人的事要做，而我們卻光坐在這裡談話、搖頭。」

他大跨步走向門去。侯里在他身後喊他。

「索巴卡，索巴卡，你要去哪裡？你要幹什麼？」

索巴卡，一臉英俊、嚴肅，從門口那邊吼回來。

「我要採取行動，這是顯然的事。我不會後悔我要做的事！」

09
冬季第二個月第十天

蓮梨桑走出屋子來到門廊上，在那裡站了一會兒，雙手遮眼擋住突來的光線。她感到一陣虛弱，充滿了莫名的恐懼。她自言自語，一再機械式地重複說：「我必須警告南翡兒……我必須警告她……」

在她身後，在屋子裡，她可以聽見男人家的聲音傳過來：侯里和葉瑪西交織在一起的談話聲，以及艾匹那高昂許多的男孩細聲，清晰刺耳。

「沙蒂琵和凱伊達說得對，這個家裡沒有男人！可是我是個男人。是的，我在心態上是個男人，即使年齡上還不算。我會讓她知道我不是小孩子。我不怕父親生氣。我了解父親，他受到蠱惑了……那個女人對他下了符咒。如果她被消滅了，他的心便會轉回來朝向我……朝向我！我是他最喜愛的兒子。你們全都把我當小孩子看待……可是你們看著好了，是的，你們看著好了！」

他衝出門，撞上了蓮梨桑，幾乎把她撞倒。她抓住他的衣袖。

「艾匹，艾匹，你要去哪裡？」

「去找南翡兒。讓她知道她可不可以嘲笑我！」

「等一下，你必須冷靜下來。我們任何人都不能魯莽。」

「魯莽？」男孩不屑地大笑。「你就跟葉瑪西一樣，只知道謹慎、小心、凡事都不能急躁！葉瑪西是個老太婆，而索巴卡光會耍嘴皮子吹牛。放開我，蓮梨桑。」

他掙脫了她緊緊抓住的亞麻衣袖。

「南翡兒，南翡兒在哪裡？」

正好從屋子裡慌慌張張跑出來的喜妮喃喃說道：「噢，天啊，這可不妙，非常不妙。我們會變成什麼樣子？我親愛的女主人會怎麼說？」

「南翡兒在什麼地方，喜妮？」

蓮梨桑大叫：「不要告訴他。」

但是喜妮已經回說：「她從後頭出去了。到亞麻田去了。」

艾匹衝進屋子裡去，蓮梨桑譴責說：「你不該告訴他，喜妮。」

「你信不過老喜妮。你從來對我就沒信心。」她話中自憐的語氣加深。「但是可憐的老喜妮知道她在幹什麼。那孩子需要時間冷靜下來。他在亞麻田裡找不到南翡兒的。」她露齒一笑。「南翡兒在這裡……在小閣樓裡跟卡梅尼在一起。」

她對著院子點點頭。

然後她似乎有點過於強調地加上一句話：「和卡梅尼在一起……」

然而蓮梨桑沒聽到，她早已越過院子走去。

泰娣拖著她的木獅子，奔向她母親，蓮梨桑把她擁住。當她抱住孩子時，她可以了解到驅使沙蒂琵和凱伊達的那種力量。這些女人是在為她們的孩子搏鬥。

泰娣焦躁地低叫一聲：「不要抱這麼緊，媽，不要抱這麼緊，你把我弄痛了。」

蓮梨桑把她放下來。她慢慢地越過院子。南翡兒正和卡梅尼一起站在閣樓的另一端。蓮梨桑來到時，他們轉過身來。

蓮梨桑屏息快速地說：「南翡兒，我是來警告你的。你必須小心，你必須保護自己。」

南翡兒臉上掠過一陣不屑、驚奇的神色。

「這麼說，那些狗在狂吠了？」

「他們非常生氣……他們會傷害你。」

南翡兒搖搖頭。

「沒有人能傷害我，」她極有自信地說，「如果他們傷害我，你父親會接到報告，他會報復。他們靜下來想一想就會知道。」她笑出聲來。「他們多麼傻啊，淨搞些小玩意兒來侮辱、迫害我！他們在玩的都是我的局。」

蓮梨桑緩緩說道：「這麼說，你一直都在計畫這件事？而我居然替你感到難過……我以為是我們不對！我不再替你難過了，我覺得，南翡兒，你真邪惡。當你死後接受四十二大罪審判時，你將無法說『我沒有任何罪』，你也無法說『我不貪心妄羨』。而你的心被擺上真理的天平上時，秤子一定會往下沉。」

南翡兒陰沉地說：「你怎麼突然變得虔誠起來了。不過我可沒傷害到你，我沒說你什麼壞話。你可以問問卡梅尼是不是這樣。」

之後她越過院子，踏上台階到門廊上。喜妮走出來碰到她，兩個女人一起進屋子裡去。

蓮梨桑慢慢轉身向著卡梅尼。

「原來是你，卡梅尼，是你幫她這樣對付我們？」

卡梅尼急急說道：「你對我很生氣嗎，蓮梨桑？但是我能怎麼樣？英賀鐵離去前鄭重吩咐我，要我隨時聽從南翡兒的命令寫信。告訴我你不怪我，蓮梨桑。我還能怎麼樣？」

「我不能怪你，」蓮梨桑緩緩說道，「我想，你大概不得不執行我父親的命令。」

「我不喜歡那樣做……而且真的，蓮梨桑，信上沒有一個字是對你不利的。」

「你以為我會在乎嗎？」

「但是我在乎。不管南翡兒要我寫什麼，我絕不會寫下任何傷害到你的話。蓮梨桑，請相信我。」

蓮梨桑心思混雜地搖搖頭。卡梅尼努力強調的這一點，對她來說沒有什麼重要性。她感到氣憤、受傷害，有如卡梅尼在某一方面辜負了她。然而，他畢竟只是個陌生人。儘管血脈相連，他仍然是她父親從遠地帶來的一個陌生人。他是個下級書記，他的雇主交給他一件工作，他得去執行。

「我寫的都是事實，」卡梅尼堅持說，「毫無謊言，我對你發誓。」

「不，」蓮梨桑說，「不會有謊言。南翡兒太聰明了，不至於說謊。」

終究，老伊莎說得對。沙蒂琵和凱伊達洋洋自得的那些小小迫害事件，正是南翡兒心中企求的。難怪她一直露出那種貓一樣的笑容。

「她是個壞胚子，」蓮梨桑說出了她心中所想。「是的！」

卡梅尼同意。

「是的，」他說，「她是個邪惡的動物。」

蓮梨桑轉身，以奇特的眼光看著他。

「你在她來這裡之前就認識她了，不是嗎？你在孟斐斯認識她的？」

卡梅尼臉紅起來，顯得不自在。

「我和她不熟……我聽說過她。一個驕傲的女孩，他們說，她野心勃勃，刁蠻難纏，而且是個不會原諒別人的人。」

蓮梨桑突然不耐煩地把頭往後一仰。

「我不相信！」她說，「我父親不會照他信上所威脅的那樣做。他現在正在氣頭上，但是他不可能這樣不公正。他回來後會原諒所有這一切。」

「他回來的時候，」卡梅尼說，「南翡兒會設法不讓他改變主意。你不了解南翡兒，蓮梨桑，她非常聰明而且非常堅決……還有，記住，她非常漂亮。」

「是的，」蓮梨桑承認說，「她是漂亮。」

她站了起來。不知為什麼，「南翡兒漂亮」這個想法刺傷了她……

§

蓮梨桑把那天下午的時間用來跟孩子們玩耍。當她和他們一起玩遊戲時，她心中那模糊的痛楚便減輕了。直到太陽正要下山時，她才站直身子，梳理一下頭髮，理平起皺散亂的衣裳，同時隱隱約約地懷疑為什麼沙蒂琵和凱伊達兩個人沒有像往常一般到外面來。

卡梅尼很早就離開了院子。蓮梨桑慢慢地越過院子進屋子裡去。大廳裡沒有人，她再向前走進內院的婦女活動區去。伊莎在房內一角打瞌睡，她的小女奴正在一堆亞麻布上做記號。廚房裡的人則在烘烤著三角長條麵包。此外都沒有人在。

這種奇特的空盪感壓迫著蓮梨桑。他們都到哪裡去了？

侯里或許到山上的墓穴去了。葉瑪西可能和他一起或是在田裡。索巴卡和艾匹跟牛群在一起，或者可能在穀倉裡監工。但是沙蒂琵和凱伊達在哪裡？還有，對了，南翡兒在哪裡？

南翡兒空盪的房裡滿是濃烈的香膏味道。蓮梨桑站在門口注視著那小小的木枕頭、珠寶盒、一堆圓珠手鐲和一只鑲雕甲蟲的戒指。香水、香膏、衣服、亞麻布床單、拖鞋，它們全都帶有各自的色彩，帶有南翡兒……一個陌生人和敵人的色彩。

蓮梨桑懷疑著，南翡兒可能跑去哪裡了呢？

她慢慢走向後門，喜妮正好進來。

「大家都跑到哪裡去了，喜妮？屋子裡空空的，只有我祖母一個人。」

「我怎麼知道，蓮梨桑。我一直在忙，幫忙織布，留意好多事。我可沒時間去散步。」

蓮梨桑心想，這表示有人去散步。或許沙蒂琵跟著葉瑪西上山到墓穴去和他吵架？可是，凱伊達在哪裡？凱伊達不像是會離開她孩子這麼久的人。

她心中那股怪異、不安的暗流再度出現，「南翡兒在哪裡？」

喜妮彷彿看出了她心中的想法，替她說出了答案。

「至於南翡兒，她很早以前就上山到墓穴去了。噢，侯里和她旗鼓相當。」喜妮輕蔑地笑出聲來。「侯里也有頭腦。」她悄悄貼近蓮梨桑一點。「我真希望你知道，蓮梨桑，我對這整個事情有多不高興。她來找我，你知道，那一天——臉上帶著凱伊達的巴掌印，流著血。她要卡梅尼寫信，要我作證——當然我不能說我沒看見！噢，她是個聰明人。而我，一直想著你親愛的母親……」

蓮梨桑推開她，走出去，進入金黃燦爛的夕陽餘暉中。斷崖間一片陰暗，整個世界在這日落的時刻顯得如真似幻。

蓮梨桑踏上通往上山小徑的道路，腳步加快。她要到墓穴去……去找侯里。是的，找侯里。她小時候玩具壞掉時就是這樣做的……還有她感到不安、恐懼時。侯里就像那些斷崖，堅定不變，屹立不搖。

蓮梨桑困惑地想著：「只要找到侯里，就會沒事了……」

她的腳步再加快，幾乎是用跑的。

這時，她突然看到沙蒂琵向她走過來，搖搖晃晃的彷彿看不到路……

沙蒂琵看到蓮梨桑，突然停了下來，一手摸住心臟部位。蓮梨桑向她靠近，而且被沙蒂琵嚇了一大跳。

「怎麼啦，沙蒂琵，你生病了？」

「不，不，當然不是。」

沙蒂琵回答的聲音陰慘，她的眼睛閃爍不定。

「你的臉色很難看，一副受到驚嚇的樣子。發生了什麼事？」

「會發生什麼事？當然是沒事。」

「你去了哪裡？」

「我到墓地去……去找葉瑪西。他不在那裡，沒有人在那裡。」

蓮梨桑仍然凝視著她。這是個新的沙蒂琵……一個失去了活力、意志的沙蒂琵。

「走吧，蓮梨桑，回家去。」

沙蒂琵一隻手有點顫抖地擱在蓮梨桑的手臂上，催她往回家的路上走，蓮梨桑被這麼一碰，突然起了反抗。

「不，我要到墓地去。」

「我告訴過你，沒有人在那裡。」

「我想上山去鳥瞰河水，坐在那裡。」

「可是太陽下山了……太晚了。」

沙蒂琵的手指像鉗子一般夾住蓮梨桑的手臂。蓮梨桑掙脫開來。

「不要！讓我走，沙蒂琵。」

「不！回去，跟我回去。」

但是蓮梨桑已經掙脫、推開她，走向斷崖頂上去。

出了什麼事……直覺告訴她是有什麼事。她的腳步加快，奔跑起來……

然後她看到了……躺在斷崖陰影下有暗暗的一堆……

她急忙跑過去，直到她僵立在那一堆東西旁邊。

她對她所看到的並不感到驚訝，彷彿她早已料到……

南翡兒臉朝上躺著，她的身體破裂、扭曲，雙眼張大，失去了知覺……

蓮梨桑彎下腰觸摸那冰冷僵硬的面頰，然後站起來再度俯視著她。她幾乎沒聽見身後沙蒂琵向她走過來的腳步聲。

「她一定是跌下來的，」沙蒂琵說著，「她跌下來了，她走在斷崖小徑的時候，跌了下來……」

是的，蓮梨桑心想，是這樣沒錯。南翡兒從上頭的小徑跌下來，身體撞到石灰岩塊彈落下來。

「她可能是看到了一條蛇，」沙蒂琵說，「嚇著了。那條小徑上會有一些蛇在陽光下睡覺。」

蛇。是的，蛇。索巴卡和那條蛇。一條蛇，背脊破碎，躺在陽光下，死了。索巴卡，他的兩眼冒火……

她想著，索巴卡，南翡兒……

這時她聽見侯里的聲音，突然感到鬆了一口氣。

「發生什麼事了？」

她鬆了口氣，轉過身來。侯里和葉瑪西一起過來。沙蒂琵急切地解釋說南翡兒一定是從上面的小徑掉下來的。

葉瑪西說：「她一定是上去找我們，但是侯里和我去看灌溉水道，我們去了至少一個小時。我們回來時才看到你們站在這裡。」

蓮梨桑說：「索巴卡在什麼地方？」她的聲音令她自己吃驚，聽起來與平常迥然不同。

與其說是她看到，不如說是她感到侯里聽見她這麼一問立即猛然轉過頭來。葉瑪西只是有一點點困惑地說：「索巴卡？我整個下午都沒見到他。他氣沖沖地離開我們之後，我就沒見過他。」

然而侯里沒在聽，他看著蓮梨桑。她抬起頭，與他目光相接。她看到他低下頭若有所思地看著南翡兒的屍體，她完全知道他在想什麼。

他喃喃問道：「索巴卡？」

「噢，不，」蓮梨桑聽到她自己說，「噢，不……噢，不……」

沙蒂琵再度緊張地說：「她是從小徑上掉下來的。上面那裡正好很窄，而且危險……」

危險？侯里告訴過她什麼？一個索巴卡小時候攻擊葉瑪西的故事，還有她母親把他們拉開說：「你不能做這種事，索巴卡，這是危險的……」

索巴卡喜歡殺戮。

「我不會後悔我要做的事……」

索巴卡殺死一條蛇……

索巴卡在狹窄的小徑上遇見南翡兒……

他的目光與蓮梨桑的相接。她想，他和我都知道，我們一直都知道……

她聽見她顫抖的聲音高聲說：「她從小徑上跌下來……」

葉瑪西柔和的聲音有如最後一句和聲，交叉進來。

「她一定是從小徑上跌下來的。」

10

冬季第四個月第六天

英賀鐵坐著面對伊莎。

「她們的說法都一樣。」他焦躁地說。

「那是最最方便之道。」伊莎說。

「方便……方便？你用的是多麼奇特的字眼！」

伊莎發出咯咯咯短笑聲。「我知道我在說什麼，兒子。」

「她們說的是事實嗎？這得由我來斷定！」英賀鐵嚴肅地說。

「你不是瑪亞特女神，也不是阿努比斯神，你不能把心擺在天平上秤！」

「是意外事件？」英賀鐵判官式地搖搖頭。「我不得不覺得，我對那些忘恩負義的家人所做的宣布，可能引起他們情緒上的衝動。」

「是的，的確是，」伊莎說，「情緒是被挑起了。他們在大廳裡高聲吼叫，我在房間這裡都聽得見。對了，那些是你真正的想法嗎？」

英賀鐵不安地挪動身子，喃喃說道：「我寫信時正在氣頭上……我會氣憤也是正常的。我的家人需要一次嚴厲的教訓。」

「換句話說，」伊莎說，「你只是在嚇嚇他們。是不是這樣？」

「我親愛的母親，這在現在又有什麼重要？」

「我明白了，」伊莎說，「你不知道該怎麼辦。思緒混亂，如同往常一般。」

英賀鐵努力忍住怒氣。

「我的意思只是，那一點已經無關緊要了。目前的問題是南翡兒死掉這件事。如果我某個家人竟會這麼不負責任，這麼氣得失去平衡，這麼放肆地傷害那女孩，我……我真的不知道該怎麼辦才好！」

「這麼說，」伊莎說，「幸好他們的說法全都一樣！沒有人做出不同的暗示吧？」

「確實沒有。」

「那麼為什麼不就把它當意外事件了結？你應該把那女孩一起帶到北方去的。我當時就這樣告訴過你。」

「所以你認為……」

伊莎加重語氣說：「我相信別人所告訴我的。除非它和我自己親眼所見的相牴觸——這在現在很少發生——或是和我親耳所聽見的不同。我想，你大概已經問過喜妮了吧？她對這件事怎麼說？」

「她深感傷心，非常傷心，為我。」

伊莎揚起眉頭。

「確實。你說的令我感到驚訝。」

「喜妮，」英賀鐵熱情地說，「很有感情。」

「的確。她的舌頭也特別長。如果她的唯一反應就是為你喪失小妾感到傷心，那麼我當然就把這件事看作是意外事件了結。還多得是其他事情需要你去留心。」

「是的，確實。」英賀鐵恢復他小題大做、自以為了不起的態度，站了起來。「葉瑪西正在大廳裡等我，有各種事需要我緊急處理，有很多決定等著我認可。如同你所說的，個人的憂傷不該侵害到生活的主要步調。」

他匆匆走出去。

伊莎微笑了一會兒，一種有點嘲諷意味的微笑，然後她的臉色再度凝重起來。她嘆了口氣，搖搖頭。

§

葉瑪西在卡梅尼的陪同下等著父親。葉瑪西解釋說，侯里正在監督忙著準備葬禮第一階段的葬儀人員。
英賀鐵收到南翡兒的死訊後，花了幾個星期才回到家，如今葬禮準備工作已近完成。屍體早浸在鹽水裡，恢復了一些正常面貌，也塗過了油膏，擦過了鹽，並包紮上繃帶，擺在棺木裡。
葉瑪西說明他訂下以後要安置英賀鐵屍體的一個小墓穴，就在石墓附近。他詳細說明他已經安排好的一切，英賀鐵表示贊同。
「你做得很好，葉瑪西，」他和藹地說，「看來你有很好的判斷力，頭腦仍舊很靈光。」
葉瑪西對這意料之外的讚許感到有點臉紅。
「當然，儀比孟都是一家昂貴的葬儀社，」英賀鐵繼續說下去。「比如說，這些天篷甕，在我看來就貴得不像話。真的沒有必要這樣奢侈。他們有些價錢在我看來是太昂貴了。這些大官在往來的葬儀社，最壞的一點就在這裡。他們以為他們可以漫天要價。找一些比較不出名的就會便宜多了。」
「你人不在，」葉瑪西說，「我不得不對這些事下決定……而我希望讓你如此鍾愛的小妾得到一切尊榮。」
英賀鐵點點頭，拍拍葉瑪西的肩膀。
「這是善意的錯，我的孩子。我知道，你通常對錢財的事非常謹慎。我知道就這件事來說，任何不必要的花費都是為了讓我高興。不過，我不是錢做的，而且妾室……呃，啊哼，終歸只不過是妾室。我想，我們把昂貴的護身符取消吧……我看看，還有一兩個可以減少開支的地方……把估價單唸出來給我聽，卡梅尼。」

卡梅尼翻開草紙。

葉瑪西輕鬆地嘆了一口氣。

§

凱伊達慢步走出屋子，來到湖邊，在孩子們和他們的母親身邊停頓下來。

「你說得對，沙蒂琵，」她說，「活著的美妾是跟死去的美妾有所不同！」

沙蒂琵抬起頭來看她，她的眼神迷濛茫然。蓮梨桑很快地問道：「你是什麼意思，凱伊達？」

「送東西給一個活著的妾婦，什麼都嫌不夠——衣服、珠寶，甚至是英賀鐵親生骨肉的繼承權！但是現在英賀鐵正在忙著削減葬禮的費用！畢竟，何必要把錢浪費在一個死掉的女人身上？是的，沙蒂琵，你說得對。」

沙蒂琵喃喃說道：「我說過什麼？我忘記了。」

「最好是這樣，」凱伊達同意說，「我，也忘記了。還有蓮梨桑也是。」

蓮梨桑一言不發地看著凱伊達。凱伊達的話中有某種暗示、某種惡意，讓蓮梨桑不太舒服。她總認為凱伊達是個有點笨的女人，一個溫和柔順的女人，卻微不足道。現在令她吃驚的是，凱伊達好像和沙蒂琵對調了。一向專橫霸道、氣勢洶洶的沙蒂琵一下子變得幾乎是……怯生生的。倒是一向平靜的凱伊達對沙蒂琵頤指氣使。

然而，蓮梨桑心想，人們並不會真正改變他們的性格吧……或者是會？她感到困惑。凱伊達和沙蒂琵真的在過去幾個星期中就變了。或者一個人改變是另一人改變的結果？是凱伊達變得氣勢洶洶？或只是她表面上看來如此，因為沙蒂琵突然消沉了下來？

沙蒂琵確實是變了一個人。她的聲音不再是蓮梨桑所熟悉的高亢、刺耳。她走在院子裡那緊張、畏縮的步伐，完全不像她往常自信的態度。蓮梨桑把她的改變看成是看到南翡兒死亡所受到的刺激。但是那種驚嚇會持續這麼久，實在叫人難以置信。蓮梨桑不禁覺得，公開且堂而皇之地為那女人的突然死亡表示歡騰，才像是沙蒂琵本人的作風。然而事實上是，每次聽到有人提及南翡兒的名字，她馬上就緊張畏縮起來。甚至葉瑪西好像也不再受她欺凌叱喝，進而開始採取了比較堅決的態度。無論如何，沙蒂琵的改變全都是趨向好的一面……至少蓮梨桑是這樣想的。然而這其中有什麼令她隱隱不安……

突然，蓮梨桑吃驚地意識到凱伊達正在皺著眉頭看著她。她了解，凱伊達是在等她對她所說的話表示同意。

「蓮梨桑，」凱伊達重複說，「也忘記了。」

蓮梨桑突然感到一股反抗意識湧溢出來。不管是凱伊達或是沙蒂琵，沒有任何人可以命令她應該或不應該記住什麼。她以滿含抗議的眼光堅定地回看凱伊達。

「家裡的女人，」凱伊達說，「必須站在一起。」

蓮梨桑開口了，她清晰、反抗地說：「為什麼？」

「因為我們的利益是一致的。」

蓮梨桑激烈地搖頭。她困惑地想著：「我是個女人，同時也是個人，我是蓮梨桑。」

她大聲說：「沒有這麼簡單。」

「你想惹麻煩嗎，蓮梨桑？」

「不。你所說的麻煩是什麼意思？」

「那天我們在大廳裡所說的一切最好全部忘掉。」

蓮梨桑笑出聲來。

「你真傻，凱伊達。僕人、奴隸、我祖母，每個人一定都聽見了！為什麼要假裝發生過的事情沒發生？」

「那時我們都在氣頭上，」沙蒂琵悶悶地說，「我們所說的都不是有意的。」她煩躁地又補上一句說：「不要再談下去了，凱伊達。如果蓮梨桑想要惹麻煩，就由著她去吧。」

「我並不想惹麻煩，」蓮梨桑憤慨地說，「但假裝的行為是愚笨的。」

「不，」凱伊達說，「是智慧。你得考慮到泰娣。」

「泰娣沒事。」

「什麼事都沒有了。南翡兒死了。」

凱伊達微笑著，一種平靜、沉著、滿足的微笑。蓮梨桑心中再度泛起反感。然而凱伊達說得相當真實。南翡兒死了，一切事端都已平息。沙蒂琵、凱伊達、她本人，還有孩子們，全都安全、平安無事，沒有任何的憂慮。那個闖入者，那個擾人、不懷好意的陌生人，已經離開了，永遠離開了。

那麼，為什麼她會為了南翡兒而產生這種她不了解的情感波動？為什麼她會對那個她不喜歡的女孩產生這種擁護感？南翡兒很邪惡，南翡兒已經死了。難道她不能就這樣來看嗎？為什麼她會有這突來的憐惜……不只是憐惜，而是幾近於包容？

蓮梨桑困惑地搖搖頭。在其他人都進屋子裡去之後，她坐在湖水旁，徒然地試圖搞清楚她心中的困惑。

當侯里越過院子、看到她、過來坐在她身旁時，太陽已經西下了。

「天晚了，蓮梨桑。太陽已經西下，你該進去了。」

他莊重、平靜的嗓音撫慰了她，如同往常一般。她轉向他問了個問題。

「同一家族的女人都必須團結在一起嗎？」

「誰跟你這樣說的，蓮梨桑？」

「凱伊達。她和沙蒂琵……」

蓮梨桑中斷下來。

「而你……想要自己獨立思考？」

「噢，思考！我不知道如何去思考，侯里。我的腦子裡一片混雜。人太令人感到困惑。每個人都和我所認為的不同。我總是以為沙蒂琵大膽、堅毅、專橫擅權，但是她現在變得軟弱、優柔寡斷，甚至膽怯。那麼，到底哪一個才是真正的沙蒂琵？人不可能像她那樣在一天之內完全改變。」

「不是在一天之內，不是。」

「而凱伊達，她總是溫和謙遜，每個人都欺凌她。現在她卻對我們大家發號施令！甚至索巴卡好像也很怕她。而且連葉瑪西也變了，他開始發號施令，要人家聽從！」

「而這一切令你感到困惑不解嗎，蓮梨桑？」

「是的，因為我不明白。有時候我感覺甚至喜妮也跟她表面上看起來的相當不同！」

蓮梨桑感到荒謬地笑出聲來，但侯里並沒有跟著她笑。他的臉色保持嚴肅，滿腹心思。

「你對人的思考不多吧，蓮梨桑？如果你再多加思考，就會了解……」他暫停了一下，然後繼續說：「你知道所有的墳墓裡總是有一道假門吧？」

蓮梨桑瞪大眼睛。

「是的，當然。」

「哦，人也是像那樣。他們造出了一道假門……以便欺瞞。如果他們感到軟弱，感到無能，他們就造出一道堂皇、自信、虛張聲勢、具有壓倒性權威的門。然後過一段時間，他們也信以為真。他們以為，而且每個人也都以為，他們就是那樣。但是在那道門的背後，僅僅是石塊而已……因此當現實來到，真理的羽毛觸及他們，他們真正的自我便會重新出現。對凱伊達來說，溫和、謙遜能帶給她她所欲求的一切——丈夫和孩子。愚蠢可以使她的生活容易一些。但是當現實對她構成威脅時，她的真正本性便會出現。她並沒有改變，蓮梨桑，她的那種力量、那種殘忍性格一直都存在。」

蓮梨桑孩子氣地說：「可是我不喜歡，侯里，這令我感到害怕。每一個人都和我所認為的不同。還有，我自己呢？我一直都是老樣子。」

「是嗎？」他對她微笑。「那麼為什麼你在這裡一坐就坐了這麼幾個鐘頭，額頭皺起，苦思冥想？以前的蓮梨桑——跟著喀尹離去的那個蓮梨桑——會這樣嗎？」

「噢，不會，因為沒有需要……」蓮梨桑停了下來。

「你明白了吧？你自己就說出來了。就是那個現實的字眼——需要！你不再是那個不用思考的快樂孩子，那接受事物表面價值的孩子。你不僅僅是這家族的女人，你想要獨立思考、思考其他人的蓮梨桑……」

蓮梨桑緩緩說道：「我一直在想南翡兒……」

「你想到什麼？」

「我在想，為什麼我忘不了她……她心腸壞、她殘忍、她企圖傷害我們，而她現在已經死了。為什麼我不能這樣想就好了？」

「你不能嗎？」

「不能。我試過，但是……」蓮梨桑停頓下來。她困惑地抹抹眼睛。「有時候我感覺到我了解南翡兒，侯里。」

「了解？你是什麼意思？」

「我無法解釋。但是這種感覺不時地出現，簡直有如她就在我身旁一樣。我感覺到，真的感覺到，我彷彿就是她。我了解她的感受。她非常不快樂，侯里，我現在了解了，儘管我當時並不了解。她想要傷害我們，完全是因為她十分不快樂。」

「你不可能知道，蓮梨桑。」

「是的，當然我不可能知道，但是我感覺得到。那種悲傷，那種痛苦，那種深刻的怨恨……我曾經在她臉上看到過，而我當時不了解！她一定愛過某個人，後來出了差錯；或許他死了，或是離開了，所以她變成那樣，想要傷害……傷害別人。噢！隨便你高興怎麼說。我知道我是對的！她成了那個老人——我父親的妾室，她到這裡來，我們討厭她；而她則想要讓我們都像她一樣不快樂……是的，就是這個原因她才會這樣！」

侯里以奇特的眼光看著她。

「你說得真確信，蓮梨桑。你跟南翡兒並不很熟吧。」

「但我感覺就是如此，侯里。我感覺得到她，南翡兒。有時我覺得她離我相當近……」

「我明白了。」

他們之間陷入沉默。天色已將近全暗了。

侯里平靜地說：「你認為南翡兒並不是意外死的，是嗎？你認為她是被人丟下去的？」

蓮梨桑聽到人家說中了她的看法，心中起了一陣激烈的厭惡。

「不，不，不要說了。」

「可是我想，蓮梨桑，我們還是說出來的好。因為這已經在你腦海裡生根。你真的這樣認為？」

「我……是的！」

侯里滿腹心思地低下頭去。他繼續說：「而且你認為是索巴卡下的手？」

「還可能是誰？你記得他和那條蛇吧？而且你記得他所說的話……那天，她死的那一天，在他離開大廳之前所說的話吧？」

「是的，我記得他所說的話。不過說的人未必就是做的人，所謂會叫的狗不咬人！」

「可是你不認為她是被人殺害的嗎？」

「是的，蓮梨桑，我相信是……可是，畢竟，這只是一個看法。我沒有證據。我不認為可能找到證據。這就是我慫恿英賀鐵接受意外死亡這個說法的原因。有人推倒南翡兒……但我們永遠不會知道這個人是誰。」

「你的意思是，你不認為是索巴卡？」

「我不這樣認為。不過如同我所說的，我們永遠不可能知道。因此最好不要去想它。」

「可是，如果不是索巴卡，那麼你認為是誰？」

侯里搖搖頭。

「我有個想法……但這個想法可能是錯的，所以還是不要說出來的好……」

「可是這麼一來，我們就永遠都不知道了！」

蓮梨桑話中帶著沮喪。

「或許……」侯里猶豫了一下。「或許這樣最好。」

「不要知道？」

「不要知道。」

蓮梨桑顫抖起來。

「可是……噢，侯里，我害怕！」

11 夏季第一個月第十一天

最後一項儀式完成，咒文也唸過了。孟杜，來自戀愛女神海梭之廟的法師，拿起喜登草做的掃帚小心地揮掃墓室，唸著咒文，在墓室大門永遠封閉上之前，驅除一切魔鬼的腳印。然後，墳墓封了起來，所有一切處理木乃伊屍身所剩下來的東西——一壺壺的鹽液、鹽和碎布，所有和屍體接觸過的東西，都擺在墓旁的一間小石室裡，這個小石室也封閉起來。

英賀鐵挺起胸膛，深吸了一口氣，鬆懈下他參加喪葬的虔誠表情。一切都按照禮法完成。南翡兒已經依習俗下葬，所費不貲（在英賀鐵看來，是有點過度浪費）。

英賀鐵和已經完成聖職、恢復世俗人態度的祭司們相互客套寒暄。每個人都下山回到屋子裡，應備的點心已經備好等著。英賀鐵和大祭司討論最近政治上的一些改變。底比斯正快速演變成一個非常強大的城市。埃及不久可能再度統一在一個君主之下。金字塔時期的黃金時代可能重新再現。

孟杜對尼希比雷國王備加推崇讚賞。腐敗懦弱的北方不可能與他相抗衡。要統一埃及需要的就是這個。而且，無疑的，這對底比斯來說意義重大……

男人家走在一塊兒，討論著未來情勢。

蓮梨桑回顧斷崖和封閉起來的墓室。

「這就是終了。」她喃喃說道。

一股解脫的感覺掠過她心頭。她一直在害怕她所不知道的什麼事！某種最後一刻將冒出來的喊叫或控訴？然而一切看來平靜順利。南翡兒已依照一切宗教禮俗下葬完妥。

這已是終了。

喜妮低聲說：「我希望是如此。我真的希望是如此，蓮梨桑。」

蓮梨桑轉身向她。

「你這是什麼意思，喜妮？」

喜妮避開她的眼光。

「我只是說，我希望這就是終了。有時候你以為是終了的，其實只不過是開端。而且還能大大不妙。」

蓮梨桑氣憤地說：「你在說些什麼，喜妮？你這是在暗示什麼嗎？」

「我從來不做任何暗示，蓮梨桑。我不會做這種事。南翡兒已經安葬了，每個人都感到滿意了。所以一切就是這樣。」

蓮梨桑問道：「我父親問過你對南翡兒之死的看法嗎？」

「是的，是問過了，蓮梨桑。他特別強調，要我告訴他我確切的想法。」

「那麼你告訴他些什麼？」

「這，當然，我說是意外事件。還可能是什麼？我說：『你不會認為是家裡的人傷害了那個女孩吧？他們不敢，他們對你太尊敬了。他們可能會發發牢騷，但也只是這樣而已。』你可以相信我的話，我說絕對沒有『那種』事！」

喜妮點點頭，咯咯咯發笑。

「那麼我父親相信你的話？」

喜妮再度滿意地點點頭。

「啊，你父親知道我對他是多麼的忠實。我老喜妮說什麼他都相信。他欣賞我……雖然你們沒有一個人這樣。啊，算了，我對你們的奉獻這本身就是一種報償。我不指望你們感謝我。」

「你也對南翡兒忠實奉獻。」蓮梨桑說。

「我不知道你怎麼會有這種想法，蓮梨桑。我只是像其他人一樣聽從命令。」

「她認為你對她忠心耿耿。」

喜妮再度咯咯咯發笑。

「南翡兒並不像她自以為的那樣聰明。驕傲的女孩，自以為擁有全世界。好了，現在她得去應付陰府判官的審問了。在那裡，漂亮的臉蛋幫不上她的忙。不管怎麼樣，我們已經擺脫了她。至少，」她摸摸身上戴著的護身符，壓低聲音加上一句話：「我希望如此。」

§

「蓮梨桑，我想跟你談談沙蒂琵。」

「什麼事，葉瑪西？」

蓮梨桑同情地抬起頭，看著她哥哥那張溫和、憂慮的臉。

葉瑪西沉重緩慢地說：「沙蒂琵非常不對勁。我不明白。」

蓮梨桑悲傷地搖搖頭。她找不出任何安慰的話語可以說。

「我注意到她這種改變已經有段時間了，」葉瑪西繼續說下去，「任何不熟悉的聲響都會令她驚嚇、發抖。她不太吃得下飯，她躡手躡腳的如同……如同害怕見到自己的影子。你一定也注意到了吧，蓮梨桑？」

「是的，的確，我們全都注意到了。」

「我問過她是不是生病了，要不要我找個醫生來，但是她說沒事，說她好得很。」

「我知道。」

「這麼說你也問過她了？而且她也什麼都沒對你說……什麼都沒說？」

他強調這句話。蓮梨桑同情他的焦慮，然而她說不出幫得上忙的話。

「她堅持說她相當好。」

葉瑪西喃喃說：「她晚上睡不好，會在睡夢中大喊大叫。她……她可不可能隱藏了我們不知道的傷心事？」

蓮梨桑搖搖頭。

「我看不出有這種可能。孩子們又沒出什麼差錯，這裡也沒發生什麼事……當然，除了南翡兒之死，但沙蒂琵毫不為這件事傷心。」她乾澀地加上最後一句。

葉瑪西淡然一笑。

「是的，的確是，而且可以說是恰恰相反。不過，她這種情形已經有段時間了，我想，是在南翡兒死掉之前。」他的語氣有點不確定，蓮梨桑迅速地看了他一眼。葉瑪西相當堅持地說：「在南翡兒死掉之前。難道你不認為嗎？」

「我是後來才注意到的。」蓮梨桑慢條斯理地說。

「而她什麼都沒對你說，你確定？」

蓮梨桑搖頭。

「你知道，葉瑪西，我不認為沙蒂琵病了。在我看來，她比較像是在……害怕。」

「害怕？」葉瑪西大感驚愕地叫起來。「為什麼沙蒂琵要害怕？怕什麼？沙蒂琵像頭獅子一樣勇敢。」

「我知道，」蓮梨桑無助地說，「我們總是這樣認為。但奇怪的是，人是會改變的。」

「凱伊達知不知道些什麼，你曉得嗎？沙蒂琵有沒有跟她說過？」

「她是比較有可能跟她說……但我不認為她說了。事實上，我相當確信。」

「凱伊達怎麼認為？」

「凱伊達？凱伊達一向什麼都不想。」

蓮梨桑回想起，凱伊達只是趁著沙蒂琵異常溫順的時候，為她自己和孩子奪得了新近織好的高級亞麻布……沙蒂琵正常的時候絕不會容許她這樣做，不吵翻天了才怪！沙蒂琵吭都不吭一聲地任由她得逞，這令蓮梨桑印象十分深刻。

「你跟伊莎談過嗎？」蓮梨桑問道。「祖母對女人以及她們的行為很了解。」

「伊莎，」葉瑪西有點困惱地說，「只說我該為這種改變感到高興。她說要沙蒂琵這般明理是可遇而不可求的事。」

蓮梨桑有點猶豫地說：「你問過喜妮了嗎？」

「喜妮？」葉瑪西皺起眉頭。「沒有。真是的，我不會跟喜妮說這種事。她太過自以為是了，我父親寵壞了她。」

「噢，我知道。她非常煩人，不過，嗯……」蓮梨桑猶豫著。「喜妮無所不知。」

葉瑪西緩緩說道：「你去問問她好嗎，蓮梨桑？然後告訴我她說些什麼。」

「好吧。」

蓮梨桑在跟喜妮獨處時提出了那個問題。她們正在前往織布棚的路上。令她有點驚訝的是，這問題似乎令喜妮深感不安。她平常聊天時的那股熱呼勁一下子全不見了。

她摸摸身上戴著的護身符，回頭望了望。

「這與我無關，我想……我沒有必要去注意任何人正不正常，我只管自己的事。要是有什麼麻煩，我可不想扯進去。」

「麻煩？什麼樣的麻煩？」

喜妮迅速側瞄了她一眼。

「沒有，我希望。不管怎麼樣，反正都和我們無關。你和我，蓮梨桑，我們沒有什麼好自責的，這對我來說是一大安慰。」

「你的意思是，沙蒂琵……你是什麼意思？」

「我沒任何意思。我在這屋子裡的地位只不過比僕人好上一點點，我犯不著對與我無關的事情提出看法。要是你問我，我會說這是個好的改變，而且如果就此保持下去，對我們也很好。拜託，蓮梨桑，她們正在亞麻布上標日期，我得去留意一下。她們都很不小心，這些女人，總是只顧著談笑，疏忽了工作。」

蓮梨桑不滿意地望著她一個箭步衝進織布棚裡去。她自己則慢慢踅回屋子裡。她悄悄進了沙蒂琵的房間，沙蒂琵在蓮梨桑碰碰她的肩頭時跳了起來，大叫一聲。

「噢，你把我嚇死了。我以為……」

「沙蒂琵，」蓮梨桑說，「你怎麼啦？告訴我好嗎？葉瑪西在為你擔心，而且……」

沙蒂琵的手指貼向雙唇。她的眼睛張大、驚懼，她的聲音緊張而結結巴巴地說：「葉瑪西？他……他說些什麼？」

「他在焦慮。你在睡覺時大喊大叫……」

「蓮梨桑！」沙蒂琵抓住她的手臂。「我……我說了些什麼？」

她的兩眼因恐懼而擴張。

「葉瑪西是不是認為……他告訴你什麼？」

「我們兩個都認為你病了，或是……不快樂。」

「不快樂？」沙蒂琵以奇特的腔調低聲重複這三個字。

「你不快樂嗎，沙蒂琵？」

「或許吧……我不知道，並非如此。」

「可是，你在害怕，不是嗎？」

沙蒂琵突然以敵視的眼光瞪著她。

「為什麼你會這樣說？為什麼說我在害怕？我有什麼好怕的？」

「我不知道，」蓮梨桑說，「但是，這是事實，不是嗎？」

沙蒂琵努力恢復她往日傲慢的姿態，她把頭往後一甩。

「我不怕任何東西或任何人！你竟然敢對我做這種暗示，蓮梨桑？而且我不容你和葉瑪西私下談論我。葉瑪西和我彼此了解。」她停頓下來，然後厲聲說：「南翡兒死了……我會說死得好。你可以去告訴任何人，我的感想就是這樣。」

「南翡兒？」蓮梨桑質問式地叫出這個名字。

沙蒂琵十分激動，看來似乎又恢復了往日的架式。

「南翡兒，南翡兒，南翡兒！聽到這個名字就叫我噁心！我不用再在這屋子裡聽到她的名字了，謝天謝地。」

她的聲音，揚升至往日刺耳的高音，然而卻在葉瑪西踏進門時突然下降。他異常堅決地說：「靜下來，沙蒂琵。如果我父親聽見了，又會有新的麻煩。你怎麼這麼傻？」

如果說葉瑪西那堅決和不悅的語調是反常的，那麼沙蒂琵的突然瓦解、溫順下來也是。她喃喃道：「對不起，葉瑪西……我一時沒有想到。」

「好了，以後小心一點！你和凱伊達以前總是惹麻煩。你們女人真不講道理！」

沙蒂琵再度喃喃道：「對不起……」

葉瑪西走出去，他抬頭挺胸，步伐比以往堅毅多了，彷彿他一旦重建了權威便不可一世。

蓮梨桑慢慢走向伊莎的房間。她感到祖母或許可以提供她一些有用的意見。

然而，正在津津有味地吃著葡萄的伊莎，拒絕正視這件事情。

「沙蒂琵？沙蒂琵？為沙蒂琵這樣大驚小怪的幹什麼？難道你們都喜歡受她欺侮支遣，

而一旦她行為得體，你們反而不知道該怎麼辦了？」她吐出葡萄子，說：「不管怎麼樣，這太好了。但維持不久……除非葉瑪西能讓她保持下去。」

「葉瑪西？」

「是的。我希望葉瑪西可以覺醒，好好痛打沙蒂琵一頓。她需要的就是這個，而且她也許是那種挺高興挨打的女人。溫溫順順、可憐兮兮的葉瑪西一定令她非常討厭。」

「葉瑪西是個可親的人，」蓮梨桑憤慨地叫了起來。「他對任何人都好，他像女人一樣溫柔……如果女人是溫柔的話，」她懷疑地加上一句。

伊莎咯咯咯發笑。

「最後一句加得好，孫女兒。不，女人可不溫柔……如果她們溫柔的話，願伊西斯女神保佑她們！而且沒有幾個女人喜歡仁慈、溫柔的丈夫。她們會要個像索巴卡那樣英俊、裝腔作勢、殘暴的丈夫，女孩子迷的是他那種人。或是像卡梅尼那樣英俊瀟灑的年輕小夥子……喂，蓮梨桑，怎麼樣？他真是無可挑剔！而且他的情歌好得無話可說，嗄？嘻嘻嘻。」

蓮梨桑感到臉頰紅了起來。

「我不懂你的意思。」她道貌岸然地說。

「你們全都以為伊莎什麼都不知道！我了解得很。」她以半瞎的眼睛盯住蓮梨桑。「或許，我比你還先知道，孩子。不要生氣，生活就是這樣，蓮梨桑。喀尹是你的好丈夫，但是他現在已揚帆於另一個世界。做太太的需要找個新的丈夫到尼羅河上刺魚——並不是說卡梅尼有多好。一枝蘆管筆、一卷草紙就是他的夢想，儘管還是個人模人樣的年輕人，對歌唱也有一套。但這一切在我看來，也未必表示他配得上你。我們對他所知不多——他是個北地人。英賀鐵很欣賞他，不過我總認為英賀鐵是個傻瓜。任何人都可以奉承他，誘他就範。看看喜妮就知道了！」

「你錯了。」蓮梨桑一本正經地說。

「好，那麼，我錯了，你父親不是傻瓜。」

「我不是指那個。我的意思是……」

「我懂你的意思，孩子。」伊莎露齒一笑。「但是你不懂得真正的笑話。你不懂像我這樣安安穩穩地坐下來有多好，擺脫了這一切男男女女、愛愛恨恨的事，吃著可口的肥鵪鶉或蘆葦鳥，再來一塊蜂蜜蛋糕和一些美味的韭菜、芹菜，然後用敘利亞的葡萄美酒潤潤喉……永遠無憂無慮，冷眼旁觀著一切騷亂、傷心事件，心知這一切都不再能影響到你。看著你的兒子為了一個漂亮的女孩出醜，看著她把整個地方搞得風風雨雨，這令我捧腹大笑，我可以告訴你，就某方面來說，你知道，我喜歡那個女孩！她是個魔鬼沒錯——看她搞得他們吵吵鬧鬧的。索巴卡就像被針刺破的氣囊，艾匹被耍得就像個小孩子，葉瑪西飽受太太欺壓而蒙羞。這就像你對著一池水看你自己的臉。她令他們看清楚自己的樣子。可是為什麼她恨你，蓮梨桑？回答我這個問題。」

「她恨我嗎？」蓮梨桑懷疑地說，「我……曾經試著對她表示友好。」

「而她並不領情？她是恨你沒錯，蓮梨桑。」

伊莎停頓下來，接著突然問道：「會不會是因為卡梅尼？」

蓮梨桑臉色浮起紅暈。

「卡梅尼？我不懂你的意思。」

伊莎若有所思地說：「她和卡梅尼都來自北方，但是卡梅尼在院子裡望著的人是你。」

蓮梨桑猛然說：「我得去看看泰娣。」

伊莎刺耳、逗樂的咯咯笑聲跟隨著她。她的雙頰一陣臊熱，快速越過院子，來到湖邊。卡梅尼從門廊那裡喊她。

「我做了一首新歌，蓮梨桑，留下來聽聽。」

她搖搖頭，匆匆向前走去。她的心憤怒地跳動著。卡梅尼和南翡兒。南翡兒和卡梅尼。為什麼要讓老伊莎——喜歡惡作劇的老伊莎——把這些想法加入她的腦子裡？為什麼她要在乎？

無論如何，這又有什麼關係？她不在乎卡梅尼，一點也不在乎。一個有著甜美嗓音、結實肩膀，令她想起喀尹的粗魯年輕人。

喀尹……喀尹……

她固執地重複著他的名字，但是他的影像首度不再出現於她的眼前。喀尹在另一個世界裡，他在陰府裡……

卡梅尼正在門廊上輕柔地唱著：「我要對佩司神說：『今晚把我的愛人給我……』」

§

「蓮梨桑！」

侯里連叫了兩次她才聽見，她從望著尼羅河的冥思中轉過身來。

「你想得出神了，蓮梨桑。你在想什麼？」

蓮梨桑氣沖沖地說：「我在想喀尹。」

侯里看了她一兩分鐘後微微一笑。

「我明白了。」他說。

蓮梨桑有種不自在的感覺，她覺得他真的明白，便突然急急說道：「人死了之後會怎麼樣？有任何人真正知道嗎？所有這些經文，這些寫在棺木上的東西，含糊得似乎毫無意義。我們知道陰府之神是被人殺死的，他的屍體後來被拼湊在一起，他戴著白色皇冠，因為他，我們得以不死……但是有時候，侯里，這一切似乎都不是真的，它這麼令人感到困惑……」

侯里輕柔地點點頭。

「然而當你死後，到底真正會發生什麼事？這是我想知道的。」

「我無法告訴你，蓮梨桑。你應該去問祭司這個問題。」

「他只會給我一些通俗的答案。我真的想要知道。」

侯里柔聲說：「除非我們自己死掉，否則，我們沒有任何一個人會知道……」

蓮梨桑顫抖起來。

「不要……不要這樣說！」

「是有什麼讓你感到心煩吧，蓮梨桑？」

「是伊莎。」她停頓下來，接著說：「告訴我，侯里，是……是不是卡梅尼和南翡兒在……在來到這裡之前，就……就彼此很熟識了？」

侯里靜靜地站了一會兒，之後，當他走在蓮梨桑身旁，一起走回屋子去時，他說：「我明白了，原來是這麼一回事！……」

「『原來是這麼一回事』，你什麼意思？我只不過是問你一個問題。」

「對你那個問題，我不知道答案。南翡兒和卡梅尼在北方時就彼此認識，至於有多熟，我就不知道了。」他輕柔地又加上一句話：「這很重要嗎？」

「不，當然不，」蓮梨桑說，「這根本一點都不重要。」

「南翡兒死了。」

「死了，而且做成木乃伊封閉在她的墳墓裡，就是這樣！」

侯里冷靜地繼續說下去。

「而卡梅尼，似乎並不悲傷……」

「是的，」蓮梨桑被這個觀點嚇了一跳說，「這倒是事實。」她情不自禁地轉向他說。「噢，侯里，你……你是個多麼令人感到欣慰的人啊！」

他微微一笑。

「我替小蓮梨桑修理過她的獅子，如今，她有其他玩具。」

他們來到屋前，蓮梨桑避門不入。

「我還不想進去。我覺得我恨他們所有的人。噢，並不是真的恨，你了解，不過我感到很生氣，煩躁不耐。每個人都這麼古怪。我們不能上你的墓室去嗎？到那裡讓人感覺好舒服，讓人感到……噢，超越了一切。」

「你真聰明，蓮梨桑，那正是我的感覺。這屋子、農作物和耕作地，全都在你的腳下，但全然沒有意義。你所看見的遠超過這一切。你看到的是尼羅河，再越過去，便看到整個埃及。埃及很快就會再統一起來……強盛、偉大，一如她過去那般。」

蓮梨桑含糊地喃喃說道：「噢，這有什麼重要嗎？」

侯里微微一笑。

「對小蓮梨桑來說沒有。對她來說，只有她的獅子才是最重要的。」

「你這是在嘲笑我。這麼說，對你來說很重要？」

侯里喃喃說道：「為什麼？是的，為什麼對我來說它是重要的？我只不過是一個祭祀業司祭的管事。為什麼我要關心埃及是偉大或是渺小？」

「看。」蓮梨桑把他的注意力引到他們上頭的斷崖。「葉瑪西和沙蒂琵到墓室去了。他們現在正走下來。」

「嗯，」侯里說，「有些東西需要清理，一些葬儀社沒用上的亞麻布。葉瑪西說要沙蒂琵上去教他怎麼處理。」

他們倆站在那裡，抬頭看著正從上頭小徑下來的那兩個人。

蓮梨桑突然想到他們正接近南翡兒失足掉下來的那個地點。

沙蒂琵走在前頭，葉瑪西落後幾步。

突然，沙蒂琵回過頭去跟葉瑪西說話。蓮梨桑心想，或許她正在跟他說那裡一定是意外事件發生的地點。

然後，沙蒂琵突然停住腳步。她彷彿被凍僵了一般站在那裡，兩眼睜大，直直地望著來路。她的雙臂上舉，有如看到了什麼可怕的景象，或是想擋開某種攻擊。她大叫一聲，身子搖晃，跌跌撞撞，然後當葉瑪西躍向她時，她尖叫一聲……恐怖至極，然後整個人頭朝下，跌向底下的岩石……

蓮梨桑一手貼向喉頭，不敢置信地望著她跌落。

沙蒂琵正好跌落在南翡兒橫屍的地方，縮成一團。

蓮梨桑飛快地跑過去。葉瑪西喊叫著從小徑上衝下來。

蓮梨桑跑到她嫂嫂的身旁，俯身一看。沙蒂琵的眼睛張開，眼皮跳動。她的雙唇蠕動，想要說話。蓮梨桑身子更靠近她一些。她被沙蒂琵眼中那恐怖的神色嚇呆了。
這時，垂死的婦人聲音傳過來。僅僅是一聲粗嘎的呻吟。
「南翡兒……」
沙蒂琵的頭朝後仰，下巴垂落。
侯里回身遇到葉瑪西。兩個男人一起跑過來。
蓮梨桑轉身面向她哥哥。
「她在上面掉下來之前，口裡叫著什麼？」
葉瑪西氣喘吁吁，他幾乎說不出話來。
「她看向我後面，看過我的肩頭，好像看到某個人正沿著小徑過來。可是沒有人，那裡沒有人。」
侯里同意說：「是沒有人……」
葉瑪西的聲音跌落至低沉、受驚的細語。
「然後她叫了起來……」
「她說什麼？」蓮梨桑不耐煩地問道。
「她說，她說……」他的聲音顫抖著。「『南翡兒……』」

12 夏季第二個月第十二天

「原來這就是你的意思？」

蓮梨桑銜著侯里說出這句話，與其說是個問句，不如說是肯定句。

她帶著逐漸升高的恐怖和理解，低聲輕渺地加上一句說：「殺害南翡兒的是沙蒂琵……」

蓮梨桑雙手托住下巴，坐在墓旁侯里的小石室入口處，凝視著底下的山谷。

她恍惚地想著她昨天說的那句話是多麼的真實。這真的是這麼短暫之間的事嗎？從這上面看來，下面的房子和汲汲營營的人們，其意義已微乎其微，有如螻蟻之巢。

只有太陽，強大的太陽，在頭頂上閃耀的太陽……只有那晨曦下有如一條銀帶的尼羅河，它們才是永恆、持久的。喀尹死了，還有南翡兒和沙蒂琵……而有一天，她和侯里也會死去。但是太陽神雷依然會統治著蒼穹，夜晚乘著祂的船駛過陰府，直到第二天破曉。而尼羅河依然會流動著，遠從伊里梵丁流下來，流過底比斯，流過鄉村，流過南翡兒快樂生長的地方，一直流到大海，遠離埃及。

沙蒂琵和南翡兒……

蓮梨桑繼續她的思考，同時說了出來，因為侯里沒有回答她原先的問話。

「你知道，我曾經這麼確定是索巴卡……」她中斷下來。

侯里若有所思地說：「先入為主的觀念。」

「我真笨，」蓮梨桑繼續說下去，「喜妮告訴過我……多多少少告訴過我，沙蒂琵在這條路上散步，而且南翡兒也上來這裡。我應該明白這是多麼顯而易見的事：沙蒂琵跟蹤南翡兒，她們在小徑上相遇，沙蒂琵把她推下去。在她跟蹤她之前不久，她才說過，她比我任何一個哥哥都更像是個男子漢。」

蓮梨桑中斷下來，顫抖著。

「當我遇見她時，」她重新開口說，「我就該知道了。她和平常大為不同……她嚇著了。她企圖說服我和她一起回去。她不想讓我發現南翡兒的屍體。我一定是瞎了眼才沒有看清事實。可是我那時對索巴卡充滿了恐懼……」

「我知道，是因為看到他殺死那條蛇。」

蓮梨桑急切地同意。

「是的，正是那個原因。後來我做了一個夢……可憐的索巴卡，我錯看了他。如同你所說的，會叫的狗不會咬人。索巴卡總是吹噓個不停，有說不完的大話，但那並不表示他真的會那樣做。一向大膽、殘忍、不怕採取任何行動的人是沙蒂琵。而自從那次意外事件之後，她就變成那個樣子，好像見到了鬼，讓我們大家百思不解。為什麼我們都沒想到真正的原因？」她快速地抬頭一看，加上一句說：「可是你想到了？」

「有段時間，」侯里說，「我感到南翡兒的死亡真相一定得從沙蒂琵的個性改變上著手。那種改變太過顯著，一定是有什麼原因存在。」

「你卻什麼都沒說？」

「我怎麼說，蓮梨桑？我能證明什麼？」

「是的，是不能。」

「必須是實實在在的證據。」

「然而你曾經說過，」蓮梨桑爭辯說，「人並不會真的改變。但是現在你承認沙蒂琵真的改變了。」

侯里對她微微一笑。

「你應該到縣長的庭上去爭辯。不，蓮梨桑，我說的是事實。人是不會改變的。沙蒂琵就像索巴卡一樣，總是膽大妄言。的確，她有可能從光是說說到真正採取行動，但我認為她是那種在事情發生之前一無所知的人。在她一生當中，直到那特別的一天，她從未感到害怕過。於是當恐懼來臨時，她毫無防備地受到驚嚇。後來她學到了，面對未知之道是勇氣……只是她沒有那種勇氣。」

蓮梨桑低聲喃喃說道：「當恐懼來臨時……是的，自從南翡兒死掉之後，我們就是這樣。沙蒂琵把恐懼顯露在臉上，我們大家都看到了。她的臉上露出驚懼的神色，那睜大的雙眼……當她死去時，當她說『南翡兒……』時，有如她看見了……」

蓮梨桑停了下來。她的臉轉向侯里，她的雙眼大張，問著一個問題。

「侯里，在那條小徑上她看見了什麼？我們沒看見有什麼啊！那裡什麼都沒有。」

「我們看不見，是看不見。」

「但是她看得見？她看到的是南翡兒……南翡兒回來報復。可是南翡兒已經死了，她的墳墓已經封閉起來。她到底看見了什麼？」

「她自己的心靈顯現的景象。」

「你確定？因為如果不是那樣……」

「是的，蓮梨桑。如果不是那樣又如何？」

「侯里，」蓮梨桑伸出手。「事情結束了嗎？沙蒂琵死了，這件事真的結束了嗎？」

他雙手溫柔地握住她伸出來的手。

「是的，是的，蓮梨桑，當然了。至少你不用害怕了。」

蓮梨桑以細微的聲音喃喃說道：「可是伊莎說南翡兒恨我……」

「南翡兒恨你？」

「伊莎是這樣說的。」

「南翡兒可真會怨恨。」侯里說，「有時候我覺得她恨這屋子裡的每一個人。可是至少你並沒有和她作對。」

「沒有……沒有，這是事實。」

「因此蓮梨桑，在你的良心上沒什麼好責備的。」

「你的意思是說，侯里，如果我獨自走在這條小徑上，在日落時分，在南翡兒死去的同一時間……如果我轉過頭，我不會看到什麼？我會平平安安？」

「你會平安無事的，蓮梨桑，因為如果你走下這條小徑，我會和你走在一起，沒有任何傷害會加諸在你身上。」

但是蓮梨桑皺眉、搖頭。

「不，侯里，我要自己一個人走。」

「可是，為什麼，小蓮梨桑？你不害怕嗎？」

「會，」蓮梨桑說，「我想我會害怕。然而還是得這樣。他們全都在屋子裡嚇得發抖，跑去廟裡買護身符，大喊大叫的說在日落時走在這條小徑上不祥。可是讓沙蒂琵搖搖晃晃跌落下去的並不是什麼魔力，而是恐懼……因她做了虧心事而產生的恐懼。

「把那些年輕力壯、正享受生命的人帶走的是邪惡的力量。可是我沒做過任何壞事，因此即使南翡兒真的恨我，她的恨也傷害不到我，這是我所相信的。再說，無論如何，如果一個人得老是生活在恐懼之中，那還不如死掉好了。所以我要克服恐懼。」

「這真是一席勇氣十足的話，蓮梨桑。」

「或許我的感覺沒有像我說的那樣勇敢，侯里。」她抬頭對他微微笑，隨即站了起來。「但是說出來，心裡好過多了。」

侯里起身站在她一旁。

「我會記住你這些話，蓮梨桑，還有你說這些話時頭往後一仰的樣子。這顯露出我一直感到在你心中的勇氣和真理。」他執起她的手。「看，蓮梨桑。從這裡看過去，可以看到山谷，看到尼羅河。再越過去，那是埃及，我們的國土。因長年戰爭而破碎的國土，分裂成許多小王國，可是很快的它們就將再聚集在一起，形成一個統一的國家，南北埃及再度融為一體。我希望而且深信她會恢復往日的偉大！到那時候，埃及會需要有良知有勇氣的男男女女……像你一樣的女人，蓮梨桑。到那時候，埃及需要的不是像英賀鐵那樣永遠為個人的小得小失而汲汲營營的男人，不是像索巴卡那樣懶惰浮誇的男人，不是像艾匹那樣只想到能為自己得到什麼利益的男孩，不是，甚至也不是像葉瑪西那樣忠誠的兒子。坐在這裡，與死人共處，算計著得失，記下帳目……我了解到不能以財富計算的『得』，以及比失去穀物更嚴重的『失』……我望著尼羅河，我看到了在我們之前即已存在且在我們死後仍會存在的埃及生命根源。生與死，蓮梨桑，並沒有如此重大。我只不過是侯里，英賀鐵的管事，但是當我眺望埃及，我體會到一種祥和安寧……是的，還有一種狂悅，別人拿縣長的官位來跟我交換我都不幹的狂悅。你懂我的意思嗎，蓮梨桑？」

「我想我懂，侯里……懂一點。你和其他人不同，我早就知道了。而且當我和你一起在這裡時，我可以感覺到你所感覺到的。不過只是隱隱約約，不太清晰。但是我知道你的意思。當我在這裡時，下面那邊的一切……」她指著山下。「似乎都無所謂了。那些爭吵、怨恨以及永無休止的擾攘喧嘩。在這裡可以逃避那一切。」

她停頓下來，她的眉宇皺起，有點結結巴巴地繼續下去。

「有時候我……我很慶幸我逃開了。然而，好像有什麼在底下那裡……喊我回去。」

侯里放下她的手，退後一步，他柔聲說道：「是的，我明白。卡梅尼在院子裡歌唱。」

「你這是什麼意思，侯里？我想的並不是卡梅尼。」

「也許不是。可是，蓮梨桑，我還是認為，他唱的那些歌，你已不知不覺在聽著。」

蓮梨桑凝視著他，她的眉頭皺起。

「你怎麼說這麼奇怪的話，侯里。在這上面是不可能聽得到他的歌聲的。太遠了。」

侯里輕嘆一聲，搖了搖頭。他眼中發笑的神色令她不解。她感到有點氣憤、不知所措，因為她無法了解。

13 夏季第一個月第二十三天

「我能跟你談一下嗎，伊莎？」

伊莎猛然凝視著站在門口、臉上掛著逢迎微笑的喜妮。

「什麼事？」老婦人厲聲問道。

「沒什麼，真的，至少我不認為……可是我想我要問……」

伊莎截斷她的話。

「那麼，進來吧，進來。你……」她用拐杖敲敲正在串著珠子的小黑奴女孩的肩膀。

「到廚房去。幫我拿些橄欖來，還有榨一杯石榴汁。」

小女孩跑了出去，伊莎不耐煩地向喜妮抬抬手。

「是這個，伊莎。」

伊莎凝視著喜妮拿給她的東西。是個有著滑動蓋子的小珠寶盒，上面有兩個按釦。

「這個怎麼樣？」

「這是『她的』。我發現了，在她房裡。」

「你講的是誰？沙蒂琵嗎？」

「不，不，伊莎。是另外一個。」

「你是說，南翡兒？裡面是什麼？」

「她所有的珠寶，她的梳妝用品和香水瓶，一切一切都已經和她一起埋葬掉了。」

伊莎捻開按釦上的線，打開盒子。裡面是一串瑪瑙小珠子和斷裂成一半的綠釉護身符。

「呸，」伊莎說，「沒有少什麼東西嘛。一定是疏忽了。」

「葬儀社的人把她所有的東西都帶走了。」

「那些人未必可靠。他們忘了這個。」

「我告訴你，伊莎，上次我去她房間查看時，裡面並沒有這個珠寶盒。」

伊莎猛然抬頭看著喜妮。

「你想說些什麼？說南翡兒從陰府回來了，現在就在這個屋子裡？你並不真是個傻子，喜妮，儘管你有時候喜歡裝傻。你散布這些可笑的鬼故事有什麼樂趣？」

喜妮一本正經地搖搖頭。

「我們全都知道沙蒂琵出了什麼事，還有為什麼！」

「也許我們是知道，」伊莎說，「也許我們有人事前就已經知道！是吧，喜妮？我一直認為你比我們任何人都知道南翡兒是怎麼死的。」

「噢，伊莎，你不會認為……」

伊莎打斷她的話。

「我不會認為什麼？我可不怕用腦筋想，喜妮。我看到沙蒂琵過去兩個月中成天提心吊膽、嚇得要死……昨天開始，我認為有人可能知道她把南翡兒怎麼了，而且這個人把她所知道的藏在她腦子裡，或許威脅說要告訴葉瑪西或是英賀鐵……」

喜妮突然爆發一連串抗議的尖叫聲。伊莎閉上眼睛，靠回椅背上。

「我一點也不認為你會承認你做了這種事。我不指望你自己承認。」

「為什麼我要承認？我問你，為什麼？」

「我一點也不知道為什麼，」伊莎說，「你做了很多我沒有辦法找出充分理由的事，喜妮。」

「我想你大概認為我企圖勒索她，好讓我閉嘴不說。我對九柱之神發誓……」

「不要麻煩神明，你夠誠實的了，喜妮……就誠實的意義來說。或許你對南翡兒怎麼死的一無所知。不過這屋子裡大部分的事情你都知道。而且如果要我發誓，我會說這個盒子是你自己放到南翡兒的房裡，儘管我想像不出是為什麼。但這其中一定有某個原因……你騙得過英賀鐵，但你騙不了我。不要裝出可憐兮兮的無辜樣！我是個老太婆，受不了人家這樣。去跟英賀鐵哭訴去。他就喜歡你這樣，天曉得是為什麼！」

「我會把這個盒子拿去給英賀鐵，同時告訴他……」

「我自己會交給他。你走吧，喜妮，不要再散布這種可笑的迷信故事。這屋子裡少了沙蒂琵變得清靜多了。南翡兒死了比活著對我們更有貢獻。現在我們已經血債血還，大家都回到日常工作上去吧。」

§

「這是怎麼回事？」英賀鐵幾分鐘之後大驚小怪地走進伊莎的房裡問道。「喜妮傷心極了。她淚流滿面的跑去找我。為什麼這屋子裡就沒有一個人願意對那忠實的女人表示一點點善意……」

伊莎不為所動，發出咯咯咯笑聲。

英賀鐵繼續說：「據我的了解，你指控她偷了一個盒子，一個珠寶盒。」

「她這樣告訴你？我可沒做這種事。盒子在這裡。看來好像是在南翡兒的房裡發現的。」

英賀鐵接過盒子。

「啊，是的，這是我給她的。」他把盒子打開。「嗯，裡面沒多少東西。那些葬儀社的傢伙真是非常粗心大意，沒把這個和她的其他私人用品一起帶走。想想他們的收費，至少不該這麼粗心。好了，這件事在我看來實在是無事自擾……」

「的確是。」

「我把這盒子送給凱伊達……不，送給蓮梨桑。她對南翡兒始終中規中矩。」他嘆了一聲。「一個男人家想要得到寧靜是多麼不可能啊。這些女人，總有流不完的淚水，要不然就是吵不完的架。」

「啊，好了，英賀鐵，如今至少少了一個女人！」

「是的，的確。我可憐的葉瑪西！不過，伊莎，我感到……呃，這可能是塞翁失馬。沒錯，沙蒂琵是生下了健健康康的孩子，但是她就很多方面來說，都是個最最叫人不滿意的妻子。當然，葉瑪西對她是太過於讓步了。好了，好了，如今一切已經過去了。我得說，我對葉瑪西最近的表現感到很高興。他似乎自立多了，不再那麼膽怯，一些判斷都很不錯，相當好……」

「他一向是個聽話的好孩子。」

「是的，是的。不過有動作緩慢的傾向，而且有點怕擔負責任。」

伊莎冷淡地說：「是你不讓他擔負責任！」

「哦，一切都會改變了。我正在安排讓他入夥的文件。幾天內就可以弄好簽上名。我要和我三個兒子合夥經營事業。」

「這不包括艾匹吧？」

「要是不包括他在內，他會受到傷害。他是這麼一個可愛、熱情的少年。」

「他的動作倒是一點也不遲緩。」伊莎說。

「你說得是。還有索巴卡。我過去對他很不高興，可是他最近真的變了一個人。他不再散漫、浪費時間，而且他比以前更服從我和葉瑪西的判斷。」

「真是有如一篇讚美詩，」伊莎說，「英賀鐵，我必須說你說得對。讓你的兒子不滿是不好的做法。不過我還是認為，就你的計畫來說，艾匹太年輕了。讓那個年紀的男孩有個確定的地位是很可笑的事。你有什麼可以控制住他？」

「你說得有道理，沒錯。」英賀鐵一副深思的樣子。

然後他站了起來。

「我得走了。有上千件的事情需要我去留意。葬儀社的人在這裡，沙蒂琵安葬的事也需要安排處理。這些死亡的事真花錢，非常花錢。而且一個緊跟著一個這麼快！」

「噢，」伊莎安慰地說，「我們希望這是最後一個……直到我的死期來到之前！」

「你還會活好幾年哩，我希望，我親愛的母親。」

「我相信你是這樣希望，」伊莎露齒一笑說，「我的葬禮可不能省，拜託！那樣不太好！我在另外一個世界裡需要很多自娛的設備：充足的食物飲料和很多很多的奴隸芻像；一套裝飾美麗的棋盤，一套香水和化妝用品，還有我堅持要有最昂貴的天篷甕，雪花石膏做的那種。」

「是的，是的，當然。」英賀鐵緊張地交換雙腳的站姿。「當然這悲傷的一天來到時，所有的安排都會對你致上最高的敬意。我得坦白說，我對沙蒂琵的感覺有點不同。沒有人想惹出醜聞，可是，真的，在這種情況下……」

英賀鐵沒有說完便匆匆離去。

伊莎露出嘲諷式的微笑，她了解到他所說的那句「在這種情況下」，是英賀鐵所說的話中，最近於承認他的寶貝妾室死亡不是單單一句「意外事件」就可以打發的。

14 夏季第一個月第二十五天

合夥的文件公證過後，大家從縣衙回來，一家人都感到一股歡樂的氣氛。唯一的例外，無疑是艾匹，他在最後關頭，以太過於年輕的理由，被排除在合夥人名單之外。結果他悶悶不樂，一臉乖戾，故意外出。

精神勃勃的英賀鐵吩咐僕人端一壺酒到門廊上的大酒架上去。

「你好好喝一杯，我的孩子，」他拍拍葉瑪西的肩膀說，「暫時忘掉你的喪妻之痛。讓我們為美好的未來喝一杯。」

英賀鐵、葉瑪西、索巴卡和侯里一起舉杯一仰而盡。這時有人傳話過來，說有頭牛被偷走了，四個男人全都匆匆趕去查看。

一個小時後，當葉瑪西再度走進院子時，又熱又累。他走向仍然擺在酒架上的酒壺，舀了一銅杯的酒，坐在門廊上，慢慢啜飲著。稍後，索巴卡大跨步過來，高興地大叫著。

「哈，」他說，「現在再喝它幾杯！讓我們為終於確定下來的未來喝一杯。無疑的，這是充滿了歡樂的一天，葉瑪西！」

葉瑪西表示同意。

「是的，的確是，這樣生活就好過多了。」

「你的感情總是這麼含蓄，葉瑪西。」

索巴卡說著大笑起來，舀了一杯酒，一仰而盡，而且舔舔嘴唇把杯子放下。

「現在我倒要看看父親是不是會像以前一樣死腦筋，看看我能不能改變他，讓他接受現代人的方法。」

「如果我是你，我會慢慢來，」葉瑪西提供意見說，「你總是這麼性急。」

索巴卡熱情地對他哥哥一笑。他心情好得很。

「我的『慢慢來』先生。」他嘲弄地說。

葉瑪西微微一笑，一點也不生氣。

「到頭來這才是最好的方法。再說，父親對我們非常好，我們不能做出令他擔憂的事。」

索巴卡以奇特的眼光看著他。

「你真的喜歡父親？你是個溫情的動物，葉瑪西！現在的我，誰都不關心，除了索巴卡。索巴卡萬歲！」

他又乾了一杯酒。

「小心一點，」葉瑪西警告他。「你今天沒吃什麼東西。有時候，一個人喝酒……」

突然他嘴唇扭曲，中斷下來。

「怎麼啦，葉瑪西？」

「沒什麼，突然一陣痛。我，沒什麼事……」

然而他舉起一隻手往額頭一擦，滿掌溼淋淋的。

「你的臉色不好。」

「我剛剛還好好的。」

「可不要是有人在酒裡下了毒。」

索巴卡笑自己竟然會這樣說，一手伸向酒壺。就在這個時候，他的手臂發僵，身體突然一陣抽搐，往前傾倒……

「葉瑪西，」他喘息著。「葉瑪西，我也……」

葉瑪西身子往前一傾，雙雙倒了下去，他發出僵硬的半聲喊叫。

索巴卡痛苦地扭曲著，揚起聲音。

「救命，找醫師……醫師……」

喜妮從屋子裡衝出來。

「是你在叫？你說什麼？什麼事？」

她的叫聲驚動了其他人，大家一起跑過來。

兄弟倆正痛苦地呻吟著。

葉瑪西聲音微弱地說：「酒……毒……找醫師來……」

喜妮尖聲大叫：「又是一樁不幸。這個屋子真的是被詛咒了。快！快！快到廟裡去找大司祭莫朱來，他是個經驗豐富的好醫師。」

§

英賀鐵在屋子裡的中廳來回走動。身上的上好亞麻布袍沾著泥土，凌亂不堪，他既未沐浴也沒有換衣服。他的臉布滿擔憂、恐懼的神色。

內院裡傳來低沉的悲泣聲——亦即女人家們對這項大災禍的「貢獻」——喜妮的慟哭聲更是蓋過其他人。

一旁的一個房間，傳來醫師和大祭司莫朱對葉瑪西施救的上揚語聲。蓮梨桑偷偷從婦女活動區溜到中廳裡，被他們的聲音吸引過去。她信步來到敞開的房門口，停頓在那裡。祭司正在引述的咒文有種撫慰作用。

「噢，伊西斯，偉大的魔術之神，請祢放了我，請祢讓我脫離一切邪惡、血腥，避開神的打擊，避開死去的男人或女人，避開男仇人或女仇人可能加諸於我的傷害……」

葉瑪西的唇間發出一聲微弱的嘆息。

蓮梨桑在心中同時祈禱。

「噢，伊西斯，噢，偉大的伊西斯，救救他……救救我的哥哥葉瑪西！偉大的魔術之神……」

祭司的咒文引發了她一些想法，閃過她的腦海。

「一切邪惡、血腥……這屋子的毛病就出在這裡。是的，血腥的想法，憤怒的想法……一個死去女人的憤怒。」

她的話語隨著她的思緒而出，在心裡直接向「那個人」說著。

「傷害你的人不是葉瑪西，南翡兒。雖然沙蒂琵是他太太，她也不能要他為她的行為負責。他從來就控制不了她，沒有人奈何得了她。傷害你的沙蒂琵已經死了。這還不夠嗎？索巴卡也死了……只是在口頭上跟你作對，實際上卻從沒傷害過你的索巴卡。噢，伊西斯，不要讓葉瑪西也死掉……救救他，讓他避掉南翡兒充滿報復性的仇恨。」

發狂似地來回走動的英賀鐵抬起頭，看到他女兒，臉色充滿溫情地鬆懈下來。

「過來，蓮梨桑，親愛的孩子。」

她奔向他，他一手環抱著她。

「噢，父親，他們怎麼說？」

英賀鐵沉重地說：「他們說葉瑪西有希望。但索巴卡……你知道了？」

「是的，是的。你沒聽見我們在哭號嗎？」

「他在黎明時死了，」英賀鐵說，「索巴卡，我強壯、英俊的兒子。」他的聲音顫動、破裂。

「噢，這真是邪惡、殘忍！難道都沒有辦法嗎？」

「一切能做的都已經做了。各種逼他嘔吐的藥劑、藥草汁配成的藥，護身符也用上了，還有咒文也唸過了，都沒有效。莫朱是個優秀的醫師，如果他救不了我兒子……那就表示神不願讓他得救。」

醫師的聲音上揚，唸完最後一句咒文，走出房間，擦著額頭上的汗水。

「怎麼樣？」英賀鐵急切地問他。

醫師沉重地說：「由於伊西斯開恩，你兒子將會活下來。他身體還很虛弱，但是危險期已經過去了。邪惡的力量正在衰退中。」

他繼續說下去，語調有點改變，變得比較日常化。

「幸好葉瑪西喝得毒酒少多了。他慢慢啜飲，而索巴卡好像是一口乾掉。」

英賀鐵低吼了一聲。

「從這裡就可以看出他們的不同。葉瑪西膽小、謹慎，凡事都慢慢來，即使吃東西、喝酒也一樣。索巴卡總是操之過急，大而化之，不受拘束……啊！魯莽冒失透了。」之後他猛然加上一句說：「那麼那壺酒確實是被下了毒？」

「這是毫無疑問的，英賀鐵。我的年輕助手試驗過剩下來的酒……喝過的動物都很快的死掉。」

「而在不到一小時之前，也喝過那壺酒的我卻沒有感到任何異樣。」

「無疑的，那時酒還沒有被下毒，是後來才下的毒。」

英賀鐵一手握拳，猛擊另一手的手掌。

「沒有人，」他說，「沒有任何一個活人敢在我的屋頂下毒害我的兒子！這種事是不可能的。沒有任何一個活人敢，我說的！」

莫朱微微一低頭。他的表情變得莫測高深。

「這，英賀鐵，你該是最清楚的了。」

英賀鐵站在那裡，緊張地搔搔耳後根。

「有件事我想讓你聽聽。」他唐突地說。

他拍拍手掌，一個僕人應聲跑了進來，他喊道：「把那個牧童帶進來。」

他轉身向莫朱說：「這是個頭腦不太好的小男孩。人家對他說什麼他都聽不太懂，各項官能都不太好。然而他的眼力很好，他對我兒子葉瑪西忠心耿耿，因為葉瑪西對他很好，很同情他的缺陷。」

僕人回來，手裡拉著一個瘦得幾乎只剩下皮包骨的小男孩，他穿著一件束帶裝，有一對稍微偏斜的眼睛及一張驚嚇、癡呆的臉。

「說，」英賀鐵厲聲說，「把你剛剛告訴我的再說一遍。」

小男孩低下頭，手指揉搓著腰間的衣服。

「說。」英賀鐵大吼。

伊莎拄著拐杖，蹣跚地走進來，睜起一雙矇矓的老眼。

「你把這小孩嚇壞了。來，蓮梨桑，把這顆棗子拿給他。來，孩子，告訴我們你所看到的。」

小男孩一個一個地盯著他們看。

伊莎催促他。

「昨天，當你經過院子的那道門時，你看到……你看到什麼？」

小男孩搖搖頭，眼睛看向一旁。他喃喃說道：「我的主人葉瑪西在哪裡？」

祭司半威嚴半和藹地說：「是你主人葉瑪西要你把你所看到的告訴我們。沒有人會傷害你，不要怕。」

小男孩的臉上掠過一線光彩。

「我主人葉瑪西待我很好。我會照他的心願做。」

他停頓下來。英賀鐵好像忍不住要大發脾氣，但是醫師的眼神止住了他。

突然之間，小男孩開口了，講起話來緊張兮兮，急促不清，左顧右盼，彷彿他是在怕某個看不見的人會偷聽到。

「是那隻小毛驢，謝特看管的那隻，總是搗蛋的那隻。我拿我的棒子追牠。牠從院子的大門跑過去，我從鐵門往屋子看。沒有人在門廊裡，但有一個酒架子在那裡。然後一個女人，一個屋子裡的女士，從屋裡走出來到門廊上。她走向那個酒壺，雙手伸向它，然後……然後她走回屋子裡去，我想是。我不知道，因為我聽見腳步聲，回過頭，看到我主人葉瑪西遠遠的從田裡回來。所以我繼續去找那隻小毛驢，而我主人葉瑪西走進院子裡。」

「而你沒有警告他，」英賀鐵氣憤地大叫，「你什麼都沒說。」

小男孩叫喊出來。

「我不知道有什麼不對。我只不過是看到那位女士手往酒壺裡一撒，站在那裡對著它笑……我什麼都沒看見……」

「孩子，你說的那位女士是誰？」祭司問道。

小男孩搖搖頭，表情空洞。

「我不知道。她一定是屋子裡的女士。我不認識她們。我在好遠那邊的田裡放牛。她穿著一件染色的亞麻布衣服。」

蓮梨桑嚇了一跳。

「或許是個僕人吧？」祭司看著小男孩提示說。

小男孩確定地搖搖頭。

「她不是個僕人……她頭上有假髮，而且戴著珠寶。僕人不會戴珠寶。」

「珠寶？」英賀鐵問道，「什麼樣的珠寶？」

小男孩急切而自信地回答，彷彿他終於克服了他的恐懼，相當確定他所說的。
「三串珠子，前面都吊著一隻金獅子……」
伊莎的拐杖迎地一響，英賀鐵發出一聲僵硬的叫喊。
莫朱威脅地說：「要是你說謊，孩子……」
「是真的。我發誓是真的。」小男孩的聲音清晰刺耳。
葉瑪西從一旁的房裡軟弱無力地喊道：「這是怎麼回事？」
小男孩一個箭步飛奔進去，蜷縮在葉瑪西躺著的長椅旁。
「主人，他們會拷問我。」
「不，不。」葉瑪西困難地從彎曲的木製頭枕上轉過頭來。「不要讓這孩子受到傷害。他不聰明，但是人老實。答應我。」
「當然，當然，」英賀鐵說，「沒有必要傷害他。顯然這孩子把他所知道的都已經說出來了，而且我不認為他是捏造的。你走吧，孩子，但是不要回到遠遠那邊的田裡去。留在這屋子附近，以便如果我們需要，好再找你來。」
小男孩站了起來。他勉為其難地低頭看了葉瑪西一眼。
「您病了，主人？」
葉瑪西微弱地一笑。
「不要怕。我不會死掉。走吧，照他們的吩咐做。」

小男孩高興地笑了起來，轉身離去。祭司檢查葉瑪西的眼睛，量量他的脈搏。然後要他睡一下，便和其他人一起回到中廳去。

他對英賀鐵說：「你認出了那小男孩所描述的人？」

英賀鐵點點頭。他古銅色深陷的雙頰出現病態的李子色。

蓮梨桑說：「只有南翡兒才穿過染色的亞麻布衣服。這是她從北方的城市帶過來的新款式。可是那些衣服都已經和她一起埋葬掉了。」

英賀鐵說：「而且那三串帶著金獅頭的珠子是我給她的。這屋子裡再沒有人有那種飾物。那很珍貴，也不常見。所有她的珠寶，除了一串便宜的瑪瑙珠子之外，都已經和她一起埋葬在她的墳墓裡。」

他雙手一攤。

「這是什麼樣的迫害，什麼樣的報復！我待她那麼好，我給她一切恩寵，按照禮俗將她安葬，毫不吝惜花費。我讓她在一起享受榮華富貴，這是大家有目共睹的。她沒有什麼好抱怨的，我真的對她非常好。我還打算把我親生骨肉的繼承權轉給她。那麼，為什麼她要從死人王國裡回來迫害我和我的家人？」

莫朱嚴肅地說：「看來那死去的女人好像不是衝著你個人而來的。那壺酒在你喝的時候是無害的。在你家人當中有誰傷害過你死去的妾室？」

「一個已經死掉的女人。」英賀鐵簡短地回答。

「我明白。你指的是你兒子葉瑪西的妻子？」

「是的。」英賀鐵停頓一下後突然大聲說：「可是，我可敬的祭司，我們能怎麼辦？我們能怎麼樣對抗這種邪惡？噢，我帶那個女人進入我家的那天，真是罪惡的開始！」

「的確是罪惡的開始。」凱伊達從通往內院的門口走向前來，低沉地說道。

她的兩眼充滿淚水，平庸的臉上顯現出力量與決心，使得她的臉格外引人注目。她的聲音低沉、粗嘎，因憤怒而顫抖。

「你帶南翡兒來的那天正是個罪惡的日子，英賀鐵，它毀掉了你最聰明、最英俊的兒子！她把死亡帶給沙蒂琵，把死亡帶給我的索巴卡，而且葉瑪西只不過僥倖免於一死。再來會是誰？她會放過孩子們嗎——打傷過小安珂的她？一定要採取行動，英賀鐵！」

「一定要採取行動。」英賀鐵回應她的話，以央求的眼光看著祭司。

祭司冷靜地點點頭。

「有的是方法和手段，英賀鐵。一旦我們確定了事實，就可以進行。我想到你去世的妻子亞莎伊特。她來自具有影響力的家庭，可以懇求死人王國裡一些有勢力的人出面干涉，南翡兒對這些人莫可奈何。我們必須一起磋商一下。」

凱伊達短笑幾聲。

「可不要等太久，男人總是一樣的……是的，甚至是祭司！一切都得依照法禮先例行事。可是我說，要快點行動，否則這屋子裡還會有人死掉。」

她轉身離去。

「一個優秀的女人，」英賀鐵喃喃說道，「對孩子犧牲奉獻的母親，盡責的妻子。不過她的態度……有時候，實在不應該對一家之主那樣無禮。當然在這種時刻我會原諒她。我們全都痛心疾首，幾乎不知道自己在幹什麼。」

他雙手抱頭。

「我們之中的確有某些人不知道自己在幹什麼。」伊莎評論道。

英賀鐵突然困惑地看了她一眼。醫師準備離去，英賀鐵和他一起出去到門廊上，接受如何照顧病人的指示。

留在中廳裡的蓮梨桑，以探詢的眼光看著祖母。

伊莎一動也不動地坐著。她皺著眉頭，臉上表情非常古怪，蓮梨桑怯生生地問道：「您在想什麼，祖母？」

「你說『想』就說對了，蓮梨桑。這屋子裡發生這些古古怪怪的事，非常需要有人動腦筋想一想。」

「這些事真可怕，」蓮梨桑顫抖著說，「把我嚇壞了。」

「也嚇到了我，」伊莎說，「但或許原因有所不同。」

她的老習慣又來了，順手一推，把頭上戴的假髮推得歪斜。

「不過葉瑪西現在不會死了，」蓮梨桑說，「他會活下去。」

伊莎點點頭。

「是的，醫師及時趕到救了他。雖然換成另一個時機，他可能就沒有這麼幸運了。」

「你認為，還會有像這樣的事情發生？」

「我想葉瑪西、你和艾匹，或許凱伊達也一樣，最好特別小心你們吃喝的東西。記得，每次都要奴隸先嘗過了再吃。」

「那你呢，祖母？」

伊莎露出嘲諷的微笑。

「我，蓮梨桑，我是個老太婆，而且我如同其他老人一般眷戀生命，細心品味著剩下來的每一小時，每一分鐘。我活下去的機會比你們大家都高，因為我會比你們任何一個人都更加小心。」

「那我父親呢？南翡兒不會希望我父親有什麼災厄吧？」

「你父親？我不知道……不，我不知道。我還沒清楚看出來。明天，在我全都仔細想過之後，我得再找那個牧童來談談。他所說的話有點……」

她中斷下來，皺起眉頭，然後嘆了一聲，站起來，拄著拐杖，一跛一跛地慢慢走回她房裡去。

蓮梨桑進入她哥哥的房裡。他正在睡覺，她悄悄地再度走出來。一陣猶豫之後，她走向凱伊達的房間，不聲不響地站在門口，看著凱伊達哼著歌哄她一個孩子入睡。凱伊達臉色恢復了平靜、沉著，看來跟平常沒有兩樣，一時之間，蓮梨桑感到過去二十四小時所發生的悲劇就像一場夢般不真實。

她慢慢地轉身，回到自己的房裡去。在一張桌子上，在她的化妝盒和瓶瓶罐罐之中，有一個屬於南翡兒的小珠寶盒。

蓮梨桑把它拿起來，站在那裡看著掌中的小珠寶盒。南翡兒碰過它、拿過它……它是她的東西。

蓮梨桑心中再度掠過一陣憐惜，伴隨著一種奇怪的理解。南翡兒一直很不快樂。當她手中捧著這個小珠寶盒時，或許她蓄意把那種不快樂轉為怨恨，甚至到現在那種怨恨還沒消退，仍然在尋求報復……噢，不，不是，當然不是！

蓮梨桑幾近於機械式地扭開按釦，把盒蓋掀開。裡面有那串瑪瑙珠子，那破裂的護身符和其他東西……

她的心臟激烈跳動，蓮梨桑把一串前頭都繫有一個金獅子的金珠項鍊拉出來……

15 夏季第一個月第三十天

看到這條項鍊，令蓮梨桑魂飛魄散。

她立即快速地把它放回珠寶盒裡，合上蓋子，再度把釦子上的線繫好。她直覺要掩藏她的發現。她甚至心懼地回頭一望，確定沒有人在看她。

她度過了無眠的一夜，不安地在床上翻來覆去，不斷調整頭部睡在頭枕上的姿勢。到了早上，她決定要找個人談談。她無法獨自承擔這令人困擾的發現。一夜之間，她曾兩度驚坐起來，懷疑自己看到南翡兒充滿惡意地站在她床邊。然而她什麼都沒見到。

蓮梨桑把那條獅子項鍊從珠寶盒裡拿出來，藏在衣襟裡。她正藏著時，喜妮匆匆地走了進來。她的兩眼發光，帶著一種有新消息要通告的興奮神色。

「想想看，蓮梨桑，這不是很可怕嗎？那個小男孩——那個牧童，你知道，今天早上睡在穀倉旁邊，大家搖他，對著他的耳朵大叫——而現在看來，他好像永遠不會再醒過來了。

好像是他喝了罌粟汁……也許他真的喝下去了。但如果是這樣，那到底是誰給他喝的？沒有人，我發誓，而且不可能是他自己喝下去的。噢，我們也許昨天就該知道會怎麼樣了。」喜妮伸手摸摸她身上戴著的眾多護身符中的一個。「亞曼神保佑我們對抗陰府的惡魔！那個小男孩說出了他所看見的事。他說出他是怎麼看到『她』的。因此她回來給他喝罌粟汁，讓他永遠閉上眼睛。噢，她非常有法力，那個南翡兒！她出過國，你知道，離開過埃及。我敢發誓她一定懂得所有外地的原始魔法。我們待在這屋子裡不安全，我們沒有一個人是安全的。你父親應該殺幾頭牛獻給亞曼神——必要時殺上一整批——這可不是節省的時候。我們得保護自己。我們必須向你母親祈求——英賀鐵正計畫這樣做，莫朱祭司這樣說的。給死人一封莊嚴的信。侯里現在正忙著起草信的內容。你父親主張寫給南翡兒，向她懇求。你知道，就是什麼『南翡兒在上，我曾對你做過××壞事』等等。但如同莫朱祭司所說的，這需要比那更強的手段。你母親亞莎伊特是個偉大的女士，她舅舅是縣官，而她哥哥是底比斯大臣的主僕。一旦她知道了，她一定會想辦法處理，絕不會讓一個小妾毀掉她親生的子女！噢，是的，我們會讓正義伸張。如同我所說的，侯里現在正在起草寫給她的請願書。」

蓮梨桑本來打算去找侯里，告訴他她發現那條獅子項鍊的事。但是如果侯里正在伊西斯神廟裡和祭司們忙著，那麼此刻是沒有希望跟他獨處了。

她該去找父親嗎？蓮梨桑對這個念頭不甚滿意，搖了搖頭。她兒時的信念……相信她父親是全能的信念，已經差不多全部消失了。現在她了解到，在危機來臨之時，他是多麼容易崩潰。他只是個沒有任何真正實力、愛空擺架子的人。如果葉瑪西沒有生病，她可能會告訴葉瑪西，儘管她懷疑他是否能提供任何實際可行的意見。他或許會堅持要她把這件事告訴英賀鐵。

而此刻，任何升高緊急性的事件，都要不惜任何代價加以避免。英賀鐵第一件會做的，就是把這件事宣揚得全世界的人都知道，而蓮梨桑有很強的直覺，感到要保守這個祕密……儘管究竟是為了什麼理由，她很難說得出來。

不，她需要的是侯里的忠告。侯里，如同往常一般，會知道該怎麼辦才對。他會從她手中把那條項鍊拿去，同時把她的擔憂、困惑一起接過去。他會用他那仁慈、莊嚴的眼睛看著她，讓她立即感到安心下來……

有一陣子，蓮梨桑想去找凱伊達談……可是和凱伊達談也不妥當；她從來就不專心聽別人講話。或許，如果把她引離她的子女……不，這行不通。凱伊達人不錯，但是挺愚蠢的。

蓮梨桑心想：「還有卡梅尼……還有我祖母。」

卡梅尼？想到和卡梅尼談，令她有種愉悅感。她可以在她腦海裡清晰地看到他的臉……他臉上的表情從挑逗變成感興趣，再變成為她感到憂慮……或者，不是為了她？

為什麼她會有這種隱伏的疑心，懷疑卡梅尼和南翡兒是比表面上看來更為親近的朋友？是因為卡梅尼幫過南翡兒煽動英賀鐵跟他的家人決裂？他辯解過他是逼不得已的。但是他說的是實話嗎？那樣說是很容易的事。卡梅尼所說的任何一句話聽來都十分輕易、自然而肯定。他的笑聲是那麼歡樂，讓你也想跟著他笑。他走起路來十足優雅，當他的頭從古銅色平滑的肩頭上轉過來，兩眼望著你，看著你……蓮梨桑的思緒困惑地中斷下來。卡梅尼的眼睛不像侯里那樣令人感到安全、仁慈。它們是強勢的、挑釁的。

蓮梨桑想到這裡，雙頰泛紅，兩眼生出火花。但是她決定不告訴卡梅尼她發現南翡兒的項鍊的事。不，她要告訴伊莎。伊莎昨天的表現令她印象深刻。儘管她是老了，那老人卻具有領悟力，具有精明確實的感知力，這是其他家人所沒有的。

§

一提到那條項鍊，伊莎就快速地看了四周一眼，一根手指伸向唇間，同時伸出一隻手。蓮梨桑在衣襟裡摸索著，拉出那條項鍊，放在伊莎手上。伊莎拿到視線模糊的眼前，看了一會兒，然後塞進衣服裡。她以低沉、威嚴的聲音說：「現在不要再說下去了。在這屋子裡談話，有幾百隻耳朵在聽。我昨晚大部分時間都躺著沒睡，一直在思考，有很多事必須採取行動。」

「我父親和侯里已經到伊西斯神廟裡去跟莫朱祭司商討寫信給我母親，懇求她出面干涉此事。」

「我知道。唉，就讓你父親去關心死人靈魂的事吧。我想處理的是這個世界上的事。侯里回來時，把他找來我這裡。有些事情必須說明、討論一下，而我可以信得過侯里。」

「侯里會知道該怎麼辦。」蓮梨桑愉快地說。

伊莎以奇特的眼光看著她。

「你常上山到墓地去找他吧？你和侯里，你們都談些什麼？」

蓮梨桑曖昧地搖搖頭。

「噢，就是尼羅河和埃及，光線的變化還有底下沙灘、岩石的顏色……但是我們經常什麼都沒談。我只是坐在那裡，享受一片寧靜，沒有責罵聲，沒有小孩的啼哭聲，沒有來來去去的嘈雜聲。我可以想我自己的事情，侯里不會干擾我。然後，有時候，我抬起頭，發現他在看著我，我們兩個都微微一笑……我在那裡能夠獲得快樂。」

伊莎緩緩說道：「你真幸運，蓮梨桑。你已經找到了內心的快樂。對大部分的女人來說，所謂快樂指的是來來去去為著一些小事忙碌。是對孩子的關愛和跟其他女人說笑爭吵，還有對男人的時愛時恨。就像一串珠子一樣，她們所謂的快樂是由一些小事情小東西串聯起來的。」

「你的生活是不是就像那樣，祖母？」

「大部分是。但是如今我老了，大半時間我都獨自坐在這裡，我的眼力不好，行動也不方便，到這時我才了解到有一種內在的生活和一種外在的生活。可是我太老了，無法再去學習真正的生活之道，因此我只好罵罵我的小女僕，享受剛從廚房裡端出來的熱騰騰的食物，品嘗各式各樣的麵包，享用成熟的葡萄和石榴汁。其他的一切都走了，這些還留下來。我最喜歡的孩子如今都已經死了。你父親，願太陽神幫助他，一直是個傻瓜。當他還是個學步的小男孩時，我愛他，但如今他那副自以為了不起的樣子叫我生氣。在我的孫子女當中，我最愛的是你，蓮梨桑。談到孫子女，艾匹呢？我昨天、今天都沒見過他。」

「他在忙著監督穀物貯存。我父親要他負責督導。」

伊莎露齒一笑。

「那會讓我們的小公雞洋洋得意。他會擺出一副了不得的樣子。他進來吃飯時，叫他來找我。」

「好的，伊莎。」

「其餘的，蓮梨桑，保持沉默……」

§

「你要見我，祖母？」

艾匹傲慢地站在那裡，面露微笑，他的頭稍稍偏向一邊，潔白的牙齒咬著一朵花。他看來非常自得，對自己、對生活都感到滿意。

「如果你能撥出一點你寶貴的時間……」伊莎說著瞇起雙眼仔細上下打量著他。

她語氣中的尖酸味道並未引起艾匹的注意。

「我今天是真的非常忙。我父親到廟裡去了，我得督導每一件事情。」

「小豺狼叫得可真大聲。」伊莎說。

然而艾匹完全不受影響。

「好了啦，祖母，你一定不只是要跟我說這些吧。」

「當然我還有話要說。首先告訴你，這是棟喪宅。你哥哥索巴卡的屍體已經交給葬儀社的人去處理。然而你臉上的表情看來就好像是在慶祝什麼節慶似的。」

艾匹咧嘴一笑。

「你不是偽君子，伊莎。你以為我是嗎？你非常清楚在我和索巴卡之間並沒有愛。他盡一切可能的阻礙我、困擾我。他把我當小孩看待，他在田裡分配給我的都是最最羞辱人的小孩子工作。他常常嘲笑我，而且當我父親要我跟哥哥一樣做他的事業合夥人時，是索巴卡說服他不要那樣做。」

「你怎麼會認為是索巴卡說服他？」伊莎厲聲問道。

「卡梅尼告訴我的。」

「卡梅尼？」伊莎揚起眉頭，把假髮往旁邊一推，搔著頭皮。「是卡梅尼？我倒覺得這有意思。」

「卡梅尼說他是從喜妮那裡知道的。我們都有同感，喜妮總是無所不知。」

「但是，」伊莎冷漠地說，「喜妮也有錯的時候。無疑的，索巴卡和葉瑪西兩人都認為你太年輕了。可是，是我……是的，我，是我說服你父親不要把你包括在內。」

「你，祖母？」小男孩一臉驚訝，盯著他祖母。然後一陣陰霾改變了他臉上的表情，花朵從他唇上掉了下來。「你為什麼要那樣做？那干你什麼事？」

「我家人的事就是我的事。」

「而我父親聽你的？」

「並不是當時，」伊莎說，「不過我給你一個教訓，我漂亮的孫子。女人家採取的是迂迴戰術。如果她們不是與生俱來，就是學到了如何利用男人的弱點。你或許記得，我在傍晚陰涼時候曾叫喜妮把棋盤拿到門廊去的事。」

「我記得。我父親和我一起下棋。這又如何？」

「你們下了三盤，而每一次，比較聰明的你都贏了你父親。」

「是的。」

「就這樣，」伊莎閉上眼睛說，「你父親，就像所有差勁的棋手一樣，並不喜歡被打敗……尤其是被一個小毛頭打敗。所以他記起了我的話，而且體悟到你確實太年輕了，不能讓你當合夥人。」

艾匹凝視了她一會兒，然後大笑起來……令人不太舒服的笑聲。

「你真聰明，伊莎，」他說，「是的，你可能是老了，但是你真聰明。你和我絕對是這家裡最有頭腦的兩個人。你在我們下的這盤棋上占了先機。不過你看著好了，下一回合我會贏。你自己當心，祖母。」

「我倒是等著看一看，」伊莎說，「同時我把你的話送還給你。讓我給你個忠告，你自己當心。你的一個哥哥死了，另一個差點死掉。你也是你父親的兒子……你可能也會走上同一條路。」

艾匹不屑地大笑。

「我可不怕。」

「為什麼？你也威脅、侮辱過南翡兒。」

「南翡兒！」艾匹真心感到不屑。

「你在想什麼？」伊莎厲聲問道。

「我有我的想法，祖母。而且我可以向你保證，南翡兒和她的鬼魂把戲嚇不倒我。她儘管把她最大的本事使出來好了。」

他身後傳來一陣刺耳的悲嘆聲，喜妮叫喊著跑進來。

「傻孩子，魯莽的孩子。冒瀆死人！我們都嘗到了她的厲害！這樣你再戴護身符也保護不了你！」

「保護？我會保護自己。不要擋住我的路，喜妮，我還有工作要做。這些懶惰的農夫就要知道，有個真正的主人監督他們是什麼滋味。」

艾匹把喜妮往旁邊一推，大跨步走出門去。

伊莎打斷喜妮的咳聲嘆氣。

「聽我說，喜妮，不要再為艾匹大喊大叫。他也許知道他在幹什麼，也許不知道。他的態度非常古怪。不過你回答我這個問題：你有沒有告訴卡梅尼說，慫恿英賀鐵不要把艾匹列入合夥人的人是索巴卡？」

喜妮的聲調降回往常哭訴的基調。

「我在這屋子裡太忙了，沒有時間跑去告訴別人什麼，更不用說是去告訴卡梅尼了。如果他沒有跑來跟我說話，我是不會去跟他說上一句話的。他是風度翩翩，這你一定也承認，伊莎，不只是我一個人這樣認為。噢，天啊，不！要是一個年輕的寡婦想再找對象，那麼，她通常都會迷上英俊的年輕小夥子……至於英賀鐵會怎麼說我就不知道了。不管怎麼樣，卡梅尼只不過是個低階書記而已。」

「不要去管卡梅尼是什麼或不是什麼！你有沒有告訴過他，說反對艾匹加入合夥的人是索巴卡？」

「這……真的，伊莎，我不記得我說過或沒說過什麼。我實際上並沒有跑去告訴任何人什麼事，這是很可以確定的。不過到處有人在傳話，你自己也知道索巴卡說——葉瑪西也是，雖然說得沒有那麼大聲，也不常說——艾匹還只是個小男孩，那是行不通的。就我所知，卡梅尼可能是聽到他自己說，而根本不是從我這裡聽說的。我從來不說閒話，不過，人的舌頭畢竟就是用來說話的，我又不是聾子、啞巴。」

「你確實不是，」伊莎說，「舌頭有時候可能會成為武器，喜妮。舌頭可能引起死亡，而且不只一件死亡。我希望你的舌頭沒有引起死亡，喜妮。」

「哎呀，伊莎，你怎麼說這種話！你在想什麼？我確信我從沒說過任何不想讓全世界都聽到的話。我對所有的家人都這麼忠實奉獻，我願意為他們任何一個人死。噢，他們低估了老喜妮的忠心。我答應過他們的母親……」

「哈，」伊莎打斷了她的話說，「肥肥的蘆葦鳥送來了，配上韭菜和芹菜做佐料。聞起來美味極了，而且燒得恰到好處。既然你這麼忠心，喜妮，你可以嘗一小口……以防萬一被下了毒。」

「伊莎！」喜妮尖聲慘叫，「下了毒！你怎麼能說這種話！這可是從我們自己的廚房裡做出來的。」

「哦，」伊莎說，「總要有人嘗一下，以防萬一。而這個人最好是你，喜妮，因為你這麼樂於為家裡的人奉獻生命。我想這種死亡大概不會太痛苦。來吧，喜妮，看看，肥滋滋的多麼好吃。不，謝了，我不想失去我的小女奴。她正青春洋溢。你已經過了你的黃金時期，喜妮，你出了什麼事不會有多大關係。來吧，嘴巴張開……很好吃吧？咦，你臉色看起來好綠。你不喜歡我的小笑話嗎？我相信你不喜歡。哈哈，嘻嘻！」

伊莎樂得左搖右擺，之後突然鎮靜下來，貪婪地吃起她最喜歡的一道菜。

16 夏季第二個月第一天

廟裡的討論會結束。請願書已經起草修改完成。侯里和廟裡的兩個書記一直都在忙著。現在第一步驟終於完成了。

祭司示意把請願書唸出來。

亞莎伊特之靈在上：

此信來自你的情人和丈夫。做妻子的忘記她丈夫了嗎？做母親的忘記她親生的兒女了嗎？高高在上的亞莎伊特知道有個惡靈威脅到她兒女的生命嗎？她的兒子索巴卡已經中毒死去，到陰府裡了。

我在你生前對你最為尊敬。我給你珠寶衣服，香膏香水，給你滋潤你的肢體。我們一起享受美食，寧靜地坐在一起，面前是滿桌的上好食物。你生病時，我不惜任何代價，幫你找最好的醫師。你死後葬禮備極尊榮，一切按照禮俗，一切你在另一個世界需要的東西，我都供應給你。僕人、牛群、食物、飲料、珠寶和衣裳。我替你守了好幾年喪，而且在過了好幾年之後，我才找了個小妾，好過過適合一個還未老去的男人的生活。

現在這個小妾對你的兒女做出邪惡的事。你不知道這件事嗎？或許你並不知道。當然如果亞莎伊特知道，她會很快的幫助她親生的兒子。

是不是亞莎伊特知道了，但是因為那個小妾的法力高強，所以邪惡力量仍然得逞？南翡兒的法力高強嗎？然而，這當然是非你所願的，高高在上的亞莎伊特。因此，想想你在陰府裡有一些偉大的親戚和有力的幫手。偉大的伊彼，底比斯大臣的主僕。請求他協助！還有你的舅舅，偉大、有勢力的梅瑞普大縣官。把這可恥的事實呈給他！請他開庭審理。把證人都找來。讓他們作證指控南翡兒的惡行，讓正義伸張，將南翡兒定罪，讓她不再對這屋子裡的人做出任何邪惡的事。

噢，可敬的亞莎伊特，如果你氣你的丈夫英賀鐵聽信這個女人的讒言，威脅要對你親生的孩子做出不公正的事，那麼你想一想，現在受苦的不只是他一人，你的孩子也跟著受苦。看在孩子的份上，原諒你的丈夫英賀鐵。

主書記唸完之後，莫朱贊同地點點頭。

「表達得很好。我想，沒有什麼遺漏之處。」

英賀鐵站起來。

「謝謝你，可敬的祭司。牛隻、油脂和亞麻布等等的牲禮，明天太陽下山之前會送到你這裡來。我們就把儀式訂在後天。後天把銘缽放到墳墓的供桌上去好嗎？」

「訂在大後天好了。請願書要刻在缽上，還有一些必要的準備工作。」

「依你的。我迫不及待的想阻止這一切災難。」

「我能了解你的焦慮，英賀鐵。但你不用怕。亞莎伊特之靈一定會應驗的，她的親戚有權有勢，可以幫我們主持公道。」

「願伊西斯神保佑！謝謝你，莫朱，還有謝謝你對我兒子葉瑪西的照顧。來吧，侯里，我們有很多事必須處理，回屋子裡去吧。啊，這份請願書的確減輕了我心頭的負擔。亞莎伊特不會讓她憂心的丈夫失望的。」

§

侯里帶著幾張草紙走進院子裡時，蓮梨桑正遠遠望著他。她從湖邊快步跑過來。

「侯里！」

「什麼事，蓮梨桑？」

「你跟我去見伊莎好嗎？她一直等著想見你。」

「好。讓我看看英賀鐵是否……」

英賀鐵被艾匹纏住，父子倆正熱切地交談著。

「我先把這些東西放下來就跟你去，蓮梨桑。」

伊莎在蓮梨桑和侯里來到時顯得很高興。

「侯里來了，祖母。我一見到他，就立刻帶他來了。」

「好。外頭的空氣好嗎？」

「我……我想是的。」蓮梨桑有點吃驚。

「那麼把我的拐杖拿來。我到院子裡去走走。」

伊莎很少離開屋子，所以蓮梨桑感到很驚訝。她一手攙扶著老婦人，穿過中廳，走出門口到大門邊。

「在這裡坐下來好嗎，祖母？」

「不，孩子，我要走到湖邊去。」

伊莎的步履緩慢，不過，儘管她跛腳，腳力卻很強，沒有疲累的跡象。她向四周看看，選了湖邊有個小花床的地點，在無花果樹蔭下坐下來。

她一坐下來，就滿意地說：「這就是了！現在我們可以開始談話，沒有人聽得到。」

「你真聰明，伊莎。」侯里讚許地說。

「我們要說的話只有我們三個人知道。我信任你，侯里。你打從小時候開始就和我們在一起。你一向忠實、謹慎而且聰明。蓮梨桑是我最親愛的孫女兒。她不能受到任何傷害，侯里。」

「她不會受到任何傷害的，伊莎。」

侯里並沒有提高聲音，然而他的聲調、他臉上的表情都令老婦人非常滿意。

「說得好，侯里，平靜不激情，卻是內心話。現在，告訴我，你們今天安排了什麼？」

侯里把起草請願書的事和請願書內容要點告訴了她。伊莎仔細聽著。

「現在，聽我說，侯里，同時看看這個。」她從衣服裡取出那條獅子項鍊，同時遞給他還加上一句話：「告訴他，蓮梨桑，你是在什麼地方發現這個的。」

蓮梨桑照做。

然後伊莎說：「怎麼樣，侯里，你認為怎麼樣？」

侯里沉默了一會兒後問道：「你年紀大，而且聰明，伊莎。你認為呢？」

伊莎說：「侯里，你是那種沒有事實根據絕不輕易出口的人。你一開始就知道南翡兒是怎麼死的，不是嗎？」

「我懷疑過，伊莎，僅僅是懷疑而已。」

「沒錯，我們現在也只能存疑而已。然而在這湖邊，只有我們三個人，可以把懷疑說出來，事後不再提起。在我看來，這些發生過的慘劇有三種解釋。第一種是，那個牧童說的是實話，他看到的果真是從死人王國裡回來的南翡兒的鬼魂，而她決心繼續採取報復行動，製造我家人的痛苦悲傷。可能是這樣，祭司和其他人都說這有可能，而且我們知道疾病是由惡靈所造成的。但是在我這老太婆看來，在不願相信祭司和其他人說法的我看來，好像還有其他的可能性。」

「比如……」侯里問道。

「我們姑且承認南翡兒是被沙蒂琵殺害的，後來過了一段時間，沙蒂琵在同一地點起了幻覺，看到南翡兒，在恐懼、心虛的情況下，她掉下來跌死了。這一切夠明顯的了。但是讓我們來看看另一個假設。那就是，在那次意外之後，某個人，為了一個尚待我們去找出來的理由，想要造成英賀鐵兩個兒子的死亡。那個人假借迷信，把罪過推到南翡兒的鬼魂身上……非常便利的方法。」

「誰會想要殺害葉瑪西和索巴卡？」蓮梨桑叫了起來。

「不是僕人，」伊莎說，「他們不敢。這麼一來所剩就不多了。」

「我們之中的一個？可是，祖母，這不可能！」

「問問侯里，」伊莎冷淡地說，「你看他並沒有反駁。」

蓮梨桑轉身面對他。

「侯里……當然……」

侯里嚴肅地搖搖頭。

「蓮梨桑，你還年輕，容易信任別人。你認為你所認識、所愛的每個人就像他們表面上看起來的那樣。你不懂人心，還有人心裡可能包含的悲痛……是的，還有邪惡。」

「可是，誰……是哪一個？」

伊莎敏捷地插進來說：「讓我們再回頭看看那個牧童所說的。他看到一個女人穿著南翡兒的染色亞麻布衣服，戴著南翡兒的項鍊。如果沒有鬼魂，那麼他確實是看到他說的事。這就是說，他看到一個故意打扮成像南翡兒一樣的女人。她有可能是凱伊達，可能是喜妮，也可能是你，蓮梨桑！從那個距離看，她可能是穿上女人衣服、戴上假髮的任何一個人。噓……讓我說下去。他說的話是人家教他說的。他聽命於某個有權命令他的人，而他可能太笨了，甚至不了解人家賄賂他、哄他說那些話的重要性。我們如今無從得知，因為那個小男孩已經死了。這件事本身就值得玩味。這使我相信那個小男孩所說的是別人教他的。如果他今天再被緊緊追問下去，那個故事就會站不住腳。只要有點耐心，很容易就可以查出一個小孩子有沒有說謊。」

「這麼說，你認為我們之中有個下毒者？」侯里問道。

「我是這樣認為，」伊莎說，「你呢？」

「我也這樣認為。」侯里說。

蓮梨桑沮喪地看著他們。

侯里繼續說下去。

「但是在我看來，動機很不明顯。」

「我同意，」伊莎說，「這就是我感到不安的原因。我不知道下一個受到威脅的人會是誰。」

蓮梨桑插進來說：「是我們之中的一個？」她的語氣仍然顯得難以置信。

伊莎堅定地說：「是的，蓮梨桑，是我們之中的一個。喜妮、凱伊達、艾匹或是卡梅尼、英賀鐵本人……是的，或是伊莎、侯里甚至……」她微微一笑。「蓮梨桑。」

「你說得對，伊莎，」侯里說，「我們必須把自己包括在內。」

「可是，為什麼？」蓮梨桑的聲音帶著不明的恐懼。「為什麼？」

「如果我們知道，那麼我們就差不多全知道了，」伊莎說，「我們只能從誰受到攻擊著手。記住，索巴卡在葉瑪西已經開始喝酒之後不期然的加入他。因此，可以確定的是，不管是誰下的手，他想要害死的是葉瑪西；比較不確定的是，那個人也想害死索巴卡。」

「可是，有誰會想要害死葉瑪西呢？」蓮梨桑懷疑地問道。「葉瑪西當然是最不可能有仇人的人。他一向安安靜靜、和和氣氣。」

「因此，顯然動機並不是私人的仇恨，」侯里說，「如同蓮梨桑所說的，葉瑪西不是那種會跟人家結仇的人。」

「不，」伊莎說，「動機比那更曖昧。我們可以說那個人的恨是衝著我們全家人來的，要不然就是在這一切事情之後，有一種巴達賀特的格言所警示的貪婪妄羨。他說，該責怪的是各種形形色色的邪惡！」

「我明白你所想的方向，伊莎，」侯里說，「不過要想得到任何結論，我們得對未來做個預測。」

伊莎猛點著頭，她的一頂大假髮往一旁傾斜。儘管這令她的外表顯得古怪可笑，卻沒有人想笑。

「你預測吧，侯里。」她說。

侯里沉默了一陣子，他的眼睛充滿深思的神色。兩個女人等待著。之後，他終於開口。

「如果葉瑪西之死是算計好的，那麼主要的受益人便是英賀鐵剩下來的兒子，索巴卡和艾匹。無疑的有一部分財產會保留給葉瑪西的孩子，但是控制權會在他們手上，尤其是在索巴卡的手上。索巴卡無疑是收穫最大的一個。他想必會在英賀鐵出外時代理祭祀業主的職務，而且在英賀鐵死後繼承產業。但是，索巴卡雖然受益，索巴卡卻不可能是凶手，因為是他自己那麼開心地猛喝那壺毒酒而死掉的。因此，就我所能看出來的，這兩個人死去只能讓一個人受益……也就是說，就目前來說，那個人就是艾匹。」

「我同意，」伊莎說，「我就知道你有先見之明，侯里，我很欣賞你的看法。我們就來考慮一下艾匹。他年輕，沒有耐心；他各方面品性都不好；他正處在只求達成本身欲望的年齡。他對兩個哥哥感到氣憤不滿，認為他被排除在合夥人之外是不公平的。看來卡梅尼對他說的那些蠢話也……」

「卡梅尼？」

打斷她的話的人是蓮梨桑。她話一出口隨即臉紅起來，咬著嘴唇。侯里轉過頭來看她。他那深長、溫柔、透視的眼光，莫名所以地傷到了她。伊莎伸長脖子凝視著她。

「是的，」她說，「是卡梅尼說的，是不是喜妮煽動的，那是另一回事。事實仍在艾匹野心勃勃、高傲自負，對他哥哥的高高在上感到憤憤不平，他確實自認為他具有全家人當中最高的統治才智，如同他先前告訴我的。」

伊莎的語氣很冷淡。侯里問道：「他對你那樣說？」

「他好心的認定我和他一樣具有某種程度的才智。」

蓮梨桑難以置信地問道：「你認為艾匹蓄意毒害葉瑪西和索巴卡？」

「我認為這是個可能，如此而已。我們現在談的是懷疑，一切尚未加以證實。男人打從混沌初始就殺害他們的兄弟，他們知道上帝不喜歡這種殺戮，卻又受到貪婪和嫉恨的邪念驅使。如果艾匹幹下這種事，我們可不容易找出證據證實是他幹的，因為艾匹，我衷心承認，他相當聰明。」

侯里點點頭。

「不過如同我所說的，我們在這無花果樹下談的是懷疑。我們現在繼續就這個觀點來考慮一下家裡的每一份子。如同我所說的，我把僕人排除在外，因為我一點也不相信他們有人敢做這種事。但是我並未把喜妮排除在外。」

「喜妮？」蓮梨桑叫了起來。「可是喜妮對我們大家都忠心奉獻。她一向都這樣說。」

「要把謊話說得像真的一樣是件容易的事。我認識喜妮好幾年了，當她和你母親一起來這裡還是個年輕婦女時，我就認識她了。她是她的親戚，可憐而不幸。她丈夫不喜歡她——喜妮的確是平庸、缺乏吸引力——和她離了婚，她生的一個孩子夭折，她來這裡到處宣稱她熱愛你母親，但是我看過她望著你母親的眼神……我告訴你，蓮梨桑，她那種眼神當中根本沒有愛……沒有，說是尖酸的嫉妒還差不多。至於她自稱對你們忠誠奉獻，我根本就不相信。」

「告訴我，蓮梨桑，」侯里說，「你自己對喜妮有感情嗎？」

「沒……沒有，」蓮梨桑不情願地說，「我無法對她產生好感，我常常因為我不喜歡她而感到自責。」

「你不認為那是因為在直覺上你知道她說的話是假的？她曾經把掛在嘴上的愛化成實際行動嗎？她不是老在你們之間挑動爭端、散布一些可能引起傷害、憤恨的話嗎？」

「是……是的，這倒是事實。」

伊莎咯咯乾笑幾聲。

「你真是耳聰目明！了不起的侯里。」

蓮梨桑辯說：「可是我父親相信她，而且喜歡她。」

「我兒子是個傻瓜，而且一向如此，」伊莎說，「所有的男人都喜歡人家阿諛奉承，喜妮最擅長利用這一點！她也許真的對他忠心奉獻——我想她對他是真的——不過她確實沒有對這屋子裡的其他任何一個人忠實過。」

「可是她不會……不會殺人，」蓮梨桑抗辯。「為什麼她想要毒害我們？這對她有什麼好處？」

「沒有任何好處，是沒有任何好處，至於為什麼……我不知道喜妮的腦袋瓜裡想的是什麼。她想什麼，有什麼感受，我不知道。不過我想在那奉承阿諛、搖尾乞憐的態度背後，其實醞釀著一些奇奇怪怪的東西。如果真是這樣，她的理由是一些我們……你、我和侯里所不能了解的理由。」

侯里點點頭。

「有一種腐化是從內部開始的，我曾經跟蓮梨桑說過。」

「而我當時並不了解你的意思，」蓮梨桑說，「不過我現在比較了解了。是從南翡兒來到時開始的。那時我明白，我們之中沒有一個人是我所認為的那樣。那令我害怕。而如今……」她雙手做了個無助的手勢。「一切都令人感到恐懼……」

「恐懼是因為不完全了解而產生的，」侯里說，「當我們了解之後，蓮梨桑，就不會再恐懼了。」

「再來，當然啦，還有凱伊達。」伊莎繼續她的主題。

「不會是凱伊達，」蓮梨桑抗議。「凱伊達不會企圖殺害葉瑪西，這不可信。」

「沒有什麼是不可信的，」伊莎說，「我這輩子至少還學到了這一點。凱伊達是個徹頭徹尾的笨女人，而我一向不信任笨女人，她們有危險性，只看到眼前的東西，而且每次只看到一樣，凱伊達活在一個狹小的世界裡，在她的世界裡只有她自己、她的孩子和孩子的父親索巴卡。她可能只是單純地想到，除掉葉瑪西會保障她的孩子一生富裕。在英賀鐵的眼裡，索巴卡向來就不令他滿意，他急躁、不耐受控制、不順從。英賀鐵信任的兒子是葉瑪西，一旦葉瑪西死了，英賀鐵就不得不信任索巴卡。我想，她會有這樣單純的看法。」

蓮梨桑顫抖起來，她不自禁地認清了凱伊達真正的生活態度。她的溫柔，她的體貼，她平靜的愛，一切都指向她的孩子。除了她自己、她的孩子和索巴卡，這個世界對她來說並不存在，她對這個世界毫不好奇，毫無興趣。

蓮梨桑緩緩說道：「可是，她當然會想到索巴卡可能回來，口渴，也喝下那壺酒。這是相當可能的事，不是嗎？」

「不，」伊莎說，「我不認為她會想到，如同我所說的，凱伊達是個笨女人。她只看得到她想看到的……葉瑪西喝下酒，死掉，而事情推到我們邪惡美麗的南翡兒身上，大家都會認為是她的鬼魂在作祟。她只會看到單純的一件事，而看不到其他各種可能性，而且由於她不想要索巴卡死，她絕不會想到他可能出其不意的回來。」

「而如今正是索巴卡死了，葉瑪西卻還活著！如果你說的是真的，那麼這對她來說，一定是件十分可怕的事。」

「頭腦不清楚，這種事便會發生在你頭上，」伊莎說，「事情的進展和你原先的計畫完全背道而馳。」她暫停一下然後繼續說：「再來我們談談卡梅尼。」

蓮梨桑覺得有必要把這個名字說得平平靜靜、毫無抗議意味，她再度意識到侯里的眼睛在看著她，害她感到不自在。

「卡梅尼？」

「是的，我們不能把卡梅尼排除在外，就我們所知，他沒有動機要傷害我們。然而我們對他又有什麼真正的了解？他來自北地，和南翡兒是同一地區，他幫過她——自願或非自願的，誰曉得——幫她促使英賀鐵把心一橫，轉而和他親生的孩子作對。我曾注意過他，說真的，我對他的了解少之又少。在我看來，大體上他是個普普通通的年輕人，頭腦有某些精明之處，而且，除了人長得英俊之外，還有某些吸引女人目光的東西。是的，女人會喜歡卡梅尼，然而我想——我可能錯了——他不是個對自己的心智有真正掌握能力的人。他看起來總是一副無憂無慮的歡樂樣子，而且在南翡兒死掉的時候，並沒有表現出多大的悲傷。

「不過這一切都只是外在的表現，誰看得出人心裡的想法？一個意志堅決的人想扮演某個角色可說是易如反掌……卡梅尼是不是為南翡兒之死感到非常憤慨，他會不會想要尋求手段為她復仇？由於沙蒂琵殺害了南翡兒，她的丈夫葉瑪西是不是也非死不可？是的，還有索巴卡，他恫嚇過她……或許還有凱伊達，她用各種小把戲迫害過她；還有艾匹，他也恨她？這看來好像是捕風捉影，但是誰知道？」

伊莎停頓下來，看著侯里。

「誰知道，伊莎？」

伊莎以精明的眼光凝視著他。

「或許你知道吧，侯里？你認為你知道，不是嗎？」

侯里沉默了一會兒後才說：「是的，對於是誰在酒裡下毒，還有動機是什麼，我有我自己的看法，不過輪廓還不太明朗。而且說真的，我不明白……」他停頓了一分鐘，皺著眉頭，然後搖搖頭。「不，我無法確切指控任何人。」

「我們只是在談我們的懷疑。說出來吧，侯里。」

侯里搖搖頭。

「不，伊莎，那只是個模糊的想法……而且如果那想法是真的，那麼，你還是不要知道的好。知道了可能有危險，蓮梨桑也一樣。」

「對你來說不也是危險的嗎，侯里？」

「是的，是危險……我想，伊莎，我們全都處在危險中，儘管蓮梨桑或許是受到危險程度最低的一個。」

伊莎一語不發地看了他一會兒。

「如果能知道你腦子裡想的是什麼，」她終於說，「事情一定可以清楚很多。」

侯里沒有直接回答，在一陣思考之後，他說：「要知道一個人心裡所想的事，唯一的線索是他們的行為。如果一個人行為古怪，不像平日的他……」

「那麼你懷疑他？」蓮梨桑問道。

「不，」侯里說，「我的意思就只是那樣。一個心存邪惡、意圖邪惡的男人是有自知之明的，他知道他必須不惜一切代價把心中的邪惡意圖掩藏起來。因此，他不敢有任何不尋常的行為表現，他負擔不起後果……」

「一個男人？」伊莎問道。

「男人或者女人，都一樣。」

「我明白，」伊莎以銳利的眼光看了他一眼，然後說：「那麼我們呢？我們三個有什麼嫌疑？」

「這也是我們必須面對的，」侯里說，「我受到十足的信任，契約的訂定、穀物的分配都操控在我的手上。作為一個管事，我處理一切帳目。我可能做假帳……如同卡梅尼在北地所揭發的事一樣。葉瑪西可能感到困惑，開始起疑，因此我有必要封住葉瑪西的嘴。」他說著微微一笑。

「噢，侯里，」蓮梨桑說，「你怎麼可以說這種話！了解你的人沒有一個會相信。」

「蓮梨桑，讓我再告訴你一次，沒有任何人真正了解別人。」

「我呢？」伊莎說，「我有什麼嫌疑？哦，我老了。人老了，有時候頭腦會出毛病。以前所愛的會變成恨，我可能厭倦了我的孫子女，想辦法要毀滅自己的親骨肉。有時候人老了，是會受到一些邪念的困擾。」

「那我呢？」蓮梨桑問道，「為什麼我會想要殺害我所愛的親哥哥？」

侯里說：「如果葉瑪西、索巴卡和艾匹都死了，那麼你便是英賀鐵僅存的一個孩子。他會幫你找個丈夫，而這裡的一切便都是你的，而且你和你丈夫便是葉瑪西和索巴卡的孩子的監護人。」他微微一笑。「不過，我指著這無花果樹發誓，我們並不懷疑你，蓮梨桑。」

「不管發不發誓，我們都愛你。」伊莎說。

17 夏季第二個月第一天

「原來你到屋子外面去了？」喜妮在伊莎一跛一跛地回到房裡之後匆匆進來說，「你幾乎有一年沒出去過了！」

她以探詢的眼光看著伊莎。

「老人，」伊莎說，「總會有一時興起的時候。」

「我看見你坐在湖邊，和侯里、蓮梨桑在一起。」

「令人愉快的伴侶，他們兩個都是。有什麼是你沒看見的嗎，喜妮？」

「真是的，伊莎，我不懂你的意思！你們坐在那裡，全世界的人都看得見。」

「就可惜沒有近到全世界的人都聽得見我們的談話！」

伊莎咧嘴一笑，喜妮怒不可遏。

「我真不知道為什麼你對我這麼不友善，伊莎！你總是話中帶刺。我太忙了，沒有時間去聽別人的談話。我管別人在談什麼、幹什麼！」

「這我倒很懷疑。」

「要不是為了英賀鐵，他真心欣賞我……」

伊莎猛然打斷她的話。

「是的，要不是為了英賀鐵！你所仰仗的是英賀鐵，不是嗎？要是英賀鐵出了什麼事情……」

輪到喜妮打斷她的話。

「英賀鐵不會出什麼事！」

「你怎麼知道，喜妮？這屋子裡有這種安全性存在嗎？葉瑪西和索巴卡都出了事。」

「這倒是事實。索巴卡死了，而葉瑪西差點死掉……」

「喜妮！」伊莎趨身向前。「為什麼你說這句話時在笑？」

「我？我在笑？」喜妮嚇了一跳。「你是在作夢吧，伊莎！在這種時候談這種可怕的事，我有可能在笑嗎？」

「我是幾乎瞎了沒錯，」伊莎說，「但我可還不是瞎子。有時候，藉著光線，瞇起雙眼，我可以看得很清楚。如果一個人知道他說話的對象眼力不好，他可能會不夠小心，可能會露出他心中真正的想法。所以我再問你一次：為什麼你如此暗自得意地笑著？」

「你這樣說太可惡了，相當可惡！」

「你現在知道害怕了。」

「這屋子裡發生了好些事，誰不害怕？」喜妮尖聲叫了起來。「我們全都害怕。我確信，是鬼魂從陰曹裡回來折磨我們！不過我知道是什麼原因……你聽信了侯里的話。他對你說了我什麼？」

「侯里知道了你什麼，喜妮？」

「沒有……根本什麼都沒有。你還是問問我知道他什麼事的好！」

伊莎眼睛變得銳利起來。

喜妮頭一仰。

「啊，你們全都看不起可憐的喜妮！你們以為她又醜又笨。但我知道是怎麼一回事！我知道很多事情……的確，這屋子裡的事我不知道的並不多。我或許是笨，但是我數得出一行地種下多少顆豆子。也許我能看懂的比侯里那種聰明人還多。侯里不管在什麼地方遇見我，總是一副我好像並不存在的樣子，眼睛總看著我背後某樣東西，某樣並不在那裡的東西。我說，他最好是看著我！他也許以為我愚蠢、可以任意忽視……但無所不知的人並不總是聰明人。沙蒂琵以為自己聰明，結果她現在在哪裡，我倒想知道。」

喜妮得意洋洋地暫停下來。這時她突然產生一陣不安，於是有點畏縮，緊張兮兮地看了伊莎一眼。

然而伊莎似乎正陷入自己的思緒中，臉上有種震驚而幾近於驚嚇、迷惑的神色。她沉思地緩緩說道：「沙蒂琵……」

喜妮以她慣常可憐兮兮的語氣說：「對不起，伊莎，我真是對不起，發了脾氣。真的，我不知道我是中了什麼邪。我說這些話並不是有意的……」

伊莎抬起頭來，打斷她的話。

「走開，喜妮，你是不是有意的並不重要。不過你說了一句話，喚醒了我的一個想法……你走吧，喜妮，而且我警告你，小心你的言行。我們可不希望這屋子裡再有人死掉，我希望你了解……」

§

「一切都是恐懼。」

在湖邊討論時的這句話浮上蓮梨桑的唇間。在那次聚會之後，她才了解到這句話的真實性。

她麻木地走向聚在小閣樓旁的凱伊達和孩子們，然而她的步履遲緩，還自動自發地停了下來。

她發現她怕見到凱伊達，怕看到她那張平庸、沉著的臉，以防自己看到的是一張下毒者的臉。她望著喜妮匆匆走到門廊上來，隨即又走進去，往常的嫌惡感陡然升高。她猛然轉向院子門口，一會兒之後，遇見了艾匹昂首闊步地走進來，他傲慢的臉上掛著歡笑。

蓮梨桑發現自己正盯著他看。艾匹，這被寵壞了的孩子，她跟喀尹離去時那個漂亮、任性的小男孩……

「怎麼啦，蓮梨桑？你為什麼這樣奇怪地看著我？」

「是嗎？」

艾匹笑出聲來。

「你看起來就和喜妮一樣癡呆。」

蓮梨桑搖搖頭。

「喜妮才不呆，她非常機敏。」

「她滿肚子壞水，這我知道。事實上，她實在是很討厭卻又叫人莫可奈何。我一定要擺脫掉她。」

蓮梨桑雙唇啟開又閉上。她非常小聲地說：「擺脫掉她？」

「我的好姐姐，你到底是怎麼啦？難道你也像那個可憐的傻小孩一樣見了鬼了？」

「你以為每個人都傻！」

「那個小鬼確實是傻。哦，沒錯，我是受不了傻蛋。我見過的傻蛋太多了。我可以告訴你，受兩個慢吞吞、目光如豆的哥哥折磨可不是什麼好玩的事！現在他們再也不能擋我的路了，我只有父親需要對付。你很快就會看到情況有所不同。父親會照我所說的做。」

蓮梨桑抬起頭看他。此時他看來特別英挺、傲慢。他有一種反常的活力，一種得意洋洋的氣勢，那令她嚇了一跳。似乎是某種內在的感知，給了他這種活躍的幸福感。

蓮梨桑猛然說道：「哥哥並沒有如同你所說的不再能擋你的路。葉瑪西還活著。」

艾匹輕蔑、嘲諷地看著她。

「你以為他會好起來嗎？」

「為什麼不會？」

艾匹大笑。

「為什麼不會？好吧，我就姑且說，我不同意你的看法。葉瑪西已經完了，沒希望了。他或許能稍微爬行一下，坐在陽光下呻吟，但是他已不再是個男人。他是躲過毒藥的初期殺傷力，復元過來了，但是你自己也看到了，他並沒有任何進展。」

「為什麼他不會進一步復元？」蓮梨桑問道。「醫師說只要再過一段時間，他就會再度強壯起來。」

艾匹聳聳肩。

「醫師並不是無所不知。他們只是講起話來用一些長長的字眼，好像很聰明的樣子。要怪就怪那個邪惡的南翡兒吧！但是葉瑪西，你親愛的哥哥葉瑪西，是注定要完蛋了。」

「那麼你自己不怕嗎，艾匹？」

「怕？我？」男孩漂亮的頭往後一仰，大笑起來。

「南翡兒並不很愛你，艾匹。」

「沒有什麼能傷害到我，蓮梨桑，除非是我自己選擇！我還年輕，但我是生來就注定要成功的人。至於你，蓮梨桑，你站在我這邊會比較好，你聽見了嗎？你經常把我當個不負責任的小男孩看待。但如今我不只是那樣而已。接下去每一個月都會出現變化。很快的，這個地方便會由我來主宰。也許父親會下令……雖然命令是由他口中下達的，事實上卻是由我這裡發出的！」他走了一兩步，停下來，回過頭說：「所以你要小心，蓮梨桑，不要讓我對你不滿。」

當蓮梨桑站在那裡盯著他的背影看時，她聽到身後的腳步聲，轉身看到凱伊達站在她身邊。

「艾匹說些什麼，蓮梨桑？」

蓮梨桑緩緩說道：「他說他很快便會是這裡的主子。」

「是嗎？」凱伊達說，「我不認為。」

§

艾匹輕快地跑上門廊的台階，進入屋子裡。看到葉瑪西躺在長椅上他很高興，便愉快地說：「哦，怎麼了，哥哥？我們永遠盼不到你回田裡去了嗎？真不明白為什麼沒有了你一切並沒有垮掉？」

葉瑪西以軟弱的聲音憤恨地說道：「我真搞不懂。毒性已經消失了，但為什麼我沒有恢復力氣？今天早上我試著要走路，可是兩腿都支持不住。我只感到癱軟，無力……而且更糟的是，我感到自己一天比一天虛弱。」

艾匹同情地輕快搖搖頭。

「這的確是很糟糕。醫師幫不上忙？」

「莫朱的助手天天都來，他不懂我怎麼會這樣。我服用強勁的草藥，天天都唸咒文，廚房每天也都為我準備特別滋補的食物。所以醫師向我保證，我一定會很快強壯起來。然而，我好像一天比一天更不中用了。」

「這太糟糕了。」艾匹說。

他繼續前進，輕聲哼著歌，隨即看見他父親和侯里正在商談一張帳目。

英賀鐵焦慮、愁苦的臉一看到他最喜愛的小兒子馬上亮了起來。

「我的艾匹來了。你有什麼要向我報告的？」

「一切都很好，父親。我們正在收割大麥，收穫很好。」

「嗯，謝謝太陽神，外面一切順利。要是家裡也一樣就好了。我必須對亞莎伊特有信心，她不會在我們最沮喪的時候拒絕幫助我們。我為葉瑪西感到擔心，我不懂他怎麼會這樣疲乏……他虛弱得出人意料。」

「葉瑪西一向就虛弱。」他說。

「並非如此，」侯里溫和地說，「他的健康狀況一向很好。」艾匹獨斷地說：「一個男人健康與否，依賴的是精神。葉瑪西一向沒有精神，他甚至害怕下命令。」

「最近並非如此，」英賀鐵說，「葉瑪西在過去幾個月當中，已經表現出他的權威。這讓我感到吃驚。但是他那種肢體上的虛弱令我擔憂。莫朱向我保證過，一旦毒性消失，他很快就會復元。」

侯里把一些草紙移向一邊。

「還有其他的一些毒藥。」他平靜地說。

「你什麼意思？」英賀鐵猛然轉身問道。

侯里以溫和、思考的聲音說：「有一些毒藥據說不會馬上生效，藥性不猛。它們是潛伏的，會在身體裡面一天一天慢慢地發作。只有經過長長幾個月的虛弱之後，死亡才會來到……女人家都知道這些毒藥，她們有時候會用這些東西來除掉丈夫，讓他們看起來好像是自然死亡。」

英賀鐵臉色發白。

「你是在暗示說，說……葉瑪西的毛病就……就出在這裡？」

「我只是說有這種可能。儘管他現在的食物都由一個奴隸先嘗過，但這種預防措施沒有任何意義，因為光就每一天每一盤菜上的毒藥分量而言，並不會造成什麼惡果。」

「荒唐，」艾匹大聲叫了起來。「完全荒唐！我不相信有這種毒藥。我從沒聽說過。」

侯里抬起頭來看他。

「你還太年輕，艾匹，還有一些事你不懂。」

英賀鐵大聲說：「可是我們能怎麼辦？我們已經向亞莎伊特求助了。我們已經把牲禮獻上廟堂──並不是說我對神廟有多大的信仰，女人家才信這些──我們還能再怎麼做？」

侯里若有所思地說：「把葉瑪西的食物交由一個可以信任的奴隸去準備，並隨時監視著這個奴隸。」

「可是這表示，就在這棟屋子裡……」

「亂說，」艾匹大吼道，「一派胡言。」

侯里雙眉上揚。

「等著瞧吧，」他說，「我們很快就會知道這到底是不是胡說。」

艾匹氣憤地走出門去。侯里一臉肌肉皺起，滿腹心思地凝視著他的背影。

§

艾匹氣憤地走出去，幾乎把迎面而來的喜妮撞倒。

「不要擋我的路，喜妮。你總是鬼鬼祟祟、礙手礙腳。」

「你真是粗魯，艾匹，你把我的手臂弄傷了。」

「那才好。我厭倦了你，還有你可憐兮兮的樣子。你愈早離開這屋子愈好……我會盯著你，看你真的離開。」

喜妮雙眼充滿惡意地一眨。

「這麼說你要把我趕出去，是嗎？在我把我的愛和關心全都給了你們之後？我一直對你們全家人忠實奉獻，你父親很清楚這一點。」

「他是聽得夠清楚了，當然！我們也是！在我看來，你只不過是個不安好心的惡嘴婆。你幫南翡兒遂行她的計謀……這我知道。後來她死了，你就再來奉承我們。但是你很快就會明白，到頭來我父親還是會聽我的，而不是聽你那些假話。」

「你在生氣，艾匹。是什麼讓你生氣？」

「沒你的事。」

「你不會是在害怕什麼吧，艾匹？這裡有些古古怪怪的事正在進行著。」

「你嚇不倒我，你這老太婆。」

他一個箭步衝過她身旁，奪門而去。

喜妮慢慢轉身走進去。葉瑪西的一聲呻吟吸引住她的注意。他正從長椅上站起來，試圖走路，但是他一站起來，兩腿就支持不住，要不是喜妮及時扶住他，他早就跌到地上去了。

「小心，葉瑪西，小心。躺回去。」

「你真強壯，喜妮。你外表看起來不像這麼有力氣。」他躺回長椅上，頭靠在頭枕上。

「謝謝你。我是怎麼啦？為什麼我覺得我的肌肉好像都化成水了？」

「是這屋子中了邪了。一個來自北地的女魔鬼幹的好事。北地來的沒有一個好東西。」

葉瑪西突然意氣消沉喃喃說道：「我快死了。是的，我快死了……」

「其他人會比你先死。」喜妮陰沉沉說。

「什麼？你這是什麼意思？」他用手肘撐起身體，注視著她。

「我知道我在說什麼。」喜妮點了幾次頭。「下一個會死的人不是你。等著瞧。」

§

「你為什麼一直在躲避我，蓮梨桑？」

卡梅尼直接擋住蓮梨桑的去路。她臉紅起來，發現難以找出適當的話回答。沒錯，她是在看到卡梅尼走過來時，故意轉往一旁去。

「為什麼，蓮梨桑，告訴我為什麼？」

然而她沒有現成的答案，只能默默地搖搖頭。

之後她抬起頭看著正面朝向她的他。她原本有點害怕卡梅尼可能會翻臉，然而看到他的臉色並未改變，她隨即放鬆下來。他的兩眼正莊重地看著她，他的雙唇首次沒有掛著微笑。她在他的注視之下低下頭去。卡梅尼總是令她慌張，他的靠近令她的身體受到影響，她的心跳有點快速。

「我知道你為什麼避開我，蓮梨桑。」

她終於找到話說：「我……並沒有避開你。我沒看見你過來。」

「說謊。」

他現在微笑起來了。她可以從他的話聲聽出來。

「蓮梨桑，美麗的蓮梨桑。」

她感覺到他溫暖、強壯的手握住她的手臂，她立即掙脫開來。

「不要碰我！我不喜歡人家碰。」

「為什麼你要逃避，蓮梨桑？你對我們之間的事很清楚。你年輕、強壯、美麗，你再這樣繼續為丈夫悲傷下去是違反自然的。我要帶你離開這棟屋子。這裡充滿了邪惡和死亡氣息。你跟我離開這裡就安全了。」

「假如我不想和你走呢？」蓮梨桑活力十足地說。

卡梅尼笑了起來。他潔白的牙齒閃閃發光，堅實有力。

「可是你其實想，只不過是你不承認而已！當兩個情人在一起時，生活是美好的，蓮梨桑。我會愛你，讓你幸福，你將是我的一片美好大地，而我是你的主人。知道吧，我不會再對佩司神唱：『今晚把我的情人給我』，但是我會去跟英賀鐵說：『把我的愛人蓮梨桑給我』。不過我認為你在這裡不安全，所以我會帶你走。我是個好書記，我可以到底比斯的達官貴人家去做事，儘管實際上我喜歡這裡的田園生活——農田、牛群以及收割時人們唱的歌，還有在尼羅河上泛舟的小小樂趣。我想和你一起揚帆於尼羅河上，蓮梨桑，我們帶泰娣一起去，她是個美麗健壯的小孩，我會愛她，做她的好父親。蓮梨桑，你覺得怎麼樣？」

蓮梨桑默默地站著。她感到心跳快速，一陣鬱悶悄悄掠過心頭。然而在這種柔和、溫順的感覺之中，還有其他一些什麼……一種敵對感。

「他的手一碰到我的手臂，我就感到全身虛軟。」她心裡想著，「因為他的力量，他健壯的肩膀，他帶笑的嘴……但我對他的心思一無所知。在我們之間沒有祥和，沒有甜蜜……我想要什麼？我不知道。不過，不是這……不，不是這個……」

她聽到了自己說出口的話，但那甚至在她自己聽來也是軟弱而不確定的。

「我不想要另外一個丈夫……我想要單獨一個人……做我自己……」

「不，蓮梨桑，你錯了。你並無意單獨生活。你的手在我手中顫抖告訴了我，你知道。」

蓮梨桑用力抽回了自己的手。

「我不愛你，卡梅尼，我想我恨你。」

他笑著。

「我不在意你恨我，蓮梨桑。你的恨非常接近愛。我們以後再談談這件事。」

他離開她，以羚羊般輕快、安閒的步伐離去。
蓮梨桑慢步走向正在湖邊玩耍的凱伊達和孩子們。
凱伊達跟她講話，但是蓮梨桑回答得很散漫。
然而凱伊達好像並未注意到，如同往常一般，她的心思太專注於孩子身上，對其他事情不太在乎。
突然，蓮梨桑打破沉默說：「我該不該再找個丈夫？你認為怎麼樣，凱伊達？」
凱伊達不怎麼感興趣地平靜回答說：「那也好，我想，你還年輕、健康，蓮梨桑，你可以多生幾個孩子。」
「這就是一個女人生活的全部嗎，凱伊達？在後院裡忙著，生孩子，下午跟他們在湖邊的無花果樹下度過？」
「你當然知道，這對一個女人來說是最重要的，不要說得好像你是個奴隸一樣。女人在埃及具有權力……繼承權藉由她們傳給她們的孩子。女人是埃及的血脈。」
蓮梨桑滿腹心思地看著正在忙著為她的玩偶做花環的泰娣。泰娣微皺著眉頭，專心地做著。有段時期，泰娣看來是那麼地像喀尹，下唇噘起，頭微向一邊傾斜，令蓮梨桑心裡交織著愛與痛苦。但是如今，不僅喀尹的面貌在蓮梨桑記憶中消褪，泰娣也不再噘起下唇，傾斜著頭。也有過一些時候，當蓮梨桑緊擁著泰娣時，她可以深切感到這孩子是她的一部分，她自己活生生的肉體，給她一種擁有感。「她是我的，完全屬於我的。」她曾對自己說過。

現在，望著她，蓮梨桑心想：「她是我，她是喀尹……」

這時，泰娣抬起頭來，看著母親，微笑著。一種莊重、友善的微笑，帶著信心和愉悅。

蓮梨桑心想：「不，她不是我，也不是喀尹，她是她自己，她是泰娣。她是孤獨的，如同我也是孤獨的一樣，我們都是孤獨的。如果我們之間有愛存在，我們會是朋友，一輩子……但是如果沒有愛，她會長大，而我們將是陌生人。她是泰娣，而我是蓮梨桑。」

凱伊達正以奇特的眼光看著她。

「你想要的是什麼，蓮梨桑？我不了解。」

蓮梨桑沒有回答。她自己都幾乎不了解的東西，又如何跟凱伊達說？她環顧四周，看看院子的圍牆，看看門廊上鮮麗的色彩，看看平靜的湖水和賞心悅目的小閣樓、整潔的花床和一叢叢的紙草。一切都是安全、閉鎖的，沒有什麼好害怕的，環繞在她四周的是熟悉的家居聲響、孩子的吵鬧不休、屋子裡婦女們刺耳的擾攘聲及遠處低沉的牛叫聲。

她緩緩說道：「從這裡看不到尼羅河。」

凱伊達一臉驚訝。

「為什麼會想看它？」

蓮梨桑緩緩說道：「我真傻。我不知道。」

在她眼前，她非常清楚地看到一片綿延的綠地，豐饒繁茂，再過去，遠處是一片向地平線逐漸淡去的淺玫瑰色和紫色，分割這兩種色彩的是銀白色的尼羅河……

她屏住氣息。因為在她四周的景象、聲響褪去之後，接著而來的是一片寂靜、豐饒，一種確切的滿足……

她自言自語：「如果我回頭，我會看到侯里。他會抬起頭來，對我微笑……隨即太陽下山，黑夜來臨，然後我將入睡……那即是死亡。」

「你在說什麼，蓮梨桑？」

蓮梨桑嚇了一跳，她不知道她把心中的話說了出來。她從幻想中回到了現實。凱伊達正以不解的眼光看著她。

「你說『死亡』，蓮梨桑。你在想些什麼？」

蓮梨桑搖搖頭。

「我不知道。我的意思並不是……」

她再度看看四周。多麼令人感到安全舒暢，平凡的家居景象，水波蕩漾，孩子們在玩耍……她深吸了一口氣。

「這裡是多麼的平靜。令人無法想像任何……可怕的事在這裡發生。」

然而第二天早上，就在這湖邊，他們發現了艾匹。他四肢攤開，趴在地上，臉浸在湖水裡，有人把他的頭壓進水裡淹死了。

18 夏季第二個月第十天

英賀鐵獨自蜷縮坐著，他看起來一下老了好多，活脫脫是個傷心、畏縮的老人，他的臉上布滿淒慘、惶惑的神色。

喜妮把食物端過來給他，哄他吃。

「吃吧，吃吧，英賀鐵，你必須保持體力。」

「有何必要？需要什麼體力？艾匹那麼強壯，年輕、英俊而健康，而如今卻躺在鹽水裡……我的兒子，我最喜愛的兒子，我最後一個兒子。」

「不，不，英賀鐵，你還有葉瑪西，你的好葉瑪西。」

「能擁有多久？不，他也完了，我們全都完了。我們到底是中了什麼邪？我哪知道帶個小妾進門竟會發生這些事？那是人人都可以接受的事，正確而且合乎男人本性以及神明法規的事，我十分尊重她。那麼，為什麼這些事情要發生在我身上？是亞莎伊特在報復我嗎？是不是她不原諒我？她確實沒有答覆我的懇求，衰事仍然在繼續著。」

「不，不，英賀鐵，你不該這樣說。銘鉢才供奉上去這麼短的時間，我們也知道在這世界上，這種伸張正義的事要花費多長的時間……縣官審理案件一拖再拖，案子到了大臣手裡就更久了。在這世界上或是另一個世界裡，正義終歸是正義，不管事情進展再怎麼緩慢，到頭來正義還是得以伸張。」

英賀鐵懷疑地搖搖頭。喜妮繼續說下去。

「再說，英賀鐵，你必須記住，艾匹不是亞莎伊特生的兒子……他是你的繼室烏碧生的。所以，亞莎伊特何必為他採取激烈的手段？但是拿葉瑪西來說，那就不同了。葉瑪西會康復，是因為亞莎伊特想辦法讓他康復。」

「我得承認，喜妮，你的話令我感到欣慰……你說得很有道理。沒錯，葉瑪西現在是一天天恢復了力氣。他是個忠實的好兒子……可是，噢！我的艾匹……這麼有活力，這麼英俊！」英賀鐵再度嘆息起來。

「天啊！天啊！」喜妮同情地哀號起來。

「那個可惡的女孩和她的美貌！我真恨不得從未見過她。」

「的確，親愛的主人。她一定是魔鬼的女兒，懂得法術巫咒，這一定錯不了。」

一陣拐杖敲擊地面的聲音傳來，伊莎一跛一跛地走進大廳，她嘲笑地哼了一聲。

「這屋裡難道沒有一人有理智了嗎？難道你沒有更好的事可做，只會在這裡詛咒一個你曾經迷戀且沉浸在女性的小小怨恨中，並受到你愚蠢的兒媳婦所刺激的不幸女孩嗎？」

「小小的怨恨……你說這是小小的怨恨，伊莎？我三個兒子裡有兩個死了，一個快死了……噢！我母親竟然還對我說這種話！」

「既然你無法認清事實，那就有必要讓某個人說說話。掃除你腦子裡可笑的迷信吧，什麼女孩的鬼魂在作祟。是個活生生的人動手把艾匹淹死在湖裡的，而且在葉瑪西和索巴卡的酒裡下毒的也是個活生生的人。你有個仇人，英賀鐵，一個在這屋子裡的仇人。自從你接受了侯里的忠告，由蓮梨桑親手準備葉瑪西的食物，或是由她監視奴隸準備，並且由她親自送去給他之後，葉瑪西就一天天恢復力氣，健康了起來，這就是證明。別再傻了，英賀鐵，也不要再捶胸跌足，咳聲嘆氣……這方面喜妮倒是很幫忙。」

「噢，伊莎，你錯怪我了！」

「喜妮助長你的自怨自艾。這要不是因為她也是個傻瓜，就是別有原因……」

「願太陽神原諒你，伊莎，原諒你對一個孤零零的可憐女人這樣不仁慈！」

伊莎猛搖著拐杖，一陣風似地繼續說下去。

「振作起來，英賀鐵，同時用腦子想一想。順便告訴你，你那可愛的妻子亞莎伊特不是傻子，她或許能為你在另一個世界發揮她的影響力，但你不可能指望她替你在這個世界做思考的工作！我們非採取行動不可，英賀鐵，因為如果我們不這樣做，那麼還會有死亡來臨。」

「一個活生生的仇人？一個在這屋子裡的仇人？你真的這樣相信，伊莎？」

「當然我相信，因為這是唯一合理的解釋。」

「這麼說來，我們全都有危險？」

「當然。不是處在符咒、鬼魂的危險威脅中，而是一個活生生的人……在酒食中下毒的人，在一個男孩深夜從村子裡回來時偷偷溜到他背後把他的頭壓入湖水裡淹死他的人！」

英賀鐵若有所思地說：「那需要力氣。」

「表面上看來，是的，但也不見得。艾匹在村子裡喝了很多酒，他當時正處在狂傲、浮誇的情緒中。可能他回家時已經醉得差不多了，他步履不穩，對陪他回來的人沒有戒心，自己低頭進湖水裡想洗把臉清醒清醒，如果是這樣的話，就不需要多少力氣了。」

「你到底想說什麼，伊莎？說是女人家幹的？但這不可能。這整個事情都不可能。這屋子裡我不可能有仇人，要是有，我們會知道，我會知道！」

「藏在內心的邪惡，表面上未必看得出來，英賀鐵。」

「你的意思是說，我們的一個僕人，或是奴隸……」

「不是僕人也不是奴隸，英賀鐵。」

「是我們自家人？要不然……你指的是侯里或卡梅尼？可是侯里是我們自己人。事實證明他一向忠實、可靠。而卡梅尼……沒錯，他是個陌生人，但也是我們的血親，而且事實證明他忠心為我做事。再說，他今天早上才來找我，要我答應他和蓮梨桑結婚。」

「噢，是嗎？」伊莎顯得感興趣。「他怎麼說的？」

「他說在他看來，這是談婚事的時候，他說蓮梨桑在這屋子裡不安全。」

「我懷疑，」伊莎說，「我非常懷疑……她不安全嗎？我以為她安全，侯里也認為。但是現在……」

英賀鐵繼續說下去。

「婚禮能和喪禮一起舉行嗎？這不成體統，整個縣城裡的人都會議論紛紛。」

「這不是墨守成規的時候，」伊莎說，「尤其是葬儀社的人好像永遠跟我們脫不了關係。這一定讓葬儀社的人樂壞了，他們賺了不少錢。」

「他們的收費已經提高了一成！」英賀鐵一時岔開了話題。「可惡！他們說工錢漲了。」

「他們應該給我們折扣才對！」伊莎說出這句笑話，並冷酷地微笑。

「我親愛的母親……」英賀鐵一臉恐怖地看著她。「這可不是笑話。」

「生命本身就是個笑話，英賀鐵，而死神是最後一個發笑的人。難道你沒在宴會上聽說過嗎？『吃吧，喝吧，痛痛快快的暢飲，因為明天你就死了。』這句話對我們這裡來說倒是非常真實，問題只是明天誰會死而已。」

「你說得真可怕……可怕！我們該怎麼辦？」

「不要信任任何人，」伊莎說，「這是最基本、最主要的事。」她重複強調說：「不要信任任何人。」

喜妮開始嗚咽起來。

「為什麼你看著我？我確信，如果還有人值得信任，那就是我。我這些年來已經證明了這一點。不要聽她的，英賀鐵。」

「好了，好了，我的好喜妮，我當然信任你，我非常了解你忠實奉獻的心。」

「你什麼都不了解，」伊莎說，「我們全都一無所知，這就是我們的危險所在。」

「你在指控我。」喜妮哭訴著。

「我無法指控，我不知道，也沒有證據，有的只是懷疑。」

英賀鐵猛然抬起頭來。「你懷疑……誰？」

伊莎緩緩說道：「我曾經一度、兩度、三度懷疑，我老實說出來好了：我首先懷疑過艾匹……但是艾匹死了，所以這個懷疑是不正確的。再來我懷疑另外一個人……然而，在艾匹死去的那一天，第三個懷疑湧現我的腦海……」

她暫停下來。

「侯里和卡梅尼在屋子裡嗎？派人找他們來。對了，把蓮梨桑也從廚房裡找來。還有凱伊達和葉瑪西。我有話要說，全屋子裡的人都該聽一聽。」

§

伊莎環視聚集在一起的眾人。她與葉瑪西那莊重柔順的目光相對，看到卡梅尼掛在臉上的微笑及蓮梨桑驚嚇、探詢的眼神，還有凱伊達平靜沉著的眼光和侯里深沉、冷靜的注視，英賀鐵臉上一派扭曲、焦躁、驚嚇，喜妮的眼神則是熱切、好奇，還有……對了，愉悅。

她心想，他們的臉沒有告訴我什麼，他們只顯露出外在的情感。然而，如果我想得對，那麼他們之中一定有一個是叛徒。

她大聲說：「我有話要跟你們大家說。不過首先，我要跟喜妮說……在這裡，當著你們大家的面。」

喜妮的表情改變了。那種熱切、愉悅已經消失，她顯得驚嚇，聲音刺耳，她抗議說：「你懷疑我，伊莎，我就知道！你會指控我，而我這個沒有多大智慧的可憐女人，又能怎麼護衛我自己？我會被宣告有罪，在沒有人聽我說的情況下就被定罪。」

「不會沒有人聽你的。」

伊莎嘲諷地說，同時看到侯里微微一笑。

喜妮繼續說下去，她的聲音變得愈來愈歇斯底里。

「我沒做任何事……我是無辜的……英賀鐵，我最親愛的主人，救救我……」

她猛地跪下來，抱住他的雙膝。英賀鐵開始憤慨地口沫飛濺，同時拍拍喜妮的頭。

「真是的，伊莎。我抗議，這真可恥……」

伊莎打斷他的話。

「我並沒有指控任何人，沒有證據我不會指控，我只是要喜妮在這裡向我們解釋她說過的一些話。」

「我沒說什麼，什麼都沒說……」

「噢，不，你說過，」伊莎說，「這是我親耳聽到的一些話……儘管我的視力模糊，但我的耳朵很靈光。你說你知道侯里一些事。告訴我們你知道侯里一些什麼事？」

「對，喜妮，」侯里說，「你知道我什麼？說來給我們聽聽吧。」

喜妮一屁股坐下去，擦著眼淚。她顯得陰沉、旁若無人。

「我什麼都不知道，」她說，「我該知道些什麼？」

「那正是我們等著你告訴我們的。」侯里說。

喜妮聳聳肩。

「我只是說說而已，並沒有什麼意思。」

伊莎說：「我把你自己說的話複誦給你聽。你說我們全都看不起你，但是你知道這屋子裡很多事情……還有你看出來的蹊蹺比很多聰明人還多。然後你說，每當侯里遇見你時，他對待你的樣子就好像你並不存在一樣，好像他看的是你身後的某樣東西……某樣並不在那裡的東西。」

「他一向都那樣，」喜妮陰沉地說，「他看我的樣子，就好像我是昆蟲那種微不足道的東西似的。」

伊莎緩緩說道：「那句話一直留在我腦海裡：『身後的某樣東西，某樣並不在那裡的東西。』喜妮說：『他應該好好看著我。』然後她繼續說到沙蒂琵。是的，說到沙蒂琵，說沙蒂琵是多麼的聰明，但是如今沙蒂琵在哪裡……」

伊莎環視四周。

「這對你們任何一個人難道都毫無意義嗎？想想沙蒂琵，已經死掉的沙蒂琵……還有應該好好看著一個人，而不是看著某樣並不在那裡的東西……」

一陣死寂，然後喜妮尖叫起來。那是一聲高亢、有氣無力的尖叫，似乎是全然恐懼的尖叫。她語無倫次地大叫：「我沒有……救救我，主人，不要讓她……我什麼都沒說，什麼都沒說。」

英賀鐵積壓的怒氣爆發出來。

「這是不可饒恕的，」他怒吼著。「我不會讓這可憐的婦人被指控。她嚇壞了。你有什麼對她不利的證據？那只不過是你自己想的，如此而已。」

葉瑪西一反往常的膽怯，加入說：「父親說得對，如果你有確切指控喜妮的證據，就拿出來吧。」

「我沒有指控她。」伊莎緩緩說道。

她靠在拐杖上，身子好像縮了水一樣，說起話來緩慢而沉重。

葉瑪西權威十足地轉身面向喜妮。

「伊莎並不是在指控你引發了那些慘事，不過如果我聽的沒錯，她認為你隱藏了些什麼沒說出來。因此，喜妮，如果你知道什麼關於侯里或是其他人的事，現在是你說出來的時候。就在這裡，當著大家的面。說，你知道些什麼？」

喜妮搖搖頭。

「什麼都沒有。」

「你說話可要非常有把握，喜妮。知道什麼是件危險的事。」

「我什麼都不知道，我發誓，我對九柱之神發誓，對瑪亞特女神，對太陽神雷發誓。」

喜妮在發抖，她的聲音不再有往常楚楚可憐的哭訴味道，聽來十分畏懼、真誠。

伊莎深深嘆了一口氣，她的身體往前傾，喃喃說道：「扶我回房裡去。」

侯里和蓮梨桑很快迎向她去。

伊莎說：「你不用，蓮梨桑，我要侯里扶我去。」

她靠著他，走向自己的房間。抬起頭來，看到他一臉堅毅、悶悶不樂。

她喃喃說道：「怎麼樣，侯里？」

「你這麼做很不明智，伊莎，非常不明智。」

「我不得不。」

「是的。但是你冒了很大的危險。」

「我明白，這麼說，你的想法也一樣？」

「我這樣推斷已經有段時間了，但是沒有證據，絲毫沒有證據。甚至到了現在，伊莎，你也沒有證據，一切只是在你腦海裡繞轉而已。」

「我只要知道就足夠了。」

「或許是知道太多了。」

「你是什麼意思？噢，是的，當然。」

「保護自己，伊莎。從現在開始，你有了危險。」

「我們必須試著快速採取行動。」

「是的。但是我們能怎麼做？一定要有證據。」

「我知道。」

他們無法再說下去。伊莎的小女僕向她的女主人跑過來。侯里把她交給那個女孩照顧，轉身離去。他的臉上表情凝重、困惑。

小女僕在伊莎一旁喋喋不休，但伊莎幾乎沒注意到她在說些什麼。她感到衰老、病弱、發冷……那一張張傾聽她說話的臉再度浮現她的眼前。

只有一個表情……是一時恐懼和了解的閃現。她可能看錯了嗎？她這麼確定她所看見的東西？畢竟，她的視力已經模糊……

是的，她確定。那其實算不上什麼表情，只是整個身子突來的緊張、發硬、僵直。她那些散漫的話語對某個人，某個特定的人有意義。這是錯不了的事實。

19 夏季第二個月第十五天

「現在這件事明擺在你眼前，蓮梨桑，你怎麼說？」

蓮梨桑懷疑地看看她父親，又把眼光轉向葉瑪西。她感到頭腦發悶、呆滯。

「我不知道。」

這句話從她唇間滑了出來。

「在正常的情況下，」英賀鐵繼續說，「應該會有足夠的時間商討。我有其他的親戚，我們可以挑選，直到選中一個最適合當你丈夫的人為止。但生命無常……是的，生命無常。」

他的聲音顫搖起來。他繼續說：「這件事面臨的情況就是這樣，蓮梨桑。今天我們三個都面臨死亡的威脅：葉瑪西、你、我。下一次死神出擊的對象是我們之中哪一個？因此我有必要把事情料理妥當。如果葉瑪西出了什麼事，你，我唯一的女兒，會需要有個男人站在你身旁，與你共享繼承權，同時執行繼承我的財產所附帶的義務，這項義務是不能由婦女來執行的。因為誰曉得我什麼時候離你而去？關於索巴卡的孩子的監護託養問題，我已經在遺囑裡安排好了，如果葉瑪西不再活在人間，將由侯里執行。還有葉瑪西的孩子的監護權也是一樣，因為這是他的意願。對吧，葉瑪西？」

葉瑪西點點頭。

「侯里一向和我非常親近，他就如同我們的家人。」

「沒錯，沒錯，」英賀鐵說，「不過事實上他仍然並不算是家人。但卡梅尼就是。因此，一切考慮過後，他是目前我所能找到最適合蓮梨桑的人選。所以，你怎麼說，蓮梨桑？」

「不知道。」蓮梨桑重複說。

她感到極為疲倦。

「他人長得英俊、強壯，這你同意吧？」

「噢，是的。」

「可是你不想嫁給他？」葉瑪西柔聲問道。

蓮梨桑感激地看了哥哥一眼。他衷心不願她被逼迫做她不想做的事。

「我真的不知道我想做什麼。」她匆匆接下去說，「我知道，這樣說很愚蠢，但是我今天真的是頭腦呆呆的。是因為……因為緊壓在我們頭上的緊張氣氛。」

「有卡梅尼在你身旁，你就會覺得受到保護。」英賀鐵說。

葉瑪西問他父親：「你有沒有考慮過，侯里也是當蓮梨桑丈夫的適合人選？」

「這，是的，是個可能……」

「他的妻子在他還是個年輕小夥子時就去世了，蓮梨桑很了解他，而且喜歡他。」

蓮梨桑坐在那裡有如墜入夢中，兩個男人繼續談著。他們正在商談她的婚姻，葉瑪西企圖幫她選擇她自己想要的，但是她感到自己就像泰娣的木偶一樣沒有生命。

隨後，她猝然開口，甚至不聽他們正在說些什麼就打斷他們的話說：「既然你認為是件好事，我願意嫁給卡梅尼。」

英賀鐵滿意地叫了一聲，匆匆走出大廳。葉瑪西走向妹妹，一手擱在她肩頭上。

「你真想要這樁婚姻嗎，蓮梨桑？你會快樂嗎？」

「為什麼我不會快樂？卡梅尼英俊、開朗而且仁慈。」

「我知道，」葉瑪西仍然顯得懷疑、不滿意。「可是你的幸福才是最重要的，蓮梨桑。你不該讓父親催促你在匆忙之中做出你不想做的事。你知道他這個人的脾氣。」

「噢，是的，是的，一旦他想到什麼，我們就都得聽他的。」

「不見得。」葉瑪西堅決地說，「除非你自己情願，我這次是不會聽他的。」

「噢，葉瑪西，你從沒站出來跟父親對抗過。」

「但是這件事我要站出來。他無法強迫我同意他，而且我不會這樣做。」

蓮梨桑抬起頭看他。他往常猶豫不決的臉，現在是多麼的堅決、果斷！

「你對我真好，葉瑪西，」她感激地說，「但我並不是在逼迫下屈服。這裡的往日生活，我十分樂於回來重享的生活，已經過去了。卡梅尼和我將一起創造新生活，過著美滿的幸福人生。」

「如果你確定……」

「我確定。」

蓮梨桑說，同時深情地對他微笑，走出大廳，來到門廊上。

她從那裡越過庭院。卡梅尼正與泰娣在湖邊玩耍。蓮梨桑靜靜地走近，望著他們，他們仍然不知道她的來到。如同往常一般快樂的卡梅尼，玩得像孩子一樣開心。蓮梨桑心裡一暖。她想，他會做泰娣的好父親。

後來卡梅尼回過頭來，看到她，笑著站直了身子。

「我們讓泰娣的玩偶當了祭祀業司祭，」他說，「讓他主持墳墓的祭典，獻上供品。」

「他的名字是馬瑞普大，」泰娣說，一本正經。「他有兩個孩子和一個像侯里一樣的管事。」

卡梅尼笑出聲來。

「泰娣非常聰明，」他說，「而且健康、美麗。」

他的目光從孩子身上移往蓮梨桑，蓮梨桑從他愛戀的眼光中看出了他心中所想……有一天她會幫他生下孩子。

這令她有點興奮，然而又隨帶著一陣突來的刺心、懊悔。她真希望這時在他眼中看到的只有她自己的影像。她想，為什麼他不能只是看到我蓮梨桑？

然後，這種感覺消失，她溫柔地對他微笑。

「我父親跟我說過了。」她說。

「而你同意？」

她猶豫了一下後才回答：「我同意。」

決定性的話語已經出口，這就是結局，一切已成定案。她真希望她不是感到這麼疲憊、麻木。

「蓮梨桑？」

「什麼事，卡梅尼。」

「你願不願意和我一起泛舟於尼羅河上？這是我一直想和你一起做的事。」

他會這樣說可真古怪。她第一次見到他時，心裡想的是一艘直角帆船、尼羅河以及喀尹帶笑的臉。而如今她已經忘了喀尹的臉，取而代之的，是卡梅尼的臉，他坐在尼羅河上的帆船裡，對著她的眼睛笑。

那是死亡。那是死亡對你造成的結果。「我感到這樣，」你說，「我感到那樣」……但是你只是說說而已，你其實什麼感覺都沒有。死者已矣。沒有所謂的酷似……

對了，可是還有泰娣、生命以及再生的生命，如同河水氾濫把舊的農作物捲走，為新的作物備好土地。

凱伊達說「這屋子裡的女人必須站在一起」是什麼意思？畢竟，她算什麼？只不過是這屋子裡的一個女人……不管她是蓮梨桑或是另外一個人，又有什麼關係……

然後，她聽見卡梅尼緊急、有點困擾的聲音。

「你在想什麼，蓮梨桑？看你這麼出神……你願意和我一起泛舟尼羅河上嗎？」

「是的，卡梅尼，我願意和你去。」

「我們帶泰娣一起去。」

§

就像是夢，蓮梨桑心想，帆船、卡梅尼、她自己和泰娣。他們逃離了死亡以及死亡的恐懼。這是嶄新生活的開始。

卡梅尼說著話，而她精神恍惚地應答著……

「這就是我的生活，」她心想，「無可逃避……」然後，她再度困擾起來。「為什麼我對自己說『逃避』？我能逃到什麼地方去？」

這時她的眼前再度浮現出墓旁的小石室，她一腳拱起，手托著下巴坐在那裡。

她想：「但那是在生活之外的。這才是生活，如今已無可逃避，直到死去……」

卡梅尼把船泊好，她上岸去。他把泰娣抱上岸。孩子緊緊攀住他，繞在他脖子上的手把他戴著的護身符掛線弄斷了。護身符掉到蓮梨桑的腳上，她把它撿起來。是金銀合金的安卡神像。

她懊惱地低叫一聲。

「弄彎了。對不起。小心……」卡梅尼從她手中接過去。「可能會斷掉。」

然而他強而有力的手指，把它進一步弄彎，故意把它折成兩半。

「噢，你在幹什麼？」

「拿一半去，蓮梨桑，我拿另一半。這是我們之間的信物，我們是一體的兩半。」

他遞給她，就在她伸手去接時，她的腦子裡有什麼在騷動，她突然抽了一口氣。

「怎麼啦，蓮梨桑？」

「南翡兒。」

「你是什麼意思，南翡兒？」

蓮梨桑快速、確信地說：「南翡兒珠寶盒裡那個破裂的護身符，是你給她的。你和南翡兒……現在我明白一切了。我明白為什麼她那麼不快樂，而且我知道是誰把那個珠寶盒放在我房裡了。原來如此……不要對我撒謊，卡梅尼。我告訴你，我知道了。」

卡梅尼沒有抗辯。他站在那裡，兩眼直視著她，他的目光堅定不移。當他開口時，他的聲音凝重，臉上首度失去微笑。

「我不會對你撒謊，蓮梨桑。」

他停了一會兒，好像是在整理他的思緒，略皺眉頭。

「就一方面來說，蓮梨桑，我很高興你知道了……儘管事情並不盡如你所想的。」

「你把斷裂的護身符給她——就像剛才給我一樣——作為你們是整體之兩半的信物。這是你說的。」

「你在生氣，蓮梨桑。我很高興，因為這表示你愛我。不過，我還是必須讓你了解，我並沒有把護身符送給南翡兒，是她給我的……」

他停頓下來。

「或許你不相信，但這是真的，我發誓這是真的。」

南翡兒陰沉、不悅的臉在她眼前浮現。

卡梅尼急切、孩子氣地繼續說下去。

「試著了解一下，蓮梨桑。南翡兒非常漂亮，我受寵若驚。誰不會呢？但是我從沒真正愛過她……」

蓮梨桑感到一陣古怪的痛惜。是的，卡梅尼不愛南翡兒，但是南翡兒愛卡梅尼……非常痛苦、絕望地愛著他。那天早上，就在尼羅河河岸的這個地點上她跟南翡兒談過話，向她示好。她記得十分清楚，當時那個女孩散發出怨恨與悲慘的黑暗面。箇中原因如今是夠清楚的了。可憐的南翡兒……一個自大老頭子的情婦，她的心因愛上一個英俊、歡樂、無憂無慮但不愛她的年輕人而一點一滴地枯萎。

卡梅尼急切地繼續說：「難道你不明白嗎，蓮梨桑？我到這裡第一眼看到你就愛上了你。從那一刻開始，我心裡想的便只有你一個人。這點南翡兒看得很清楚。」

是的，蓮梨桑心想，南翡兒是看出來了。南翡兒從那時開始就恨她。蓮梨桑並不怪她。

「我那時並不想寫那封信給你父親，我不想再與南翡兒的計謀有所牽扯。但是這很困難……你必須試著了解，這很困難。」

「是的，是的，」蓮梨桑不耐煩地說，「這一切都不重要。重要的是南翡兒，她非常不快樂。我想，她非常愛你。」

「哦，我並不愛她。」卡梅尼不耐煩地說。

「你真殘忍。」蓮梨桑說。

「不，我是個男人，如此而已。如果一個女人選擇為我而讓自己生活悲慘，那只會令我感到困擾，事實就是這麼簡單。我並不想要南翡兒。我愛你，噢，蓮梨桑，你總不能為此生我的氣吧？」

她不自禁地微微一笑。

「不要讓死掉的南翡兒在我們活著的人之間製造麻煩。我愛你，蓮梨桑，而且你也愛我，這才是重要的。」

是的，蓮梨桑心想，這才是唯一重要的……

她看著卡梅尼，他站在那裡，頭微微傾向一邊，歡樂、自信的臉上帶著懇求的表情。他看起來非常年輕。

蓮梨桑心想：「他說得對。南翡兒死了，而我們還活著。我現在了解她對我的恨。我很難過她受了苦，但那不是我的錯，也不是卡梅尼的錯，他愛的是我不是她。這種事是會發生的。」

在河堤上玩耍的泰娣跑過來，拉著她母親的手。

「我們現在回家好嗎？媽，我們回家好嗎？」

蓮梨桑深深嘆了一口氣。

「好，」她說，「我們回家。」

他們向屋子走去，泰娣跑在他們前頭一點。

卡梅尼滿意地嘆了一聲。

「你真善良，蓮梨桑，而且可愛。我們之間一切照舊吧？」

「是的，卡梅尼，一切照舊。」

他壓低聲音說：「剛才在尼羅河上……我非常快樂。你也快樂嗎，蓮梨桑？」

「是的，我很快樂。」

「你看起來是很快樂。但是你好像在想著很遠很遠的什麼事情。我要你想我。」

「我是在想你。」

他拉著她的手，她沒有抽回來。他輕聲溫柔地唱著：「我的情人就像波斯樹……」

他感到她的手在顫抖，聽到她呼吸加快，終於感到心滿意足……

§

蓮梨桑把喜妮叫到她房裡。

喜妮匆匆忙忙走進來，看到蓮梨桑站在打開的珠寶盒旁，手裡拿著那個斷裂的護身符，腳步突然停了下來。蓮梨桑一臉怒氣。

「是你把這珠寶盒放進我房裡的，對吧，喜妮？你希望我發現這個護身符。你希望我有一天……」

「發現誰執有另一半？我想你已經發現了。哦，知道總是好的，不是嗎，蓮梨桑？」

喜妮惡意地大笑。

「你希望這項發現能傷害到我，」蓮梨桑說，她仍然怒氣沖天。「你喜歡傷害別人，對吧，喜妮？你從不直截了當的說話。你等著，等著，直到最佳時機來到。你恨我們所有的人，是不是？你一直都恨我們。」

「你說的是什麼話，蓮梨桑！我相信你不是有心的！」

然而現在喜妮的話聲中已經沒有哭訴的味道，只有狡猾的得意。

「你想在我和卡梅尼之間製造麻煩。告訴你，我們不會有任何麻煩。」

「你真是非常善良，非常體諒，我確信，蓮梨桑，你跟南翡兒相當不同，不是嗎？」

「我們不談南翡兒。」

「是的，或許是不談的好。卡梅尼真幸運，而且長得好看，不是嗎？我的意思是，他真幸運，南翡兒死得正是時候。不然她可能為了他惹上很多麻煩……在你父親那方面。她不會高興他娶你。不，她一點也不會喜歡。事實上，我想她會想辦法阻止，我相當確信她會。」

蓮梨桑極為厭惡地看著她。

「你的舌頭總是帶毒，喜妮，就像毒蠍子一樣刺人。但是你無法讓我不快樂。」

「那不是好極了嗎？你一定愛得很深了。噢，卡梅尼是個英俊的年輕小夥子，他知道怎麼唱動聽的情歌。他總是得到他想要的，從不畏懼。我羨慕他，我真的羨慕他。他看起來是那麼單純，那麼直率。」

「你想說什麼，喜妮？」

「我只是告訴你，我羨慕卡梅尼，而且我相當確定他單純而且直率，不是假裝的。這整件事情就像是市集上說書人說的故事一樣。潦倒的年輕管事娶了主人的女兒，跟她分享主人的遺產，從此快快樂樂地生活下去。太棒了，英俊的年輕人運氣總是特別好。」

「我說得沒錯，」蓮梨桑說，「你的確痛恨我們。」

「你怎麼能這樣說，蓮梨桑？你明知自從你母親去世後，我便一直為你們做牛做馬。」

喜妮的話聲中仍然帶有邪惡的自得意味，而不是往常的哭調。

蓮梨桑再度低頭看看那珠寶盒，突然另一項確定湧現她的腦海。

「是你把那條金獅項鍊放在盒子裡的。不要否認，喜妮。我知道，我告訴你。」

喜妮狡獪的得意相消失，突然顯得驚懼。

「我不得不，蓮梨桑。我怕……」

「怕……你什麼意思？」

喜妮向她走近一步，壓低聲音。

「這是她給我的……我是指，南翡兒。噢，在她死去之前。她給我的一兩件……禮物。南翡兒做人很慷慨，你知道。噢，是的，她是慷慨。」

「我敢說，她一定付給你很好的報酬。」

「這樣說可不好，蓮梨桑。不過我把事情全部告訴你。她給了我那條金獅項鍊、一個紫水晶飾釦和一兩樣其他東西。後來，那個小男孩跑來說他看到一個女人戴著那條項鍊……我……我就害怕起來。我怕他們會以為是我在葉瑪西的酒裡下毒，所以我就把那條項鍊放在盒子裡。」

「這是實話嗎，喜妮？你曾經講過實話嗎？」

「我發誓這是實話，蓮梨桑。我怕……」

蓮梨桑以奇特的眼光看著她。

「你在發抖，喜妮。你現在看起來真的像在害怕。」

「是的，我怕……我有理由害怕。」

「為什麼？告訴我。」

喜妮舔舔嘴唇，側頭瞄了身後一眼。她轉回來的眼神就像是被圍捕中的野獸。

「告訴我。」蓮梨桑說。

喜妮搖搖頭。她以不確定的語音說：「沒什麼好告訴你的。」

「你知道得太多了，喜妮，你總是知道得太多。這樣你會覺得很開心，但是以現在來說，這是危險的。是這樣沒錯吧？」

喜妮再度搖搖頭，隨即奸巧地大笑起來。

「你等著，蓮梨桑。有一天我會是這屋子裡執鞭的人……而且揮得劈啪響。等著瞧。」

蓮梨桑站直身子。

「你傷不到我，喜妮。我母親不會讓你傷到我。」

喜妮臉色改變，兩眼冒火。

「我恨你母親，」她說，「我一直都恨她……而你有和她一樣的眼睛……她的聲音，她的美貌和她的高傲……我恨你，蓮梨桑。」

蓮梨桑大笑。

「終於！我讓你說出來了！」

20 夏季第二個月第十五天

老伊莎一拐一拐、疲倦地回到房裡。

她感到困惑，非常疲累。她了解到，年齡終於向她敲起了警鐘。到目前為止，她只知道身體上的疲倦，卻毫無意識到精神上的疲累。但是現在她不得不承認，保持警覺的壓力，正在吸取她身體中的活力。

真希望她現在知道——如同她相信她已經知道——迫近的危險是由什麼地方來的……然而這項體認並沒有帶來精神上的放鬆。相反的，她不得不更加小心警覺，因為她已經故意把注意力吸引到自己身上。證據，證據，證據！她必須找到證據。但是，如何找？

她了解，她的年齡跟她作對的地方就在這裡。她太累了，無法隨意而為，無法讓自己的頭腦做創造性的運作。她所能做的只是防衛，保持警覺，小心提防，保護自己。

因為那個殺手——她不存有任何幻想——會再度出手。

她可不想成為下一個犧牲者。她確信，下毒會是對方採取的手段。暴力是不可能的，因為她從不獨處，總是由僕人圍繞著。因此一定是下毒，這她可以確定。蓮梨桑會幫她做飯，同時親自端來給她。她把一個酒架和一甕酒放在房裡，在奴隸嘗過之後，她再等上二十四小時，確定沒有不良後果。她讓蓮梨桑和她一起吃飯、喝酒……儘管她不替蓮梨桑擔心，時候還沒到。可能蓮梨桑已經有了危險，但是這沒有人能確定。

她不時靜靜地坐著，用她疲倦的頭腦設想一些證實的方法，或是看著她的小女僕漿燙她的亞麻布衣裳，不然就重新穿戴項鍊、手鐲。

今天晚上她非常疲倦。她應英賀鐵的請求，在他自己跟他女兒懇談之前，先跟他一起商討蓮梨桑的婚事。

畏縮、煩躁的英賀鐵跟以前的他比較起來，徒有一個空架子。他的態度已經失去了以前的自信和裝腔作勢的樣子，如今很依賴他母親的決斷和不屈不撓的意志。

至於伊莎，她一直害怕——非常害怕——說錯了話。一個不小心，可能就要賠上一條人命。

是的，她終於說，成親的主意是明智的。他們現在沒有時間到有財勢的親戚家中去挑女婿。畢竟，女方的血統才是重要的。她的丈夫只不過是蓮梨桑和蓮梨桑的孩子繼承財產後的管理人而已。

所以再下去就談到對象該是侯里……一個誠實正直、長年證實良善的男人，一個財產已經併入他們財產之中的小地主之子；或是身為表親的卡梅尼。

伊莎在開口之前小心地衡量這個問題。說錯任何一句話，可能就造成災厄。然後她說出了她的回答，以她不屈不撓的個性加以強調。卡梅尼，她說，無疑是適合蓮梨桑的人選。由於最近的不幸事件，他們的婚禮以及必要的慶祝活動，必須大量削減，但可以在一週之內舉行。也就是，如果蓮梨桑願意的話。卡梅尼是個好青年，他們在一起會生下強壯的子女；再說，他們兩個彼此相愛。

好了，伊莎心想，她已經撒下了骰子，一切就看天數了。她已經脫手了，已經照她自認為得當的作法做了。如果這是孤注一擲……也好，伊莎跟艾匹一樣喜歡在棋盤上見高低。生活本來就不是件安全的事，總是必須冒險才能贏取勝利。

她回到房裡時，懷疑地向四周看看。她特別檢查一下大酒甕。甕口在她離開時封蓋了起來。她每次離開房間都會把它封起來，現在封條還好好的吊在甕口上。

是的，她絕不冒那種風險。伊莎滿意地發出咯咯的惡笑。要害死一個老太婆可沒那麼容易。她這老太婆知道生命的價值，也知道最最詭詐的把戲。

明天……

她叫喊她的小女僕。

「侯里在哪裡？你知道嗎？」

小女僕回說，她想侯里是上山到墓地的石室裡去了。

伊莎滿意地點點頭。

「去那裡找他。告訴他，明天早上英賀鐵和葉瑪西到田裡去時，把卡梅尼一起找去，然後在凱伊達跟孩子們一起到湖邊之後，要他來這裡找我。你明白嗎？複誦一遍。」

小女僕照她的話複誦了一遍，伊莎打發她上路。嗯，她的計畫令人滿意。跟侯里之間的磋商必須是相當祕密的，她會把喜妮支開到紡織棚裡去。她要警告侯里再下去會發生什麼，他們可以一起盡興交談。

當那黑人小女孩回來說侯里會照她的吩咐行事時，伊莎輕鬆地嘆了一口氣。

現在，這些事情料理妥當，她的全身布滿倦意。她叫那小女孩拿來一瓶香膏幫她按摩。小女孩的指壓令她感到舒服，而且香膏減輕了她筋骨的疼痛。

她終於躺了下來，攤開四肢，頭靠在木枕上，睡著了。她的恐懼一時減輕了下來。

久久之後，她醒了過來，覺得全身出奇的冷。她的手腳麻痺、僵死……就像是全身被什麼東西偷偷縮緊了一樣。她可以感覺出這使得她的頭腦麻痺、意志癱瘓、心跳減慢下來。

她心想，這是死亡……

奇怪的死亡。沒有前兆，沒有預警的死亡。

她想，這就是老人的死法……

然後，她覺悟了起來。這不是自然死亡！這是敵人暗中出擊。下毒……

但是，怎麼下的毒？什麼時候？一切她所吃的，一切她所喝的，都有人事先嘗過，確定安全，毫無漏洞。

那麼，毒是怎麼下的？什麼時候？

伊莎運用她最後一絲微弱的智力，一心一意要刺穿這個謎團。她必須知道……她必須……在她死去之前。

她感覺出心臟的壓力增加。致命的冰冷，痛苦緩慢的吸氣。

敵人是如何做到的？

突然，過去的一個記憶幫助她了解了。刮除毛髮後的綿羊皮，一堆腥羶的油脂，她父親的一項試驗，證明某些毒液可以被皮膚吸收。綿羊油……綿羊油脂做成的香膏。

敵人就是這樣對她下手的。她的那瓶香膏，對一個埃及婦女最最重要的香膏。毒藥就在裡頭……

而明天，侯里……他不會知道。她無法告訴他……太遲了。

第二天早上，驚嚇的小女奴奔跑過屋子，大叫她的女主人在睡眠中死去。

／21 夏季第二個月第十六天

「侯里，她是被害死的嗎？」

「我想是的，蓮梨桑。」

「怎麼下手的？」

「我不知道。」

「可是她那麼小心。」女孩的聲音沮喪、困惑。「她一直十分提高警覺。她採取每一項防範措施，任何她吃喝的東西都經過試驗證實無毒。」

「我知道，蓮梨桑。但是，我仍然認為她是被害死的。」

「而她是我們之中最聰明的一個……最明智的一個！她那麼確信沒有任何傷害能降臨到她身上。侯里，這一定是魔術！邪惡的魔術，惡鬼的符咒。」

「你這樣想，是因為這是最容易相信的事。人們就是這樣。但是伊莎她就不相信。她知道——在她死前，而且不是在睡眠中死去時——她知道是活生生的人幹的。」

「她知道是誰幹的？」

「是的。她把她的懷疑表露得太公開了，她成了敵人的一項威脅。她死亡這個事實，證明她的懷疑是正確的。」

「那個她告訴過你……是誰吧？」

「沒有，」侯里說，「她並沒有告訴我。她從沒提起過名字。但是，她的想法和我的想法，我深信，是一致的。」

「那麼你必須告訴我，侯里，我好提高警覺。」

「不，蓮梨桑，我太擔心你的安全了，不能這樣做。」

「我很安全嗎？」

侯里臉色一沉。他說：「不，蓮梨桑，你並不安全。但是如果你不知道事實真相，會安全得多。因為你一旦知道了，就變成凶手一個確切的威脅，對方會不惜任何代價立即把你除掉。」

「你呢，侯里？你知道？」

他糾正她。

「我想我知道。但是我什麼都沒說，什麼都沒顯露出來。伊莎不夠聰明，她說出來了。她顯露出她的思考方向。她不該那樣做，我後來也告訴過她。」

「可是你，侯里……如果你出了什麼事……」

她停了下來，覺察到侯里的眼睛正注視著她的眼睛。莊重、專心的直看進她的腦海、她的心裡……

他抓起她的雙手，輕輕地握著。

「不要替我擔心，小蓮梨桑……一切都會沒事的。」

是的，蓮梨桑心想，如果侯里這樣說，那麼就會真的沒事。奇怪，那種滿足、祥和、清明歡暢的快樂……就像從墳墓看向遠方那樣可愛，那樣遙遠；在那遙遠的地方，沒有人類的需求和拘束的喧嚷。

突然，她聽到她幾近於粗嘎地說道：「我就要嫁給卡梅尼了。」

侯里平靜而相當自然地放開她的手。

「我知道，蓮梨桑。」

「他們……我父親……他們認為這是最好的事。」

「我知道。」

他轉身離去。院子的圍牆似乎一下子靠近了過來，屋子裡傳來的聲音，外頭穀倉裡傳來的聲音，聽起來都顯得更放大、更嘈雜。

蓮梨桑心中只有一個想法：「侯里走了……」

她怯生生地向他喊道：「侯里，你要上哪裡去？」

「跟葉瑪西到田裡去。有太多工作要做了。收割差不多快結束了。」

「卡梅尼呢？」

「卡梅尼會和我們一起去。」

蓮梨桑大聲叫喊：「我在這裡感到害怕。是的，甚至在大白天，有太陽神在天上巡行，而且四周都是僕人，我也感到害怕。」

他很快地走回來。

「不要怕，蓮梨桑。我向你發誓你不用害怕。今天不用怕。」

「但是今天過後呢？」

「今天活著就足夠了……而且我向你發誓，你今天沒有危險。」

蓮梨桑看著他，皺起眉頭。

「可是我們都有危險嗎？葉瑪西，我父親，我自己？最有可能受到生命威脅的人不是我……你是不是這樣想的？」

「試著不要去想它，蓮梨桑。我正在盡我所能，儘管在你看來好像我什麼都沒做。」

「原來如此……」蓮梨桑若有所思地看著他。「是的，我明白了。第一個是葉瑪西。敵人下毒兩次都失敗了，會有第三次嘗試。所以你才要緊緊跟在他身邊，保護他。再來是我父親和我自己。有誰這麼痛恨我們……」

「噓。你不要談這些事比較好。信任我，蓮梨桑，試著把恐懼從你心中除去。」

蓮梨桑頭往後一仰，高傲地面對他說：「我信任你，侯里。你不會讓我死……我非常熱愛生命，我不想失去它。」

「你不會失去它，蓮梨桑。」

「你也不會，侯里。」

「我也不會。」

他們彼此微微一笑，然後侯里離開去找葉瑪西。

§

蓮梨桑坐在地上望著凱伊達。

凱伊達正幫著孩子們用黏土和湖水做出模型玩具。她的手指忙著捏形塑狀，而她的嘴巴在鼓勵她那兩個一本正經的小男孩。凱伊達的臉如同往常一般深情、平靜、毫無表情。一切暴斃事件以及持續的恐懼氣氛似乎一點也沒影響到她……

侯里叮嚀蓮梨桑不要想，但是具有世界上最強意志的蓮梨桑無法遵從。如果侯里知道那個敵人，如果伊莎知道那個敵人，那麼沒有理由她不該知道那個敵人。她或許不知道比較安全，但是沒有人能這樣就滿足。她想要知道。

答案應該非常簡單……一定非常簡單。她父親不可能想要殺害自己的子女。那麼剩下來的……剩下來的還有誰？無疑的只有兩個人——凱伊達和喜妮。

她們兩個都是女人……

而且沒有理由要殺害……

然而喜妮恨他們所有的人……是的，毫無疑問，喜妮是恨他們。她已經承認她恨蓮梨桑。因此為什麼她不會同樣恨其他的人？

蓮梨桑試著穿透喜妮那曖昧、苦悶的心靈幽深之處。這些年來她都住在這裡，辛勤工作，為她的奉獻抗辯，說謊、窺探、製造紛端……她很久以前就來到這裡，是一個美麗名門閨秀的窮親戚。她被丈夫拋棄，自己的孩子夭折……是的，可能就是因為這樣。蓮梨桑看過被長矛刺出的傷口，它表面上很快就痊癒，但是骨子裡，邪惡的東西在裡面潰爛生膿，最後手臂腫了起來，變得一碰就痛。然後醫師來了，唸過了適當的咒文，拿一把小刀插進腫脹、扭曲、僵硬的肢體。就像灌溉水道決堤，一大股惡腥的東西湧了出來……

或許，喜妮的心就像這樣。憂愁、傷口癒合得太快了……而底下卻埋著膿毒，最後腫脹成仇恨與惡毒的大波浪。

可是，喜妮也恨英賀鐵嗎？當然不。多年來她一直繞著他團團轉，奉承他、討好他……他信任她。那種忠實奉獻不可能完全是假的吧？

如果她對他忠實奉獻，她怎麼可能故意使他嘗受這一切憂傷與失落？

啊，可是假如她也恨他……一直都恨他呢？也許她是故意奉承他，想要找出他的弱點？

假如英賀鐵是她恨得最深的一個呢？那麼，對一顆扭曲、充滿邪惡的心來說，還有什麼比這更具有樂趣……讓他看著自己的子女一個一個死去？

「怎麼啦，蓮梨桑？」凱伊達正凝視著她。「你看起來好奇怪。」

蓮梨桑站起來。

「我想嘔吐。」她說。

就某方面來說，這句話是夠真實的了。她所想像出來的景象，令她產生一種強烈的噁心感。凱伊達只聽出這句話的表面意義。

「你吃了太多綠棗椰子了，要不然就是魚不新鮮。」

「不，不，不是我吃壞了東西。我們正經歷可怕的事情。」

「噢，那個呀。」

凱伊達不以為然的話語是如此的冷淡，令蓮梨桑睜大眼睛凝視著她。

「凱伊達，難道你不害怕嗎？」

「不，我不。」凱伊達思索著。「要是英賀鐵出了什麼事，孩子們會受到侯里的保護。他會保障他們繼承應得的財產。」

「葉瑪西也可以。」

「葉瑪西也會死掉。」

「凱伊達，你怎能說得這麼冷靜。你一點都不在意嗎？我的意思是說，如果我父親和葉瑪西都死去了呢？」

凱伊達考慮了一會兒後聳聳肩。

「現在只有我們兩個女人在一起。我們就有話直說吧。我一向認為英賀鐵專橫霸道，做事不公平。處理他小妾那件事，他表現得很惡劣，竟然受她慫恿，剝削他親生骨肉的繼承權。我從沒喜歡過英賀鐵。至於葉瑪西，他算不了什麼。沙蒂琵把他剋得死死的。最近，由於她死了，他終於掌握權力，發號施令。他會永遠偏袒他的孩子，這是很自然的事。因此如果他也死了，這對我的孩子來說更好。我是這樣看這件事的。侯里沒有孩子，而且他為人正直。一切發生的事情是令人感到不安，不過我最近一直在想，很可能這樣是最好的。」

「凱伊達，你自己的丈夫、你所愛的丈夫是第一個遇害的，而你竟然還能這樣說，還能這麼冷靜、這麼冷酷？」

一絲莫名的表情掠過凱伊達的臉龐。她瞄了蓮梨桑一眼，帶著某些嘲諷的意味。

「你有時候很像泰娣，蓮梨桑。真的，我發誓，你就跟她一般大！」

「你沒有為索巴卡感到悲慟。」蓮梨桑緩緩說道，「沒有，我一直在注意。」

「得了吧，蓮梨桑，我已經遵行一切禮俗。我知道一個新守寡的婦人該怎麼做。」

「是的，你就只是這樣……因此，這表示你並不愛索巴卡？」

凱伊達聳聳肩。

「為什麼我該愛他？」

「凱伊達！他是你的丈夫，他給了你孩子。」

凱伊達的表情軟化。她低頭看著全神貫注在玩黏土的兩個小男孩，然後又看看牙牙學語、兩條小腿搖搖晃晃的安珂。

「是的，他給了我孩子，這我謝謝他。但是，畢竟，他算什麼？一個漂亮的吹牛大王，一個總是去找其他女人的爛男人。他沒有高高尚尚的把情婦帶進門，娶進某個謙遜、對我們大家都有幫助的女人。沒有，他淨跑去一些見不得人的地方，將大把大把的金幣、銅幣花在那裡，尋歡作樂，召喚價錢最貴的舞女陪酒。幸好英賀鐵把他口袋裡的錢掐得緊緊的，把他經手的買賣算得一清二楚。我該對這樣的一個男人有什麼愛和尊敬？再說，男人又是什麼？他們只不過是生孩子的工具，如此而已。力量是操在我們女人手上的。能把所有的一切交給孩子的是我們女人，蓮梨桑。至於男人，就讓他們努力傳宗接代，然後早早死去……」

凱伊達話中嘲諷、不屑的意味突然加深，醜陋的臉孔還變了形。

蓮梨桑沮喪地想著：「凱伊達是個堅強的女人。如果說她愚蠢，那也是一種自足的愚蠢。她痛恨而且輕視男人，我早就該知道了。我曾經窺視出這種……這種險惡的性情。是的，凱伊達是堅強……」

蓮梨桑的眼光不自覺地落到凱伊達的手上。它們正在捏壓著黏土……那是雙強壯有力的手，而當蓮梨桑看著它們擠壓黏土時，她不禁想到艾匹以及他是被某雙強壯的手壓進水裡，冷酷地一直壓著。是的，凱伊達的一雙手是做得了那種事……

小女孩安珂搖搖晃晃的跌到一株帶刺的香料樹上，大聲哭號起來。凱伊達急忙向她跑過去。她把她抱起來，緊緊抱在胸前，嘟囔著哄她，臉上充滿愛和溫柔。

喜妮從門廊上跑過來。

「出了什麼事了嗎？這孩子哭得這麼大聲。我以為是……」

她失望地停頓下來。她那張急切、卑鄙、惡意地希望看到災厄降臨的臉拉了下來。

蓮梨桑看看兩個女人。

一張臉上全是恨，另一張臉上滿是愛。她懷疑，哪一張比較可怕？

§

「葉瑪西，小心凱伊達。」

「小心凱伊達？」葉瑪西露出驚愕的神情。「我親愛的蓮梨桑……」

「我告訴你，她很危險。」

「我們乖巧的凱伊達？她一向是個溫順、謙恭的女人，不太聰明……」

蓮梨桑打斷他的話。

「她既不溫順也不謙恭。我很怕她，葉瑪西。我要你小心提防。」

「提防凱伊達？」他仍然一臉不信。「我不認為凱伊達弄得出這些死亡事件。她沒有那種頭腦。」

「我不認為這是有頭腦沒頭腦的問題，下毒的知識……需要的只是這個。而你知道這種知識會流傳在某些家族裡。由母親傳給女兒。他們從強烈的藥草中提煉出毒藥來。這種知識凱伊達也許輕易就可得到。孩子們生病時，她總是自己替他們配藥，你知道。」

「是的，這倒是事實。」葉瑪西若有所思地說。

「喜妮也是個邪惡的女人。」蓮梨桑繼續說。

「喜妮……是的，我們沒人喜歡她。事實上，要不是父親的護衛……」

「父親受了她的騙。」蓮梨桑說。

「這很有可能。」葉瑪西一本正經地加上一句說：「她會拍他的馬屁。」

蓮梨桑驚訝地看了他一會兒。這是她首次聽到葉瑪西對父親做出批評。他一向對父親十分敬畏。

不過如今，她了解到葉瑪西正逐漸掌握領導權，英賀鐵在過去幾個星期中老了好幾歲。如今他無法發號施令，無法做決定，甚至體能活動也減弱了。他常常呆呆坐著凝視前方，眼神恍惚，視線矇矓。

「你是不是認為她……」蓮梨桑停了下來，往四周看看後又說：「你是不是認為，是她……她……」

葉瑪西抓住她的臂膀。

「不要說了，蓮梨桑，這種事還是不要說出來的好……甚至是耳語也不好。」

「那麼你是認為……」

葉瑪西緊急而溫和地說：「現在什麼都不要說。我們有計畫。」

22 夏季第二個月第十七天

第二天是新月的節慶。英賀鐵必須上山到墳地去祭拜。葉瑪西請求他交給他去辦，但英賀鐵執意自己去。他以如今看來似乎是往日態度的拙劣模仿，喃喃地說：「除非我親自去，否則我怎麼能確信辦得妥當？我曾經逃避我的責任嗎？我不是一直供養你們所有的人……」他停了下來。「所有的人？所有的人？啊，我忘了。我兩個英勇的兒子，我英俊的索巴卡，我聰明、深愛的艾匹……都離我而去了。葉瑪西和蓮梨桑，我親愛的兒子和女兒，你們還跟我在一起。但是能在一起多久……多久？」

「很多很多年，我們希望。」蓮梨桑說。

她講得有點大聲，好像是在對聾子講話。

「呃？什麼？」英賀鐵好像陷入昏迷狀態。

這時他突然令人驚訝地說：「這要看喜妮而定，不是嗎？是的，是要看喜妮。」

葉瑪西和蓮梨桑彼此對視。蓮梨桑柔聲清晰地說：「我不懂你的意思，父親。」

英賀鐵喃喃說了些什麼，他們沒聽懂。然後他聲音略微提高，兩眼呆滯空洞地說：「喜妮了解我，她一直都了解。她知道我的責任有多麼重大……多麼重大。是的，多麼重大。你們總是不知感恩……因此一定會有報應。這是個公認的道理。放肆的行為必須受到懲罰。喜妮一向溫順謙恭，而且忠實奉獻。她將得到回報……」他挺直身子，語氣誇張地說：「你知道，葉瑪西，喜妮會得到一切她想要的。她的命令必須服從！」

「可是，這是為什麼，父親？」

「因為我這樣說。如果喜妮想要的一切都得到了，就不會再有死亡……」

他若有其事地點點頭，隨即離去，留下葉瑪西和蓮梨桑在那裡面面相覷。

「這是什麼意思，葉瑪西？」

「我不知道，蓮梨桑。有時候我認為父親不知道他在說什麼、做什麼。」

「是的……也許是吧。不過我想，葉瑪西，喜妮非常清楚她自己在說什麼、做什麼。她那天才跟我說過，她很快便會是這裡執鞭的人。」

他們彼此對視。然後葉瑪西一手擱在蓮梨桑臂上。

「不要惹她生氣。你把你的感受表露得太明白了，蓮梨桑。你聽見父親說的了吧？如果喜妮想要的一切都得到了，那麼就不會再有死亡……」

§

喜妮蹲坐在一間貯藏室的地板上，數著一堆堆的布匹。這都是些舊布，她把布角的記號湊近眼睛看。

「亞莎伊特……」她喃喃說道，「亞莎伊特的布。上面記著她來這裡的年份。她和我一起來……那是很久以前的事了。你知道你的布現在用來做什麼嗎，亞莎伊特？我懷疑……」

她咯咯笑了起來，突然一個聲響害她中斷，她緊張地回頭一望。

是葉瑪西。

「你在幹什麼，喜妮？」

「葬儀社的人需要更多的布。他們用了成堆成堆的布。昨天一天他們就用了四百腕尺。辦喪事用掉的布真多，我們得用上這些舊布。品質還很好，沒怎麼破損。這些是你母親的，葉瑪西。是的，你母親的……」

「誰說你可以拿這些布的？」

喜妮大笑起來。

「英賀鐵把一切都交給我。我不用問，他信任可憐的老喜妮，他知道她會把一切辦好。長久以來我就一直在處理這家子的事。我想，我終於要得到我的報償了！」

「看來是這樣，喜妮。」葉瑪西語氣溫順。「我父親說……」他頓了頓。「一切都要聽你的。」

「他這樣說嗎？哦，聽來真舒服。但或許你不這樣認為，葉瑪西。」

「哦，我不太確定。」葉瑪西的語氣仍舊溫順，不過他緊盯著她看。

「我想你還是同意你父親看法的好，葉瑪西。你們不想再有……麻煩吧？」

「我不太明白。你的意思是，不想再有死亡？」

「還會有死亡，葉瑪西。噢，是的……」

「下一個會是誰死，喜妮？」

「為什麼你認為我會知道？」

「因為我想你知道很多事。比如說，你那天就知道艾匹會死……你非常聰明，不是嗎，喜妮？」

喜妮昂首說：「這麼說你總算開始了解了！我不再是可憐的笨喜妮，我是那個『知道』的人。」

「你知道什麼，喜妮？」

喜妮的語氣改變，變得低沉、銳利。

「我知道我終於可以在這屋子裡高興做什麼就做什麼了，沒有人會阻止我。你也是吧，葉瑪西？」

「還有蓮梨桑？」

喜妮大笑，一種惡意的開懷笑聲。

「蓮梨桑不會在這裡。」

「你認為下一個會死的人是蓮梨桑？」

「你認為呢，葉瑪西？」

「我在等著聽你說。」

「或許我的意思只是，蓮梨桑會出嫁，同時離開這裡。」

「你這是什麼意思，喜妮？」

喜妮咯咯咯發笑。

「伊莎曾經說過，我的舌頭具有危險性。也許是吧！」

她尖聲大笑，前俯後仰。

「好了，葉瑪西，你怎麼說？我是不是終於可以在這屋子裡為所欲為了？」

他轉身遇見從大廳進來的侯里，後者說：「原來你在這裡，葉瑪西。英賀鐵在等你。是到墓地去的時候了。」

葉瑪西點點頭。

「我這就去。」他壓低聲音。「侯里，我想喜妮瘋了，她真的中邪了。我開始相信她是該為這一切事件負責的人。」

侯里停頓了一會兒後，以他平靜、超然的聲音說：「我想，她是個怪女人，而且是個邪惡的女人。」

葉瑪西再度壓低他的聲音說：「侯里，我想蓮梨桑有危險。」

「來自喜妮？」

「是的。她剛剛暗示說，蓮梨桑可能是下一個……走的人。」

這時英賀鐵焦躁的聲音傳過來。

「要我等一整天嗎？這是什麼態度？再沒有人替我著想了。沒有人知道我的痛苦。喜妮呢？她在哪裡？只有喜妮了解我。」

喜妮得意忘形的尖笑聲從貯藏室裡傳過來。

「你聽見了吧，葉瑪西？喜妮是了解他的人！」

葉瑪西猛烈地說：「是的，喜妮，我了解。你是具有權力的。你、我父親和我，我們三個一起……」

侯里轉身去找英賀鐵。葉瑪西對喜妮又講了幾句話，喜妮點點頭，臉上閃耀著得意光彩。

然後葉瑪西加入侯里和英賀鐵，為他的拖延道歉，三個男人一起上山到墳地去。

§

這一天對蓮梨桑來說過得很緩慢。

她坐立不安，在屋子和門廊之間走來走去，之後走到湖邊，再走回屋子裡。

中午英賀鐵回來，吃過午飯之後，他出來到門廊上，蓮梨桑和他在一起。

她雙手抱膝坐著，偶爾抬頭看看父親的臉，他的臉上仍然是那副心不在焉的惶惑表情。英賀鐵很少開口，只嘆了一兩次氣。

他一度站起來要去找喜妮。但就在這個時候，喜妮已經帶著亞麻布去找葬儀社的人。

蓮梨桑問她父親侯里和葉瑪西在什麼地方。

「侯里到遠處的亞麻田裡去了。那裡有帳需要結一下。葉瑪西在田地裡。現在一切都落在他肩上了……可憐的索巴卡和艾匹。我的孩子，我英俊的孩子……」

蓮梨桑試著引開他的注意力。

「卡梅尼不能去監督工人嗎？」

「卡梅尼？誰是卡梅尼？我沒有叫這個名字的兒子。」

「書記卡梅尼。要做我丈夫的卡梅尼。」

他睜大眼睛望著她。

「你，蓮梨桑？可是你要嫁給喀尹啊。」

她嘆了一口氣，不再說話。把他帶回到現實似乎是件殘忍的事。

然而過了一下，他站起身子，突然大叫：「是了，卡梅尼！他到釀酒房監工去了。我得去找他。」

他邁著大步離去，嘴裡喃喃低語著，不過已重新帶上他往日的神態，因此蓮梨桑感到高興起來。

或許他腦中的這種陰霾只是暫時的。

她看看四周。今天屋子裡和院子裡的寂靜似乎有某種邪惡的氣息。孩子們在湖邊遊玩。凱伊達沒有和他們在一起，蓮梨桑不知道她到什麼地方去了。

這時喜妮從屋子裡走出來到門廊上。她四處看看，然後悄悄貼近蓮梨桑。她已經恢復了往日奉承、謙卑的態度。

「我一直等著要單獨見你，蓮梨桑。」

「為什麼，喜妮？」

喜妮壓低聲音。

「有人要我帶話給你……侯里。」

「他說什麼？」蓮梨桑聲音急切。

「他要你到墳地去。」

「現在？」

「不。日落前一小時到那裡去。他要我這樣告訴你。如果他到時不在那裡，他要你等他，一直等到他去。有重要的事，他說。」

喜妮頓了頓，才又加上一句說：「他要我等到只有你一個人時才告訴你，說不要讓任何人聽到。」

喜妮再度悄悄滑開。

蓮梨桑感到精神一振。想到可以去平靜祥和的墓地那裡她就高興。她很興奮待會就要見到侯里，而且可以和他自由自在地交談。唯一令她感到有點驚訝的是，他竟然會要喜妮帶話給她。

但是，儘管喜妮不安什麼好心眼，她還是忠實的把話帶到了。

「我為什麼要怕喜妮？」蓮梨桑心想，「我比她強壯。」

她高傲地挺起背脊。她感到年輕、自信、充滿活力……

§

喜妮把話傳給蓮梨桑之後，再度回到亞麻布貯藏室裡，平靜地兀自笑著。

她趴伏在散亂的布堆上。

「我們很快就會再用上你們了，」她對著布堆大為高興地說，「聽見了嗎，亞莎伊特？現在我是這裡的女主人了，而且我告訴你，你的亞麻布就要再用來包裹另一具屍體。你想會是誰的屍體？嘻，嘻！我看你是沒什麼辦法吧？你和你舅舅，縣官！公道？你能在這世界上主持什麼公道？回答我！」

在一綑綑的亞麻布後面有一陣騷動。喜妮半回過頭。

這時一匹寬闊的亞麻布拋向她，令她口鼻生悶。一隻冷酷的手把亞麻布一圈一圈地往她身上繞，將她像屍體一般地包裹起來，直到她的掙扎停止……

23 夏季第二個月第十七天

蓮梨桑坐在石室的入口，凝視著尼羅河，陷入怪異的夢想中。

感覺上，她回到娘家後第一次坐在這裡已經是很久以前的事了。那一天，她是那麼高興地說，一切都沒有改變，說家裡的一切完全和她八年前離開時一樣。

她想起侯里告訴過她，說她不再是跟喀尹離去時的那個蓮梨桑，而她那麼自信地回說她不久就會是。

然後侯里說到來自內部的改變，外表毫無跡象的腐化。她現在多少知道他在說這些話時心裡想的是什麼。他企圖讓她做好心理準備。她當時是那麼確信、那麼盲目……那麼輕易地接受她家人的外在價值。

南翡兒的來到令她張開了眼睛……

是的，南翡兒的來到。一切的關鍵都在這上頭。

隨著南翡兒而來的是死亡……

不管南翡兒是否邪惡，她確實帶來了邪惡……

而邪惡仍然在他們之中。

蓮梨桑最後一次再把一切原因歸咎於南翡兒的鬼魂作祟……

南翡兒，心懷不軌，死了……

或是喜妮，心懷不軌，還活著……喜妮，被人瞧不起、阿諛諂媚的喜妮……

蓮梨桑顫抖起來，心神不寧，慢慢地站起身子。

她不能再等候侯里了。太陽已經要下山了。她不知道為什麼他還不來？

她站起來，往四周看了看，開始朝下山的小徑走去。

傍晚的這個時刻非常寂靜，平靜而美好。她想，侯里是被什麼事耽擱了？如果他來了，他們至少可以一起分享這美好的時刻……

這種時刻所剩不多。不久，她便會成為卡梅尼的妻子……

她真的要嫁給卡梅尼嗎？蓮梨桑震驚地猛烈搖搖頭，從長久以來的昏亂默從中醒了過來。她感到有如大夢初醒一般。有一陣子，她完全陷入一種恐懼不安的恍惚情緒中，不管人家提出什麼她都同意。

但是現在蓮梨桑又回來了，如果她嫁給卡梅尼，那得是因為她想要嫁給他，而不是因為她家人的安排。卡梅尼，有一張英俊笑臉的卡梅尼！她愛他，不是嗎？這就是她要嫁給他的原因。

在山上這傍晚的時刻裡，有的是清朗與真實，沒有困惑。她是蓮梨桑，高高的走在這上面，平靜、無懼，終於又是她自己了。

她不是曾經跟侯里說過，她必須在南翡兒死去的同一時刻獨自走在這條小徑上嗎？不管她是否害怕，她都必須單獨走過一次？

好了，現在她正是這樣。現在差不多是她和沙蒂琵看到南翡兒屍體的時刻，而且也差不多是沙蒂琵自己走在這條小徑上突然回頭看……看到死神把她帶走的時刻。

而且也差不多正好在這個地點上，沙蒂琵聽到了什麼令她突然回頭看？

腳步聲？

腳步聲……

蓮梨桑聽到腳步聲跟隨著她。

她的心突然一陣驚懼。那麼是真的了！南翡兒在她身後，跟隨著她……

恐懼之情油然而生，不過她的腳步並未怠慢，也沒有向前加速奔跑。她必須克服恐懼，因為她沒有做出任何惡行需要悔恨……

她定下神來，提起勇氣，一面繼續走，一面回過頭。然後她感到鬆了一大口氣。跟隨著她的是葉瑪西，不是什麼鬼魂，而是她的親哥哥。他一定是一直在墳墓的供室裡忙著，剛好在她路過時出來了。

她高興地低喊一聲，停了下來。

「噢，葉瑪西，真高興看到的是你。」

他快速向她走過來。她正要開口，說出那番愚蠢的恐懼感云云，但話語在她唇間突然凍住了。

這不是她所了解的葉瑪西，那位和藹、仁慈的哥哥。他的兩眼非常明亮，舌頭快速舔著雙唇。他的雙手略微往前伸出，有點扭曲，手指看起來就像猛獸的利爪一樣。

他緊盯著她，而他那種眼神是錯不了的，是殺過了人而且正要再試一次的雄性眼神。他的臉上有種殘酷、惡狠的滿足神態。葉瑪西……那隱藏的敵人是葉瑪西！在那和藹、仁慈的假面具之後是……他！

她一直以為她哥哥愛她，但是在這張幸災樂禍、非人的臉上並沒有愛。

蓮梨桑尖叫起來，但只是一聲軟弱、無望的尖叫。

接下來，她知道，就是死亡。她沒有葉瑪西的力氣。就在這裡，在南翡兒掉下山去的地點，在小徑的狹窄處，她也將要落崖而死……

「葉瑪西！」

這是最後的懇求。她叫出這個名字的聲音中帶著她對這位大哥的敬愛。這個懇求無效，葉瑪西笑出聲來，陰柔、快活、非人性的低笑。

然後他衝向前來，那雙帶著利爪的手殘忍地彎曲著，彷彿迫切要掐上她的喉嚨……

蓮梨桑退後靠在斷崖的石壁上，她的雙手徒然地伸出，企圖擋開他。這就是恐懼，就是死亡。

然後她聽見一個聲響，一個微弱、弦聲般的聲響……

有什麼東西像樂聲一般地劃空而去。葉瑪西停了下來，身子搖晃，然後大叫一聲，一頭栽倒在她腳上。她呆呆地低頭凝視著一支羽箭。

§

「葉瑪西……葉瑪西……」

蓮梨桑嚇得全身麻痺，一再重複著這個名字，彷彿無法相信……

她正在小石室外面，侯里的手仍然擁著她。她幾乎想不起他是怎麼帶她上來的。她只能以昏眩恐懼的聲音，不敢置信地一再重複她哥哥的名字。

侯里柔聲說：「是的，是葉瑪西，一直都是葉瑪西。」

「可是，怎麼會？為什麼？怎麼可能是他？為什麼，他自己也中毒，還差一點死掉。」

「不，他不會冒險讓自己死掉。他對自己喝多少酒非常小心。他只喝到夠讓自己病倒的程度，同時誇大他的病情和痛苦。他知道，那是解除嫌疑的一個方法。」

「但他不可能殺害艾匹。他那麼虛弱，站都站不起來！」

「那也是假裝的。難道你不記得莫朱說過，一旦藥性消失了，他很快就會恢復力氣。事實上他就是如此。」

「可是，這是為什麼，侯里？我怎麼也想不通……為什麼？」

侯里嘆了一口氣。

「蓮梨桑，你還記不記得我曾經跟你說過：『來自內部的腐敗』？」

「我記得。事實上我今天晚上才正在想。」

「你曾經說過，南翡兒帶來了邪惡。不是的，邪惡早已存在，深藏在你家人的心中。南翡兒的來到只不過是把深藏的邪惡引發出來而已。她的出現使一切暴露出來。凱伊達溫柔的母性變成只為她自己和她的子女著想，變成殘忍無情的自我中心主義。索巴卡不再是開朗迷人的年輕人，而轉變成說大話、沉迷酒色的懦夫。艾匹也一樣，由一個受寵、惹人喜愛的男孩變成了一個自私自利、陰謀算計的男孩。透過喜妮的假意奉獻，怨恨開始明顯暴露出來。沙蒂琵表現得像個欺凌弱小的人，事實上卻是個紙老虎。英賀鐵自己則退化成一個大驚小怪、裝腔作勢的暴君。」

「我知道，我知道。」蓮梨桑雙手掩面。「你不用告訴我。我自己已經一點一點看出來了……為什麼會發生這些事情？為什麼會有這種你所謂『來自內部的腐敗』？」

侯里聳聳肩。

「誰能說得上來？可能是人總是必須成長，如果一個人不是變得更仁慈、更明智、更偉大，那麼一定是朝向另一面發展，培養出一些邪惡的因子。或者是他們的生活都太封閉、太內斂了，缺乏寬度或遠見。也可能是——就像農作物一樣——病害是會傳染的，先是一株染上了病，然後另一株也害上了。」

「可是葉瑪西……葉瑪西好像一直都是老樣子。」

「是的，而這正是引起我懷疑的一個原因，蓮梨桑。因為，對其他人來說，由於自身的性格，他們能得到紓解。但是葉瑪西一向膽怯，容易受控制，從沒有足夠的勇氣反抗。他愛英賀鐵，辛苦工作以取悅他，而英賀鐵雖覺得他心地好，處事總是出於一番好意，但是行動愚蠢、遲緩，他輕視他。沙蒂琵也是，對葉瑪西極盡蔑視、欺凌之能事。慢慢的，他的怨恨心理愈來愈重，他把它深藏起來，卻深深烙在心田。他外表看起來愈溫順，心中的憤怒就愈深。

「然後，就在葉瑪西希望他的勤勉得到報償、在他父親認清他的辛勞要把他立為合夥人之時，南翡兒來了。引起關鍵性火花的是南翡兒，也或許是南翡兒的美貌。她挑戰三個兄弟的男子氣概。她將索巴卡視為蠢物，觸及了他的痛處，她把艾匹當幼稚、粗野的小孩子看待以激怒他，同時她向葉瑪西表示，在她眼裡他算不上是個男人。在南翡兒來了之後，沙蒂琵的舌頭終於把葉瑪西逼得忍無可忍。她的嘲笑，她的辱罵，說她比他還像個男人，終於使他失去了自我抑制的能力。他在這條小徑上遇見了南翡兒，在忍無可忍之下，把她丟下山去。」

「可是，是沙蒂琵……」

「不，不，蓮梨桑，這一點你們全都錯了。沙蒂琵是在底下看見事發的經過。現在你明白了嗎？」

「可是葉瑪西當時和你一起在田裡啊。」

「是的，在那之前一小時。但是難道你不知道，蓮梨桑，南翡兒的屍體是冰冷的？你自己就摸過她的臉頰。你以為她是幾分鐘之前掉下去的，但這不可能。她至少已經死了兩個鐘頭；要不然，在太陽光照射下，她的臉摸起來不可能是冰冷的。沙蒂琵目睹了事情的經過。沙蒂琵在附近徘徊，害怕，不知道該怎麼辦；然後她看見你，企圖把你引開。」

「侯里，這一切你是什麼時候知道的？」

「我相當快就猜測出來了。是沙蒂琵的行為表現告訴了我。她顯然很怕某人或某樣東西……我當時就深信她怕的人是葉瑪西。她不再欺凌他，反而在各方面都急於服從他。你知道，那件事對她是一大震撼，葉瑪西，她一向看不起的溫順男人，實際上竟然是殺死南翡兒的人。這使得沙蒂琵的世界整個顛倒過來。就像大部分作威作福的女人一樣，她其實是個膽小鬼。這位新的葉瑪西令她感到恐懼。在恐懼之中，她睡覺時開始說夢話。葉瑪西不久便了解到，她這種情況會對他構成危險……

「這樣，蓮梨桑，你就能了解你那天親眼所見到的景象了吧。令沙蒂琵看到後跌落下山的不是鬼魂，她所看到的就是你今天看到的情況。她在跟隨著她的男人臉上——她丈夫的臉上——看到了他日前把另一個女人丟下山去的企圖。在恐懼之下，她企圖退開，因而掉下去。而在她臨死前，她用即將僵死的雙唇擠出了南翡兒的名字，她是想告訴你，葉瑪西殺死了南翡兒。」

侯里停頓一下，然後繼續說：「伊莎因為喜妮說了一句完全不相干的話而了解了事實。喜妮抱怨說，我沒有正眼看過她，好像我是在看著她身後某種不存在的東西。她繼續說到沙蒂琵。伊莎霎時明白了這整件事情比我們所想的要單純多了。沙蒂琵並不是看到葉瑪西身後的某樣東西……她看見的是葉瑪西本人。為了試驗她這個想法，伊莎以散漫的話語導出了這個主題，除了葉瑪西之外，對其他人來說，她那些話不可能具有任何意義……而且如果她的懷疑是正確的，那麼它只會對他一個人有意義，她的那些話令他感到驚訝，他只稍稍露出短暫的反應，卻足夠令她知道她所懷疑的是正確的。然而葉瑪西知道她的確起了疑心。一旦起了疑心，一切線索便全部吻合了，甚至是那個小男孩所說的故事……一個對葉瑪西忠心耿耿、願意服從他任何命令的小男孩……雖然那天晚上他聽話地吞下了讓他永遠不會再醒過來的藥物……」

「噢，侯里，我好難相信葉瑪西竟做出這種事來。南翡兒，是的，那我能了解。可是，他為什麼要殺掉其他人？」

「這很難以對你解釋，蓮梨桑，不過一旦心生邪念，邪惡就會像農作物中夾生的罌粟花一樣盛放。或許葉瑪西一生都有某種訴諸暴力的渴望，卻一直沒能完成這種欲望。他輕視自己溫和、順從的角色。我想，殺掉南翡兒給了他一大快感。他首先從沙蒂琵的身上體驗到，一向威嚇、欺凌他的沙蒂琵變得溫順、害怕起來。長久以來深藏在他心中的苦惱一下子全昂起頭，就像那天在這裡昂首吐信的那條蛇一樣。索巴卡和艾匹，一個長得比他英俊，另一個比他聰明，因此他們都必須除掉。他，葉瑪西，將是這屋子的統治者，成為他父親的唯一慰藉，生存下來！沙蒂琵的死增加了殺戮的樂趣。這件事讓他感到更有力量。在這件事之後，他的神智開始消失，此後邪惡完全占據著他。

「你，蓮梨桑，不是他的對象。他還是愛你。但是想到你丈夫要跟他分享這一切財產，令他無法忍受。我想伊莎同意你嫁給卡梅尼是有兩個想法。一是，如果葉瑪西再度出擊，比較可能的對象是卡梅尼而不是你，而且，她相信我會保護你的安全。第二個想法是想要將計就計……伊莎是個大膽的女人。她認為葉瑪西在我的監視之下——他並不知道我懷疑他——可能在行動時被逮著。」

「而你是做到了，」蓮梨桑說，「噢，侯里，當我回過頭看到他那種樣子時，我真的非常害怕。」

「我知道，蓮梨桑。但是我不得不如此。只要我緊盯著葉瑪西，你就應該會安全。可是我們無法永遠這樣過下去。我知道如果他有機會在同一地點把你拋下山去，他會不惜一試。別人會再把你的死用迷信的觀點來解釋。」

「那麼喜妮帶給我的話並不是你要她告訴我的？」

侯里搖搖頭。

「我並沒有要人帶話給你。」

「可是為什麼喜妮……」蓮梨桑停下來，同時搖搖頭。

「我無法了解喜妮在此中扮演的角色。」

「我想喜妮知道真相，」侯里若有所思地說，「今天早上她把她知道的都告訴了葉瑪西。真是件危險的事。他利用她，引誘你上來這裡。這是她樂於一做的事，因為她恨你，蓮梨桑……」

「我知道。」

「我真懷疑喜妮是不是真的認為她所知道的事會給她帶來權力。但是我不相信葉瑪西會讓她再活多久，或許現在甚至她也……」

蓮梨桑顫抖起來。

「葉瑪西瘋了，」蓮梨桑說，「他是鬼迷心竅了，可是他看起來實在不像。」

「是的。然而，你記得嗎，蓮梨桑，我告訴過你索巴卡和葉瑪西小時候的事。索巴卡猛壓著葉瑪西的頭撞地，而你母親過去，一臉蒼白，全身發抖說：『這是危險的。』我想，蓮梨桑，她的意思是，對葉瑪西這樣做是危險的。記得嗎，第二天索巴卡就病倒了……他們認為是食物中毒。我想你母親多少知道，她那溫順的大兒子心中暗藏著怪異的怨恨，而且有一天可能會爆發出來。」

蓮梨桑聽得毛骨悚然。

「難道就沒有任何人是像他們表面上看起來的那樣嗎？」

侯里對她微微一笑。

「還是有的。卡梅尼和我就是，蓮梨桑。我想，我們兩個都是如同你所看到的那般。卡梅尼和我……」

他意味深長地說出最後一句話，蓮梨桑突然了解到她正處在一個抉擇的時刻。

侯里繼續說下去。

「我們兩個都愛你，蓮梨桑，這你一定知道。」

「然而，」蓮梨桑緩緩說道，「你還是讓他們安排了我的婚事，而且什麼話都沒說……一句都沒說。」

「那是為了保護你。伊莎也有同樣的想法。我必須保持超然、中立，才能一直監視葉瑪西，不會引起他的憎恨。」侯里深情地加上一句說：「你必須了解，蓮梨桑，葉瑪西是我多年的朋友，我愛葉瑪西。我試圖勸導你父親交付給他他所想要的地位和權力。但我失敗了，一切都已太遲了。儘管我在心裡深信南翡兒是被葉瑪西殺害的，但是我試著不去相信它。我甚至為他的行為找出種種理由原諒他。葉瑪西，我那不快樂、飽受折磨的朋友，是我非常摯愛的人。後來索巴卡死了，再來是艾匹，最後是伊莎……我開始了解到，葉瑪西心中的邪惡已經完全蒙蔽了他的善良本性，所以葉瑪西最後死在我的手上……一種快速、幾乎全無痛苦的死亡。」

「死亡……一直都是死亡。」

「不，蓮梨桑，現在你面對的並不是死亡，而是生命。你將和誰分享幸福人生？和卡梅尼或是和我？」

蓮梨桑兩眼凝視著前方，望著底下的山谷，直望到銀白的尼羅河。

在她眼前，非常清晰地浮現那天在船上卡梅尼面向她坐著的笑臉。英俊、強壯、歡樂……她再度感到血脈的跳動和歡暢。她在那一刻是愛著卡梅尼的；現在她也愛他，卡梅尼可以取代喀尹在她生命中的地位。

她心想：「我們在一起會快樂無比……是的，我們會有快樂生活。我們會幸福地生活在一起，生下強壯、漂亮的孩子。會有忙不完的日子……還有泛舟尼羅河的樂趣……生活會如同我和喀尹在一起時一樣重新開始……我還能再奢求什麼？還有什麼比這更是我想要的？」

然後她緩慢地、非常緩慢地把臉轉向侯里。如同她在默默問他一個問題。

他彷彿了解她的心意，回答說：「當你還是個小孩子時，我就愛上了你。我愛你那張端莊的臉，還有你信心十足地跑來要我幫你修理壞掉的玩具。後來，在八年不見之後，你又回來了，坐在這裡，告訴我你心中的想法。而你的胸懷，蓮梨桑，不像你家人的心思，不是只顧到自己，只想把自己緊守在窄牆裡。你就跟我一樣，向外思及尼羅河，思及一個充滿了新觀念而且變動的世界，想像著一個對具有勇氣和遠見的人來說一切都有可能的世界……」

「我知道，侯里，我知道。我的感受跟你一樣，但並不是一直都一樣。有時候我無法跟上你，聽不懂你的話，我感到孤獨……」

她中斷下來，無法找到適合的字眼來形容她掙扎中的思緒。和侯里在一起的生活會是什麼樣子，她不知道。不去管他的溫柔，不去管他對她的愛，他在某些方面還是令她無法預料、無法理解。他們會一起分享美妙精采的時刻……但他們的日常生活會是什麼樣子？

她雙手衝動地伸向他。

「噢，侯里，你替我決定，告訴我怎麼辦！」

他對她溫柔一笑，或許是最後一次對孩童時期的蓮梨桑微笑。但他並未握住她的手。

「我不能告訴你該怎麼辦，蓮梨桑。因為這是你的生命，只有你自己才可以決定。」

她了解到她得不到任何幫助，得不到像卡梅尼那樣加速的懇求效果。要是侯里稍微碰碰她……但是他並沒有。

突然之間，這項抉擇以最簡單的選項呈現在她眼前……容易的生活或是困難的生活。她強烈地想要立即轉身走下那條蜿蜒的小徑，回到下面她所熟悉的正常、快樂生活中……她以前跟喀尹經歷過的生活。那裡有的是安全感，有的是日常的憂傷和樂趣，除了老死之外，沒有什麼好恐懼的……

死……她又從生的思緒中繞一圈回到了死亡。喀尹已經死了。卡梅尼，或許也會死，而他的臉，就像喀尹的一樣，也會慢慢從她的記憶中消褪……

然後她看著靜靜站在她身旁的侯里。奇怪，她心想，她從來沒有真正了解過侯里是什麼樣的人，因為她從來用不著去了解……

之後她開口了，語氣恍如很久以前她宣稱自己要在日落時分單獨一人走在下山的小徑上那般。

「我已做了選擇，侯里，我要跟你共享人生的所有一切，不管是好是壞，至死方休……」

在他的擁抱中，看到他面對著她所突然展現的甜蜜神情，她感到生命充滿了豐饒。

「如果侯里死了，」她心想，「我不會忘記他！侯里是我心中一首永不休止的歌。這也就是說，永不再有死亡……」

專文推薦

藏在日常細節中的冒險

楊照（作家）

一開始，就都在那裡了。

一九二〇年，阿嘉莎．克莉絲蒂出版了《史岱爾莊謀殺案》，神探白羅就已經退休了。而且在這個案子裡，藉由敘述者海斯汀的轉述，就鋪陳出克莉絲蒂小說最基本的偵探原則：

「那些看來或許無關緊要的小細節……它們才是重要的關鍵，它們才是偉大的線索！」

「豐富的想像力就像洪水一樣，既能載舟亦能覆舟，而且，最簡單直接的解釋，往往就是最可能的答案。」

「沒有任何謀殺行為是沒有動機的。」

還有，一個不討人喜歡的死者，一群各有理由不喜歡死者、因而也就都有殺人動機的人，這些人彼此之間構成複雜的關係，有的互相仇視，有的互相愛戀，麻煩的是，有些愛人其實貌合神離，有些仇人其實私下愛慕；更麻煩的是，不論是愛或是仇，都有可能是扮演出來的。

一個外來的偵探必須周旋在這些嫌疑者之間，從他們口中獲取對於案情的了解，換句話說，他必須在很短的時間內，搞清楚誰是誰、誰跟誰吵架、誰跟誰偷情，然後判斷誰說的哪一句是實話、哪一句是謊言。常常謊言比實話對於破案更有幫助。

再偷偷透露一下，如果要和小說裡的凶手及小說背後的作者鬥智，就像克莉絲蒂對英國社會的了解，祕訣就在於要去追究小說裡的人物背景，尤其是他們的階級地位。基本上，階級地位愈高、權力愈大、愈有錢者，說的話就愈不要相信。例如在《史岱爾莊謀殺案》中，僕人、園丁說的話遠比有頭有臉的人說的要可信多了。就算要說謊，他們的謊言也比較天真，而且往往出於善良動機。當你歸納線索時，就會知道他們並非故意說謊，那是因為他們的認知受到蒙蔽或誤導，而你慢慢就從這蒙蔽或誤導中被引導到真相。

《史岱爾莊謀殺案》出版那年，克莉絲蒂三十歲，但書稿其實早在五年前就寫好了，畢竟要找到有人願意出版一個看來再平凡不過的家庭主婦寫的小說，並不是那麼容易。

所有和克莉絲蒂接觸過的人，都對於她的「正常」留下深刻印象。她看起來就和她那個年紀的典型英國家庭主婦一樣，害羞、靦腆，只能在社交場合勉強跟人聊些瑣事話題，完全無法演講，甚至連只是站起來對眾賓客說幾句客套話，請大家一起舉杯，她都做不到。她不演講，也很少答應接受採訪，就算採訪到她也很難從她口中得到有趣的內容。她會講的，幾乎都是記者本來就知道、或者自己就可以想得出來的。

例如說白羅這個神探的來歷。克莉絲蒂回答：他應該是個外國人，這樣就能在英國日常生活中看出英國人自己看不出的線索。她自己碰過的外國人，只有第一次大戰剛爆發時到英國避難的比利時人。比利時警察怎麼能跑到英國來？那一定是因為他已經退休了。他有潔癖，所以對於現場會有特殊的直覺，馬上感受到不對勁的地方。一個有潔癖的人，好像應該長得矮小些才相稱，一個矮小有潔癖的人最適當的名字，就是希臘神話裡的大力士「赫丘勒斯（Hercules）」，製造出荒唐的對比趣味。那白羅這個姓是怎麼來的呢？克莉絲蒂很誠實地說：「我不記得了。」

一切都如此順理成章，一切都如此合邏輯，不是嗎？有記者問她怎麼看自己的舞台劇〈捕鼠器〉，創下了英國劇場、甚至全世界劇場連演最多場紀錄的名劇？克莉絲蒂的回答也還是中規中矩，合理合節：那是一齣小戲，在一個小劇院演出，成本很低，任何人想到了都可以帶家人或朋友去看，老少咸宜，並不恐怖，也不特別荒謬打鬧，可是又什麼都有一點，包括恐怖和荒謬打鬧的成分。

她的身上找不出一點傳奇、怪誕色彩，那她為什麼能在五十年間持續寫偵探小說，創造了那麼多謀殺，還創造了那麼多詭計？

首先因為她是女性，以及她的身世，包括她的階級身分，使得她在描寫故事場景時比一般男性作者來得敏感。因為在她之前的偵探推理小說男性作家的階級身分都是高高在上，基本上他們會從較高的角度看社會，比較看不到底層的感受。

而她的婚變以及婚變中遭逢的痛苦，都使她更能體會與觀察，將英國社會的複雜細節融入小說的核心情節，讓探案與線索分析結合在一起。

克莉絲蒂一生結過兩次婚，第一次在一九一四年，婚後不久，丈夫就參加了歐戰，是英國皇家空軍最早一批飛行員。一九二六年，這個丈夫有了外遇，直率地向克莉絲蒂要求離婚，在那之前，克莉絲蒂的媽媽才剛過世，雙重打擊之下，又遇到車子無法發動，克莉絲蒂崩潰了，她棄車而走，忘記了自己究竟是誰，躲進一家鄉間旅館，登記時寫了她心裡唯一有印象的名字——她丈夫情婦的名字。

離婚後，一次在晚宴中，有人提起近東烏爾考古的最新收穫，克莉絲蒂就取消了原定要去西印度群島的計畫，改訂了跨越歐洲到君士坦丁堡的「東方快車」，是的，就是這趟旅程給了她寫《東方快車謀殺案》的靈感。不過更重要的是，在烏爾，她認識了一位年輕的考古學家，比她小十四歲，這個人後來成了她的第二任丈夫。

這位考古學家陪她去參觀在沙漠中的烏克海迪爾城，卻在沙漠中迷路困陷了。幾小時中克莉絲蒂卻沒有一點驚慌不安，當下考古學家就決定要向她求婚。

原來，克莉絲蒂的內心是有這種冒險成分的。要不然她不會兩次選到的，都是喜愛冒險的丈夫，而她本身大概也不會吸引一個在各種危險情境下挖掘古代寶藏的人，讓他願意向一個大他十四歲的女人求婚。

這樣說吧，維多利亞時代後期的英國環境，壓抑限制了克莉絲蒂冒險、追求傳奇的內在衝動，她只好將這樣的衝動寄託在丈夫和寫作上。她一邊陪著第二任丈夫在近東漫走，一邊在小說中寫各式各樣的謀殺與探案。謀殺和探案都是冒險，還有，偵探偵查中做的事——蒐集線索，還原命案過程——其實和考古學家的考掘，如此相似！

克莉絲蒂寫得最好的，正是「藏在日常中的冒險」。她個性中的雙面成分，造就了特殊的偵探魅力。既嚮往非常傳奇，卻又有根深柢固的日常邏輯信念，兩者都在克莉絲蒂的小說中扮演了重要角色。她的謀殺案幾乎都和日常習慣緊密編織在一起，日常環境成了凶手最重要的掩護。有些日常規律明顯地被破壞了，讓我們很自然以為那會是謀殺的線索，沿著這些線索形成了閱讀中的推理猜測，然而白羅早就提醒了，真正重要的反而是那些「細節」，也就是看來像是依隨日常邏輯進行的事，或說藏在日常邏輯中因而不被看重的事，那裡要嘛藏著凶手的核心詭計、煙幕，要嘛藏著凶手致命的破綻。

凶案的構想，就是如何讓異常蓋上日常、正常的面貌，又如何故意將日常、正常予以扭曲，製造假象；那麼偵探要做的，就是如何準確地在日常中分辨出真正的異常，將假的、明顯的異常撥開來，找出細節堆疊起來的異常真相。

此外，克莉絲蒂的小說裡隱藏著極其曖昧的情感價值觀，最典型、最有名的就是《東方快車謀殺案》。透過追查過程，讓讀者知道為什麼凶手要訴諸於這種手段，其動機具有可同情之處，再加上克莉絲蒂對身分階級的觀察，她比較相信或讓讀者相信那些沒有權力、地位的人，隨著偵查節奏去認識可能或必須懷疑的人。克莉絲蒂最擅長營造「多重嫌疑犯」的小說特質，因為讀者在閱讀時必須被迫去認識很多不一樣的人。在她最受歡迎的作品，大概都具備這樣的特質。

當然，她的作品中還有兩個最突出的神探，即白羅和瑪波。白羅是比利時人，但為什麼必須是外國人？這是因為英國人具有高度階級意識，這種觀念一路滲透到所有互動細節，包括人與人之間如何說話。而白羅因為不是英國人，他會發現一般英國人不太看得出來的東西，以及兩個人互動的方法哪裡不正常。至於瑪波為什麼得是老太太？她一如那個年代的老人家，總是靜靜坐著打毛線，因為不起眼，自然讓人放鬆防備，所以瑪波探案的線索都是來自於這樣的互動模式。

然而，白羅有很明顯的優勢，瑪波的身分使她基本上只能進行「靜態」的辦案，案子的空間受到侷限，白羅卻可以跨越各種空間，恣意揮灑。而且白羅擁有警官身分，可以合理出現在各種犯罪現場，瑪波能出現的地方，相形之下就勉強、不自然多了。白羅是明白的outsider，在英國，只要他出現，就會覺得有外人在而感到緊張，於是很容易露出平常不會表現的行為；瑪波則看起來是insider，但實質上是outsider，因為總是沒人發現她、當她空氣人。這兩人的探案，是兩個極端。雖然讀者最愛白羅，但克莉絲蒂自己偏愛瑪波勝於白羅。

不管後來的偵探、推理小說發展了多少巧妙詭計，克莉絲蒂卻不會過時，因為她的推理如此密切地和日常纏繞在一起；活在日常中，我們就無可避免被克莉絲蒂的「日常細節推理」吸引，隨時讀來都充滿驚奇趣味。

名家盛讚克莉絲蒂（依推薦時間排序）

金庸（作家）

克莉絲蒂的寫作功力一流，內容寫實，邏輯性順暢，也很會運用語言的趣味。閱讀她的小說，在謎底沒有揭露之前，我會與作者鬥智，這種過程非常令人享受。其作品的高明之處在於：布局的巧妙完全意想不到，而謎底揭穿時又十分合理，讓人不得不信服。

詹宏志（作家、PChome 網路家庭董事長）

推理小說在從先輩柯南．道爾等人的發明中出現力量時，誕生了一位《天方夜譚》故事中每天說故事說個不停的王妃薛斐拉．柴德，也就是「謀殺天后」克莉絲蒂，整個世界對聽這些故事才有如此的熱情。他們捨不得睡覺，每天問後來還有嗎、還有嗎，永遠不肯離去，這就是克莉絲蒂對推理小說的最大貢獻。

可樂王（藝術家）

所謂「克莉絲蒂式」的推理小說，就是一場和一個天才的寫作者或高明的恐怖份子在紙上捕掠捉殺的戰事。即便是一列火車、一處飯店或一間酒吧，在克莉絲蒂寫來皆充滿神祕和猜謎。在人生適合的下午裡，我總是一面嚼著口香糖，一面跟著矮子偵探白羅穿梭謀殺現場，克莉絲蒂的推理作品無疑是推理世界中最充滿「魔術性」的小說。

吳若權（作家、節目主持人）

我從小就對推理小說情有獨鍾，克莉絲蒂一系列的作品尤其令我愛不釋手。多年來，閱讀推理小說的經驗讓我覺悟：讀者在文字情節中推展開來的驚嘆，不只是因緣於故事的本身，而是自我性格的投射。從這個觀點來看克莉絲蒂一系列的作品，她簡直就是洞徹人性的算命師。而讀者，在她的文字中，發現了自己無可奉告的命運。

藍祖蔚（國家電影及視聽文化中心董事長）

做過藥劑師，難免懂得毒藥；嫁給考古學家，難免也就嫻熟文明的神祕；再加上曾經失蹤九天，一切不復記憶的離奇經驗，的確提供了寫作靈感，但若少了想像力，那些片羽靈光縱使辛辣如辣椒，卻不足以成菜。

推理小說重布局、重人物描寫，克莉絲蒂最厲害的卻是犀利的人性觀察，她一手創造的白羅探長，潔癖個性完全和她相反，更將她所憎厭的人格特質集於一身，殊不知，唯有不對著鏡子寫作，才能夠跳出框架與制式反應，開闢無限寬廣的新世界，建構多面向的詭異迷宮。

看完她的小說，你只會更加訝異，到底是什麼樣的心靈才能成就這般視野？

李家同（作家、前暨南大學校長）

克莉絲蒂的整體布局十分細膩，最後案情也都講解得非常詳細，回頭去看，在書中都找得到線索。故事的情節與內容也很好看，不是像一個流氓在街上被殺掉那麼單調。……看小說應該要花腦筋、要思考，從小就要養成思辨的能力，看她的小說，就是對邏輯思考能力極佳的訓練。

袁瓊瓊（作家）

雖然被公認是冷靜理性的謀殺天后，但是在理性之下，克莉絲蒂的底色依舊是感情。克莉絲蒂很明白，所有的慾望之後，都無非是某種愛情。在以性命相搏的犯罪世界裡，凶手以終結他人的性命來遂私欲，不過是為了成全自己的愛，或者是成全自己的恨。

鄧惠文（精神科醫師）

以推理小說作家而言，克莉絲蒂的風格相當獨樹一格。她的偵探在辦案時，靠的不光是科學證據的搜集，而是大量運用犯罪心理學，及對人性的深刻了解。例如在《五隻小豬之歌》中，白羅便是藉由聽取嫌疑犯訴說案情時所不自覺顯露的主觀意識及中心思想，而看出其中破綻，找出真凶。白羅是靠腦袋辦案，以心理層面去剖析案情，即使人們敘述的是同一件事，他可以聽出不同角色因出發點及看待角度不同所透露的情緒觀感，從而抽絲剝繭，還原事實真相。

克莉絲蒂所塑造的人物也生動且各具特色，不同個性所出現的情緒反應描寫，皆細膩而準確，讓讀者產生豐富的想像空間，一展卷便欲罷不能。

吳曉樂（作家）

克莉絲蒂使用的語言平易近人，主要是以角色與情節的對應來斧鑿出故事的深度，堆疊出讓讀者回味的迂迴空間。而她筆下的角色往往性別、階級、性格、族群各異，塑造出多元又豐富的人物群像。

文學作品不問類型，若要流傳於世，最終仍得上溯至「人性」的理解與反思。而阿嘉莎・克莉絲蒂的作品中，我們可以看到人類屢屢得和自己的人生討價還價，或千方百計讓主觀意識與客觀條件達成某種程度的整合，讀者在重建人物的心理軌跡時，也見識到自身的是非成敗，我認為，這也是克莉絲蒂的作品能夠璀璨經年、暢銷不衰的主因。

許皓宜（心理學作家）

克莉絲蒂筆下的故事看似在談人性的醜惡，實則像一位披著小說家靈魂的心靈引導者，用她的文字訴說著人們得不到「愛」時的痛苦。於是在故事終了的剎那，你不得不對人生多了幾分「看透感」：原來，我們心裡的那些痛苦、報復與自我折磨的慾望，不是因為「憤恨」，而是起於對「愛的失落」。這或許是我們在情感世界中最珍貴且深刻的一種覺察了。

推理小說荒謬驚悚嗎？不，它其實很寫實。它幫我們說出心裡的苦、怨、醜陋的慾望，於是，我們可以重新學習愛了。

一頁華爾滋 Kristin（影評人）

從有記憶以來，閱讀克莉絲蒂最迷人之處往往不在真正的凶手是誰，而是在於「Why」（為什麼）與「How」（如何進行），在於人性與心理描摹的故事肌理。依循其書寫脈絡，會發覺不只是邏輯清晰、布局縝密、著重細節，她總能完美掌握敘事節奏，書中人物彷彿真實存在般鮮明躍然紙上，讀者情緒會隨精準文字保持流轉、跳動、收放，掩卷時並無太多真相水落石出的暢快，反倒淡淡的惆悵化為餘韻襲上心頭，原來還是種種意料之外，卻屬情理之中的人性盲目使然。私以為，那成就了克莉絲蒂的推理故事之所以無比迷人的主因之一。

冬陽（推理評論人）

雖然阿嘉莎．克莉絲蒂的作品並非我的推理閱讀啟蒙，卻是養成閱讀不輟的重要推手。首先，她無庸置疑是個說故事能手，打開我名為好奇的開關；其次是設計犯罪事件的巧妙多元，既日常又異常，凶手更是叫人意想不到。沒錯，我相信每個當讀者的都忍不住想破案，想早偵探一步識破詭計，或者像考試結束鈴響前一秒，瞎猜都要指著某個角色大喊「你就是犯人」！然後會忍不住作弊——不是翻到最後幾頁窺探真凶身分，而是往前翻查讓人起疑的段落、偵探顯然掌握重要線索的時刻，直到忍不住豎白旗投降，看神探（我知道啦，真正把我耍得團團轉的聰明人是作者）頭頭是道地分析我遺漏錯置的片片拼圖，終於看清真相全貌。這，就是偵探推理，我因此熟悉遊戲規則、沉醉在每一場迷人故事裡，成為這個類型書寫的俘虜，享受至今不疲的美好滋味。

石芳瑜（作家、永樂座書店店主）

布局細膩、處處留下線索，破案解說詳細，說明了這位安靜、害羞的推理小說女王心思縝密，且充滿想像力。密室殺人，完美犯罪，《東方快車謀殺案》不愧為古典推理小說的經典。再加上神祕的東方色彩，隨著火車抵達的迫切時間感，連非推理小說迷都會神經拉緊，讀完大呼過癮。

家庭主婦缺少人生經驗？處女座的阿嘉莎·克莉絲蒂充分展現她過人的寫作天分，靠得是從小開始的閱讀，以及對偵探小說的著迷。三十歲寫下第一本偵探小說《史岱爾莊謀殺案》的克莉絲蒂，在那個時代並不能說是「早慧」，但寫作生涯五十五年中，共創作了八十部偵探小說，卻令人難以企及。這位害羞靦腆的小說女神，大概是相信只要有足夠的理由，每個人都有殺人的可能！

余小芳（暨南大學推理研究社指導老師、台灣推理作家協會常務理事）

學生時代加入推理社團，社課指定讀物便是經典作品《一個都不留》，成為我對克莉絲蒂的初步印象，自此沉浸於推理小說的世界。隔年寒假陪同學參與轉學考，在斜風細雨的走廊中，滿足讀完《東方快車謀殺案》。隨著歲月遠走，已昇華成趣味回憶。

踏入推理文學領域需要認識的作家，阿嘉莎·克莉絲蒂絕對名列其中，她的作品常有英國小鎮風光、莊園式的謀殺、設備豪華的交通工具等，還有特色鮮明的偵探活躍其中。書中少有血腥、暴力的橋段，布局巧妙且結構嚴密，手法純粹、知性，故事內容與人物性格融為一體，以高超的想像力結合說好故事的能耐，為推理小說開創新局面。克莉絲蒂推理全集重編改版，值得新舊讀者一起探索。

林怡辰（國小教師、教育部閱讀推手）

多年後，還是難忘第一次閱讀阿嘉莎．克莉絲蒂作品的感動和激動。這套將近一世紀的作品，文筆流暢，邏輯縝密，過程中不斷與作者較量、猜出凶手，直到最後解答不禁佩服，蛛絲馬跡處處展現作者的精妙手法，於是又拿起另一部作品，再次沉溺在謀殺天后所編織的日常世界中的奇幻，無可自拔。犯罪動機和手法穿越時空限制，如今讀來合理且依舊令人感動，閱讀中趣味橫生，難怪成為後來諸多偵探小說的原型。

克莉絲蒂創作生涯中產出的八十部推理作品，至今多部躍上大銀幕，無怪乎被稱之為「經典」，喜愛推理偵探作品的人不可不讀，你會驚異於她在文字中施展的魔法！

張東君（推理評論家、科普作家）

我愛克莉絲蒂！這位在台灣有時會被稱為克奶奶的超級暢銷推理小說家，即使是自認沒讀過她的書的人，也都會在各種書籍或影視作品中看到對她致敬的片段。由於她喜歡旅行和冒險，那些經驗與體驗都成為書中的場景，因此閱讀她的作品時，不只是雀躍地跟著偵探推理，也有了虛擬的旅行體驗。或者當成旅遊導覽書，在出發去尼羅河、去英國鄉間、去搭船搭火車時，就塞一本克奶奶的作品到隨身背包中。

我還是大學新生時，就聽學姐說她哥哥經常看克奶奶的小說，而且邊看邊狂笑。於是我跟著效仿，在某次搭飛機之前買了第一本小說當旅伴，不只看得超開心，看完後還到處找尋書中出現的那種有兜帽的斗篷，當成出門時的必備用品。克奶奶的作品是跨越文字、國界的。只要看過一本，就會不停地追下去。還好，真的是還好只有八十本。何況這次是全新校訂的紀念珍藏版，當然不能錯過！

發光小魚（呂湘瑜）（文史作家、助理教授）

一部好的偵探小說，除了情節設計巧妙之外，還需要洞悉人性，如此方能合理地交代人物的言行舉止與動機。阿嘉莎．克莉絲蒂便是其中翹楚，她的作品不管是偵探、愛情小說或戲劇，必要元素都是謎題與人性。在寧靜無波的場景下暗潮洶湧，永遠都有意料之外，讀者的情緒也會隨著劇情的進行起伏糾結。克莉絲蒂觀察到時代的變化，將犯罪心理融入作品中，於是，看她的小說不只能得到解謎的快樂，同時對人性也能夠有所省思。

此外，克莉絲蒂豐富的人生歷練及旅行經歷，例如一九二二年的環球之旅、居住過也旅行過的巴黎和埃及，甚至是追隨考古學家丈夫前往的中東，都讓她的小說讀來更加充滿異國情調。如果你也愛旅行，不如就讓我們一同搭上那一班南法的藍色列車，或由伊斯坦堡出發的東方快車，跟著白羅鑽進一樁奇案，一嘗旅程中破解謎題的快感吧。

盧郁佳（作家）

國小時，家裡買了一套阿嘉莎・克莉絲蒂全集，從此成了我的毒品，在白癡課本將我的腦袋啃嚙成海綿般空洞時，撫慰受創的心靈，那時我仍對人心險惡一無所知。

數學課教你列算式，樂趣遠不如克莉絲蒂教你住宅平面圖、偷換時序的密室魔術，你從庭園長窗進房間，我從房門直通鄰房，他從走廊進房……從而學會故事是建構邏輯。她文風多變，時而《四大天王》中讓神探白羅向助手海斯汀大賣關子，眉頭緊皺，山雨欲來，預示天翻地覆，只能靠他拯救世界；時而用維吉尼亞・吳爾芙《自己的房間》中俏皮的語言，讓貧苦村姑安妮在《褐衣男子》中回憶南非出生入死的冒險，竟源於她耽讀村裡圖書館爛舊的冒險愛情小說，還有戲院每週末放映〈帕米拉歷險記〉，帕米拉每集從飛機跳落高空、搭潛艇、爬上摩天大樓，每次被黑幫老大抓到總不一刀斃命，卻老要用瓦斯毒死她，暗示續集又會逃出生天。

長大才發現，克莉絲蒂小說就是我的〈帕米拉歷險記〉：它以歌劇般輝煌龐大的天真陰謀、精細的人際觀察（一句話重音放在哪個字、從膝蓋鑑定女人的年齡等），召喚年輕讀者抱持浪漫精神投入未知的壯遊，瘋魔、衝撞、冒犯，傷痕累累毫無懼色。正如瓦斯在冒險片中太多、現實中卻太少；陰謀在現實中沒有克莉絲蒂寫得那麼複雜，但她刻畫的心理卻是現實中解謎的試金石。

賴以威（臺灣師範大學電機系副教授）

或許可以為經典下幾個定義：該領域的愛好者更都讀過；不是這個領域的愛好者，許多人也都聽過；影響後續的作品，在很多著作中都可以看到它的影子；值得反覆再三閱讀，每隔一陣子再讀都可以獲得閱讀的樂趣，有更多的體悟。我永遠記得第一次讀《東方快車謀殺案》時，被那宛如嚴謹設計數學謎題的鋪陳、推進給深深吸引、震撼。從這幾個角度來說，克莉絲蒂的推理小說被稱之為「經典」，可說是當之無愧。

謝哲青（作家、旅行家、知名節目主持人）

克莉絲蒂小說的魅力在於透過每個角色的對白，藉由不斷的說話來表現人物的個性，以彰顯其人格特質中一些無法被忽略的事實。我們從他們的言語、講話的過程和字裡行間，竟然就能知道誰是凶手。

我從克莉絲蒂的小說學到很多，除了推理小說有趣的事實之外，最重要的是，我在工作的職場跟人應對的時候，如何從語言和對話裡去捕捉某些隱而不顯的事實。許多人們欲蓋彌彰的東西，無論心事也好、祕密也好，克莉絲蒂都會用文學的手法，讓你理解語言的奧妙和魅力。

克莉絲蒂的書寫會讓你覺得彷彿自己也在現場，你可以從聽到的對話當中，學會如何理解人心的一些小技巧，這是小說家最出色、最偉大的地方。我們必須學習傾聽別人說話——這些人講話是真誠的嗎？他想要跟你分享什麼資訊？這些資訊可靠嗎？——這是我在閱讀推理小說時，最大的收穫和理解。

阿嘉莎・克莉絲蒂大事記

1890		• 九月十五日出生於英格蘭德文郡托基鎮。
1894	4 歲	• 開始在家自學，父母親、姐姐教導閱讀、寫作、算術和彈鋼琴。
1895	5 歲	• 家中經濟走下坡，舉家搬至法國，學會流利的法語。
1905	15 歲	• 在巴黎寄宿學校學鋼琴和聲樂，但生性極度害羞，未成為職業鋼琴家，最終回到英國。
1907	17 歲	• 陪同母親前往埃及調養身體，對社交活動充滿興趣，但尚未對日後感興趣的埃及古物點燃熱情。 • 回英國後繼續寫作、參與業餘戲劇表演。
1908	18 歲	• 寫出第一篇短篇小說〈麗人之屋〉，同時也寫出第一部愛情小說《白雪黃漠》，以筆名向出版社投稿，但屢遭退稿。
1912	22 歲	• 與英國皇家軍官亞契・克莉絲蒂（Archibald Christie）熱戀。 • 八月爆發第一次世界大戰，亞契奉派到法國作戰。
1914	24 歲	• 耶誕夜結婚，亞契隨即返回戰場。克莉絲蒂參與紅十字會工作，在醫院擔任護士和藥劑師，因此對藥理和毒物非常熟悉，造就後來多部推理小說情節都以毒藥殺人。
1916	26 歲	• 開始嘗試寫推理小說，寫出第一部小說《史岱爾莊謀殺案》，主角偵探赫丘勒・白羅的靈感，來自於大戰期間英國鄉間的比利時難民營。本書歷經數家出版社退稿後，終獲柏德雷・海德（The Bodley Head）圖書公司的出版機會，之後並簽下另五本小說的合約。
1919	29 歲	• 前一年亞契返回英國，八月生下女兒露莎琳。

1920 30歲 •出版《史岱爾莊謀殺案》。

1922 32歲 •出版第二部小說《隱身魔鬼》，主角是夫妻檔偵探湯米和陶品絲。
•與亞契至南非、澳洲、紐西蘭、夏威夷和加拿大等國旅行十個月，在南非得到《褐衣男子》的靈感。

1923 33歲 •三月出版第三部小說《高爾夫球場命案》，白羅再度登場。

1926 36歲 •四月母親過世，克莉絲蒂陷入憂鬱。
•六月在「威廉・柯林斯父子出版社」出版《羅傑艾克洛命案》。
•八月亞契因外遇提出離婚，十二月初一次爭吵後，克莉絲蒂離家棄車失蹤，消息登上全國新聞。

1927 37歲 •一月在悲痛心情中寫出《藍色列車之謎》，第一次創造出聖瑪莉米德村，即後來瑪波小姐居住的村子。
•分居期間在雜誌刊登以白羅為主角的短篇小說，後來集結出版《四大天王》。
•十二月在雜誌刊登短篇小說〈週二夜間俱樂部〉，瑪波小姐初登場，後來收錄在一九三二年出版的短篇小說集《十三個難題》。

1928 38歲 •十月正式離婚，仍保留「克莉絲蒂」姓氏。
•秋天搭乘「東方快車」前往土耳其的伊斯坦堡，再轉往伊拉克首都巴格達，參觀考古現場烏爾，認識考古學家伍利夫婦（Leonard and Katharine Woolley）。

1930 40歲 •二月應伍利夫婦之邀再訪烏爾，認識考古學家麥克斯・馬龍（Max Mallowan），九月於英國愛丁堡結婚。這段婚姻開啟克莉絲蒂旺盛的創作生涯，兩人到中東考古現場的旅行為許多作品帶來靈感。

		• 婚後克莉絲蒂開始維持固定的寫作行程。十月出版《牧師公館謀殺案》，是第一部以瑪波小姐為主角的小說。 • 出版第一部以「瑪麗·魏斯麥珂特」（Mary Westmacott）為筆名的《撒旦的情歌》，並陸續發表了五部非犯罪小說。
1932	42 歲	• 出版《危機四伏》。
1934	44 歲	• 出版《東方快車謀殺案》，是白羅海外辦案三部曲之一，故事靈感來自中東的旅行經歷。一九七四年第一次改編成電影大獲好評。
1936	46 歲	• 出版《美索不達米亞驚魂》，白羅海外辦案三部曲之二。
1937	47 歲	• 出版《尼羅河謀殺案》，白羅海外辦案三部曲之三，故事背景是年輕時與母親同遊的埃及。一九七八年第一次改編成電影大受歡迎。
1939	49 歲	• 二次大戰期間，克莉絲蒂在大學學院醫院擔任義務藥師，學習到最新的毒藥知識，對於推理小說寫作大有助益。 • 出版《一個都不留》，是克莉絲蒂最著名作品之一。
1941	51 歲	• 出版《密碼》，呈現出克莉絲蒂對戰爭的看法。 • 出版《豔陽下的謀殺案》。
1942	52 歲	• 出版《藏書室的陌生人》、《五隻小豬之歌》等名作。
1944	54 歲	• 以「瑪麗·魏斯麥珂特」為筆名出版第三部作品《幸福假面》，被美國書評人發現是克莉絲蒂的作品，讓她從此失去匿名創作的自在樂趣。

1950	60 歲	• 獲選為皇家文學學會的會員。
1953	63 歲	• 出版《葬禮變奏曲》。
1956	66 歲	• 一月獲頒大英帝國爵級大十字勳章（GBE）。 • 十一月以「瑪麗．魏斯麥珂特」為筆名出版《愛的重量》，是這個筆名的最後一部作品。
1958	68 歲	• 成為「偵探作家俱樂部」主席。
1960	70 歲	• 馬龍獲頒大英帝國爵級大十字勳章。
1961	71 歲	• 獲得艾克塞特大學頒發榮譽文學博士學位。
1968	78 歲	• 馬龍獲封為爵士，克莉絲蒂亦被稱為馬龍爵士夫人。
1971	81 歲	• 獲頒大英帝國爵級司令勳章（DBE），獲封為女爵士。
1973	83 歲	• 出版最後一部創作《死亡暗道》，亦為湯米和陶品絲最後一次辦案。
1974	84 歲	• 最後一次公開露面，出席電影《東方快車謀殺案》首映會。
1975	85 歲	• 八月六日，白羅成為有史以來第一次在《紐約時報》頭版刊出訃聞的小說主角，宣傳九月即將出版的《謝幕》，這也是白羅最後一次辦案。
1976	86 歲	• 一月十二日去世。 • 十月出版《死亡不長眠》，瑪波小姐的最後一次辦案。

克莉絲蒂推理原著出版年表

1920 史岱爾莊謀殺案 The Mysterious Affair at Styles（神探白羅系列）
1922 隱身魔鬼 The Secret Adversary（神探湯米＆陶品絲系列）
1923 高爾夫球場命案 The Murder on the Links（神探白羅系列）
1924 白羅出擊 Poirot Investigates（神探白羅系列）
1924 褐衣男子 The Man in the Brown Suit（神探雷斯上校系列）
1925 煙囪的祕密 The Secret of Chimneys（神探巴鬥主任系列）
1926 羅傑艾克洛命案 The Murder of Roger Ackroyd（神探白羅系列）
1927 四大天王 The Big Four（神探白羅系列）
1928 藍色列車之謎 The Mystery of the Blue Train（神探白羅系列）
1929 七鐘面 The Seven Dials Mystery（神探巴鬥主任系列）
1929 鴛鴦神探 Partners in Crime（神探湯米＆陶品絲系列）
1930 牧師公館謀殺案 The Murder at the Vicarage（神探瑪波系列）
1930 謎樣的鬼豔先生 The Mysterious Mr. Quin（神探鬼豔先生系列）
1931 西塔佛祕案 The Sittaford Mystery
1932 十三個難題 The Thirteen Problems（神探瑪波系列）
1932 危機四伏 Peril at End House（神探白羅系列）
1933 十三人的晚宴 Lord Edgware Dies（神探白羅系列）
1933 死亡之犬 The Hound of Death
1934 三幕悲劇 Three Act Tragedy（神探白羅系列）
1934 李斯特岱奇案 The Listerdale Mystery
1934 帕克潘調查簿 Parker Pyne Investigates（神探帕克潘系列）
1934 東方快車謀殺案 Murder on the Orient Express（神探白羅系列）
1934 為什麼不找伊文斯？ Why Didn't They Ask Evans?
1935 謀殺在雲端 Death in the Clouds（神探白羅系列）
1936 ABC 謀殺案 The A.B.C. Murders（神探白羅系列）
1936 底牌 Cards on the Table（神探白羅系列）
1936 美索不達米亞驚魂 Murder in Mesopotamia（神探白羅系列）

1937 巴石立花園街謀殺案 Murder in the Mews（神探白羅系列）
1937 尼羅河謀殺案 Death on the Nile（神探白羅系列）
1937 死無對證 Dumb Witness（神探白羅系列）
1938 白羅的聖誕假期 Hercule Poirot's Christmas（神探白羅系列）
1938 死亡約會 Appointment with Death（神探白羅系列）
1939 一個都不留 And Then There Were None
1939 殺人不難 Murder Is Easy（神探巴鬥主任系列）
1940 一，二，縫好鞋釦 One, Two, Buckle My Shoe（神探白羅系列）
1940 絲柏的哀歌 Sad Cypress（神探白羅系列）
1941 密碼 N Or M?（神探湯米＆陶品絲系列）
1941 豔陽下的謀殺案 Evil Under the Sun（神探白羅系列）
1942 五隻小豬之歌 Five Little Pigs（神探白羅系列）
1942 藏書室的陌生人 The Body in the Library（神探瑪波系列）
1942 幕後黑手 The Moving Finger（神探瑪波系列）
1944 本末倒置 Towards Zero（神探巴鬥主任系列）
1944 死亡終有時 Death Comes as the End
1945 魂縈舊恨 Sparkling Cyanide（神探雷斯上校系列）
1946 池邊的幻影 The Hollow（神探白羅系列）
1947 赫丘勒的十二道任務 The Labours of Hercules（神探白羅系列）
1948 順水推舟 Taken at the Flood（神探白羅系列）
1949 畸屋 Crooked House
1950 謀殺啟事 A Murder Is Announced（神探瑪波系列）
1951 巴格達風雲 They Came to Baghdad
1952 殺手魔術 They Do It with Mirrors（神探瑪波系列）
1952 麥金堤太太之死 Mrs. McGinty's Dead（神探白羅系列）
1953 黑麥滿口袋 A Pocket Full of Rye（神探瑪波系列）
1953 葬禮變奏曲 After the Funeral（神探白羅系列）

1954　未知的旅途 Destination Unknown
1955　國際學舍謀殺案 Hickory, Dickory, Dock（神探白羅系列）
1956　弄假成真 Dead Man's Folly（神探白羅系列）
1957　殺人一瞬間 4:50 from Paddington（神探瑪波系列）
1958　無辜者的試煉 Ordeal by Innocence
1959　鴿群裡的貓 Cat Among the Pigeons（神探白羅系列）
1960　哪個聖誕布丁？ The Adventure of the Christmas Pudding（神探白羅系列）
1961　白馬酒館 The Pale Horse
1962　破鏡謀殺案 The Mirror Crack'd from Side to Side（神探瑪波系列）
1963　怪鐘 The Clocks（神探白羅系列）
1964　加勒比海疑雲 A Caribbean Mystery（神探瑪波系列）
1965　柏翠門旅館 At Bertram's Hotel（神探瑪波系列）
1966　第三個單身女郎 Third Girl（神探白羅系列）
1967　無盡的夜 Endless Night
1968　顫刺的預兆 By the Pricking of My Thumbs（神探湯米＆陶品絲系列）
1969　萬聖節派對 Hallowe'en Party（神探白羅系列）
1970　法蘭克福機場怪客 Passenger to Frankfurt
1971　復仇女神 Nemesis（神探瑪波系列）
1972　問大象去吧 Elephants Can Remember（神探白羅系列）
1973　死亡暗道 Postern of Fate（神探湯米＆陶品絲系列）
1974　白羅的初期探案 Poirot's Early Cases（神探白羅系列）
1975　謝幕 Curtain: Hercule Poirot's Last Case（神探白羅系列）
1976　死亡不長眠 Sleeping Murder（神探瑪波系列）
1979　瑪波小姐的完結篇 Miss Marple's Final Cases（神探瑪波系列）
1991　情牽波倫沙 Problem at Pollensa Bay
1997　殘光夜影 While the Light Lasts

國家圖書館出版品預行編目（CIP）資料

死亡終有時 / 阿嘉莎・克莉絲蒂（Agatha Christie）
著 ; 張國禎譯. -- 二版.-- 臺北市 : 遠流出版事業
股份有限公司, 2024.10
面；　公分. -- (克莉絲蒂繁體中文版20週年紀
念珍藏 ; 74)
譯自 : Death Comes As the End
ISBN 978-626-361-910-4(平裝)

873.57　　113013055

克莉絲蒂繁體中文版 20 週年紀念珍藏 74

死亡終有時

作者 / 阿嘉莎・克莉絲蒂
譯者 / 張國禎

主編 / 陳懿文、余式恕　校對 / 呂佳眞
封面、內頁設計 / 謝佳穎　排版 / 連紫吟、曹任華
行銷企劃 / 舒意雯　出版一部總編輯暨總監 / 王明雪

發行人 / 王榮文
出版發行 / 遠流出版事業股份有限公司
地址 / 104005臺北市中山北路一段11號13樓
電話 / (02)2571-0297　傳眞 / (02)2571-0197　郵撥 / 0189456-1
著作權顧問 / 蕭雄淋律師

2004年2月1日 初版一刷
2024年10月1日 二版一刷
定價 / 新臺幣380元 (缺頁或破損的書，請寄回更換)

ISBN　978-626-361-910-4

遠流博識網 http://www.ylib.com　E-mail: ylib@ylib.com
遠流粉絲團 https://www.facebook.com/ylibfans